Bernhard Kreutner

Der Malik

Bernhard Kreutner

DER MALIK

Kriminalroman

BEN
EVE
NTO

FSC
www.fsc.org
MIX
Papier aus verantwortungsvollen Quellen
FSC® C014138

1. Auflage 2021

Medieninhaber, Verleger und Herausgeber:
Red Bull Media House GmbH
Oberst-Lepperdinger-Straße 11–15
5071 Wals bei Salzburg, Österreich

Lektorat: Antje Steinhäuser, München
Satz: MEDIA DESIGN: RIZNER.AT
Gesetzt aus der Palatino, Avenier Next
Umschlaggestaltung: ZeroMedia GmbH, München, unter Verwendung von Motiven von FinePic®, München; Getty Images/Rika Hayashi/EyeEm
Printed by Finidr, Czech Republic

ISBN: 978-3-7109-0096-9

Dies ist ein rein fiktives Werk.
Die Handlung und alle handelnden Personen
in diesem Buch sind frei erfunden.
Jegliche Ähnlichkeiten mit lebenden oder realen
Personen wären rein zufällig.

Montag, 17.00 Uhr, Valletta, Malta

Eigentlich war es nur ein Fels im Meer. Klein, trocken, zerklüftet und doch heiß begehrt. Für die einen war Malta das Tor nach Afrika, für die anderen jenes nach Europa.

Die Mitglieder des Malteserordens bauten ab dem sechzehnten Jahrhundert riesige Festungen, um den Osmanen zu trotzen, die Briten Flughäfen, um den Nachschub für Hitlers Afrikakorps zu stören.

Phönizier, Römer, Vandalen, Goten, Araber, Normannen, auf diesem Stück Kalkstein hatten unzählige Völker geblutet. Walter Denk, Abteilungsleiter im Wiener Finanzministerium, hatte sich ein wenig eingelesen. Das tat er vor Auslandsreisen immer. Diese informelle Vorbereitung machte ihm Spaß und war immer eines seiner Erfolgsgeheimnisse gewesen. Ein bisschen mehr Hintergrundwissen, ein bisschen fundierter informiert als andere.

Als er in das wartende Taxi stieg, stellte er verwundert fest, dass bereits jemand darin saß. Der Wagen fuhr an, und sein ihm unbekannter Sitznachbar zog wortlos ein paar Handschellen aus der Tasche, hielt sie hoch und zeigte mit der Pistole in Richtung Füße.

Schlau, dachte Walter Denk, mit gefesselten Händen konnte man sich an einer roten Ampel aus dem Wagen fallen lassen und zu flüchten versuchen, mit gefesselten Fußgelenken nicht. Kaum hatte er die stählernen Fesseln angelegt, hielt ihm der Unbekannte wortlos ein zweites Paar hin. Nun waren auch seine Hände gefesselt, schachmatt.

Die Pistole. Woher kannte er dieses klobige Modell mit dem nach unten breiter werdenden Lauf? Irgendwo hatte er es schon einmal gesehen, aber wo? Nicht in natura, da war er sich sicher. Wahrscheinlich im Kino. Aber in welchem Film? Es wollte ihm einfach nicht einfallen.

Und warum dachte er in dieser Situation über die Pistole nach? War das eine Art Verdrängungsmechanismus, eine Panikreaktion? Walter Denk versuchte, sich zu konzentrieren. Warum hatte man ihn entführt? Er war als Verbindungsmann von seinem maltesischen Kollegen eingeladen worden, erst vor gut einer Stunde gelandet und gleich ins Hotel gefahren. Seinen Kollegen hatte er noch gar nicht getroffen. Er wusste nur, dass es um einen Fall von vermuteter Geldwäsche und Finanzbetrug ging, mehr nicht. Das ergab alles keinen Sinn.

Eine Verwechslung? Nein, unmöglich. Der Fahrer hatte ihn erwartet und mit Namen angesprochen. Sie wussten, wer er war. Was sollte er tun? Was *konnte* er tun? Nichts. Walter Denk sah aus dem Fenster und versuchte, sich wenigstens anhand der Verkehrsschilder zu orientieren. Sie hatten Valletta verlassen und fuhren an Pembroke vorbei Richtung White Rocks. Also Richtung Nordwesten. Allerdings nur kurz. Der Wagen verlangsamte das Tempo, bog nach rechts ab und fuhr am Malta BMX Indoor Skatepark vorbei, bevor er nach links auf einen Schotterweg abbog.

Walter Denk bemerkte, dass er trotz der Klimaanlage zu schwitzen begonnen hatte. Durch die Windschutzscheibe sah er einen steinernen Wachturm, konnte sich aber nicht an dessen Namen erinnern. Wahrscheinlich war es einer der zahlreichen Beobachtungstürme, die die Malteser im siebzehnten Jahrhundert nach der erfolgreich überstandenen Türkenbelagerung errichtet hatten.

Als sie den Turm erreicht hatten, hielt der Fahrer an, stieg aus, sah sich um und nickte. Wortlos griff sein Sitznachbar in die Hemdtasche, nahm einen kleinen Schlüssel heraus und reichte ihn Walter Denk, mit der Pistole auf dessen Füße zeigend. Als seine Füße frei waren, zeigte die Pistole Richtung Tür. Also stieg er aus. Der unbekannte Beifahrer tat es ihm gleich und deutete Richtung Turm.

Walter Denk fragte sich, warum er in diesem Augenblick nichts fühlte. In Kürze würde er sterben, aber in ihm war alles leer. Er spürte den Wind auf der Haut, hörte die Brandung unter ihm gegen die Felsen schlagen und fühlte – nichts.

Dann ein leichter Stoß in den Rücken. Anscheinend sollte er weitergehen. Er tat es. Langsam, Schritt für Schritt Richtung Meer. Einen Meter vor der Klippe blieb er stehen. Wieder ein Stoß in den Rücken, diesmal etwas fester. Er konnte deutlich die Mündung der Pistole an seinen Rippen spüren. Links, genau auf Höhe seines Herzens.

Walter Denk machte einen Schritt. Dann noch einen. Jetzt stand er unmittelbar an der Klippe und wunderte sich, dass die einzige Frage, die ihn beschäftigte, jene war, ob er nun erschossen oder von der Klippe gestoßen werden würde. Dann war die Pistolenmündung nicht mehr zu spüren. Also war sein Begleiter einen Schritt nach hinten getreten. Jetzt war er sich sicher, erschossen zu werden, von hinten, mit einer Desert Eagle, Kaliber .50 AE.

Walter Denk lächelte, es war ihm doch noch eingefallen. Der Film hieß *Snatch*.

Der stumme Schütze steckte die Waffe weg, trat einen Schritt nach vorn und versuchte, in der unter ihm tosenden Brandung die Leiche zu entdecken, vergebens. Dann sah er sie einige Meter von den Klippen entfernt in Richtung offenes Meer treiben und nickte zufrieden. Diejenigen, die es anging, würden die Botschaft verstehen. Die Österreicher eher nicht.

Donnerstag, 9.00 Uhr, Bundesministerium für Inneres, Herrengasse, Wien

»Sie wollen die Auszeichnung tatsächlich nicht annehmen?«

Hauptmann Michael Lenhart, Leiter der Abteilung für Sonderfälle, sah zu seiner Partnerin, Leutnant Sabine Preiss, und trank einen Schluck Kaffee, bevor er antwortete. »Frau Ministerin Mannlicher, das Glück gehört denen, die sich selbst genügen.«

»Ihre Vorliebe für philosophische Weisheiten ist schön und gut, aber ich vermute, die Selbstgenügsamkeit ist nicht der einzige Grund für Ihre Ablehnung. Oder gehört das alles zu Ihrem Image als einsamer Wolf?«

»Frau Ministerin, es ist weniger eine grundsätzliche Aversion gegen Auszeichnungen als vielmehr eine Frage der Gerechtigkeit. Die Organmafia haben wir als Team aus dem Verkehr gezogen. Einzig mich als zufällig eingesetzten Leiter dieser Zwei-Personen-Strafabteilung mit einem Preis zu schmücken, halte ich daher für falsch.«

Widerwillig antwortete die Ministerin: »Mag sein, aber so sind nun mal seit jeher die Regeln.«

»Dann, Frau Ministerin, habe ich einen Grund mehr, die Auszeichnung abzulehnen und diese Regel, da falsch, zu brechen.«

Lächelnd schüttelte die Ministerin den Kopf. Offenen Widerspruch war sie nicht gewohnt. Dieser Lenhart war anders als die sonst leitenden Beamten und Polizeioffiziere, mit denen sie zu tun hatte. Parteipolitisch war er einer der seltenen Nullgruppler, seine Arbeitsmethoden waren mitunter unorthodox, und in der Kollegenschaft ging man ihm meist aus dem Weg. Weniger aus persönlicher Animosität, sondern wegen seiner Konsequenz und seines scharfen Intellekts. Neben Lenhart kamen sich die meisten dumm oder zumindest ungebildet vor. Andererseits waren nicht nur seine Zitate legendär, sondern auch seine Erfolge. Insofern wurde er respektiert, aber mit ihm arbeiten wollte fast niemand. Zumindest bis jetzt.

»Einverstanden, Lenhart. Ihre Arbeit, und damit meine ich Sie ausdrücklich ebenfalls, Leutnant Preiss, bei der Jagd nach der Organmafia war herausragend und hat auch international hohe Wellen geschlagen. Speziell die Schweizer stehen nun tief in unserer Schuld. Ich akzeptiere Ihre Ablehnung des Ehrenzeichens für Verdienste um die Republik Österreich. Ihre Degradierung zum Hauptmann ist hiermit aufgehoben. Lenhart, Sie sind ab sofort wieder Major und Sie, Frau Preiss, Oberleutnant. Um den Papierkram wird sich Brigadier Fritsch kümmern. Ich nehme an, damit können Sie leben?«

Während Sabine Preiss lächelnd nickte, antwortete Michael Lenhart ruhig und gelassen: »Ja, damit bin ich einverstanden, danke, Frau Ministerin.«

»Gut, kann ich sonst noch etwas für Sie beide tun?«

Diesmal war es Sabine, die antwortete: »Ja, Frau Ministerin. Wir haben Gefallen an den Sonderfällen gefunden. Mit Ausnahme der Bürokratie. Die Klassifizierung und Weitergabe der ungelösten Fälle nach den Vorgaben der EU ist keine Polizeiarbeit. Das ist reine Administration und, ganz offen gesagt: vielleicht gut gemeint, mehr aber nicht.«

»Ich weiß. Darum wird sich ebenfalls der Fritsch kümmern. Ich brauche Sie als Polizisten, nicht als Ärmelschoner. Die Frau Direktor und die Sektionschefs werden zwar keine Freude haben, wenn ich mich ins Organisatorische einmische, aber ich werde die Abteilung für Sonderfälle institutionalisieren. Sie bleiben im D-Trakt, berichten ausschließlich dem Fritsch beziehungsweise mir und werden sich um genau jene Fälle kümmern, die besonders sind. Einverstanden?«

Michael sah kurz zu Sabine hinüber, bevor er antwortete.

»Ja, Frau Ministerin, wir sind einverstanden.«

»Gut, Sie bekommen weitgehende Sondervollmachten, ähnlich jener der Nachrichtendienste. Ich will, dass Sie ungehindert und rasch arbeiten können.«

Michael Lenhart hob abwehrend die Hände. »Nein, Frau Ministerin. Hausintern hat man uns den schmeichelhaften Spitznamen ›Abteilung für Abfälle‹ gegeben, und seit letzter Woche klopft man uns mitunter neidvoll auf die Schultern. Sondervollmachten würden uns in den Augen der Kollegen zu etwas Besonderem machen, und das Besondere wird, zumal in Wien, gerne nach allen Regeln der Kunst wieder auf das Durchschnittsmaß reduziert. Abteilung für Sonderfälle genügt. Ihre informelle Unterstützung zusammen mit der organisatorischen Spitzfindigkeit von Brigadier Fritsch und dem Genie von Frau Wolf ist mehr, als wir brauchen.«

Ministerin Mannlicher lehnte sich in ihrem Sessel zurück und schüttelte den Kopf.

»Auch ein Argument, einverstanden. Aber was mich interessiert: Haben Sie das alles bereits vorab bedacht, oder ist Ihnen diese Erkenntnis erst jetzt gekommen?«

»Denken scheint mir ein steter Prozess zu sein. Allerdings bewegt das Denken allein nichts. Es muss auf einen Zweck gerichtet sein, und das Nachdenken darüber, wie es denn nun nach der erfolgreichen Feuertaufe mit der Abteilung für Sonderfälle weitergeht, war naheliegend. Der Rest ist mehr oder weniger eine Frage der Kausalität.«

»Zweckgerichtetes Denken, sehr gut! Vielleicht sollte ich diesen Grundsatz bei meiner nächsten Parlamentsdebatte von der Opposition einfordern.«

»Frau Ministerin, mit Verlaub, Politiker gehören wahrscheinlich zu den zweckgerichtetsten Menschen überhaupt. Das liegt in der Natur der Sache, nehme ich an. Einzig der Zweck, das Motiv ihres Tuns oder Nicht-Tuns, wäre zu hinterfragen. Abgesehen von der Qualität des Denkens an sich …«

Sabine Preiss unterbrach ihren Kollegen: »Michael, hör auf! Die Bemerkung der Ministerin war keine Einladung für einen Vortrag, sondern sarkastisch gemeint.« Und direkt an die Ministerin gewandt: »Frau Ministerin, wir haben in den vergangenen Tagen intern lange über die Zukunft der Abteilung für Sonderfälle diskutiert, lassen Sie uns einfach unseren Job erledigen.«

Die Ministerin sah zuerst Sabine Preiss einige Sekunden in die Augen und musterte anschließend Michael Lenhart. Der letzte Teil, einfach unseren Job erledigen, hallte in ihrem Kopf nach. War es tatsächlich besser, wenn sie sich nicht einmischte?

Michael Lenhart unterbrach das Schweigen: »Frau Ministerin, Sie fragten uns vorhin, ob Sie etwas für uns tun könnten, und das können Sie tatsächlich.«

»Und was, Lenhart?«

»Versprechen Sie uns, abzuheben, wenn wir anrufen, mehr nicht.«

Lachend erwiderte die Ministerin: »Ist das alles? Ich soll Sie in Ruhe lassen und auf Ihren Zuruf warten?«

Wie immer ruhig und sachlich, antwortete Michael Lenhart: »Exakt, Frau Ministerin. Wir machen unseren Job, und sollte uns jemand Knüppel zwischen die Beine werfen, kommen wir gerne auf Ihr Angebot zurück.«

Die Ministerin stand kopfschüttelnd auf, ging zu ihrem Schreibtisch und kam mit einer dünnen Aktenmappe zurück.

»Sie sind das ungewöhnlichste Duo, das mir in meinem gesamten Berufsleben untergekommen ist. Aber ich schätze Ihre offene und ehrliche Art, eine angenehme Abwechslung. Allerdings wird aus Ihnen beiden ab sofort ein Trio. Ihr Kurzzeitkollege, Gruppeninspektor Anton Steinbach, hat den Fritsch ausdrücklich um eine Versetzung zu Ihnen ersucht und mich dabei frecherweise gleich in cc gesetzt. Die Versetzung geht in Ordnung. Sie werden in Zukunft zu dritt arbeiten, viel Glück.«

Nach einer herzlichen Verabschiedung im Ministerbüro gingen die beiden zu ihrem unmittelbaren Vorgesetzten, Brigadier Fritsch, kamen aber nur bis in dessen Vorzimmer. »Na, da schau her, die beidn Schifahrer! Nett, dass wieda da seids, gesund und munter, wie ma scheint.«

»Ja, liebe Frau Wolf, danke der Nachfrage! Und wie geht's Ihnen?«

»Fragts ned! Da Alte schwebt seit letzter Wochn auf Wolke siebn wegen de Schweiza, und a die Deutschn san plötzlich handzahm. Oba die Arbeit wird ned weniger. Wollt's an Kaffee?«

»Sehr nett, Frau Wolf, aber wir haben gerade bei der Ministerin einen bekommen.«

»Jo, de is in Ordnung. I mein, i hab ja scho viele Minister geshn und die meisten …, aber lass ma des. Die Auszeichnung habn ma also abgelehnt, wie ich ghört hab?«

»Sie sind wie immer bestens informiert, Frau Wolf.«

»Des is a Lauffeuer, des sag i euch. Schaut's, so a Ehrenzeichn hättn alle gern, kriegns aber ned, und da Herr Major kriegt's, will's aber ned. So was beschäftigt die Leut.«

Sabine Preiss schüttelte den Kopf. »Es ist keine zehn Minuten her, dass wir bei der Ministerin raus sind, und Sie wissen bereits alles. Wie machen Sie das, Frau Wolf?«

Mit einem selbstbewussten Lächeln antwortete sie: »Aber geh, Frau Oberleutnant. Was imma im Büro der Ministerin beschlossn wird, geht üba den Schreibtisch ana Kollegin, so einem Urgestein, wia i ans bin. Mia haltn uns gegenseitig am Laufenden und den Ladn in Schwung. Wenn ma überall den Dienstweg einhaltn würdn oder alls so machn täten, wie's die Chefitäten wünschn, nicht auszudenkn, speziell in Wahlkampfzeitn. Ja, es gibt da so a Art Informations- und Korrekturnetzwerk, euch kann i's ja sagn. Aber des bleibt unter uns, versprochn?«

»Versprochen, Frau Wolf«, erwiderte Michael Lenhart. »Ist der Herr Brigadier im Büro?«

»Ja, ihr könnt's glei zu ihm rein. Aber er hat heut schlechte Laune. Ned wegen euch, wegen seiner Nicht-Freundin, der Richterin, die hat glei in der Früh angrufn. Des tut sie nua, wenn's zu Haus Brösl gebn hat. Also Vorsicht beim Altn.«

Im Büro von Brigadier Fritsch, dem stellvertretenden Leiter des Bundeskriminalamtes, war von einer frostigen Stimmung nichts zu bemerken. Mit einem Wink lud der Brigadier die beiden ein, Platz zu nehmen, und beendete das Telefonat.

»Schön, Sie beide gesund und munter wiederzusehen. Am Telefon vorhin war die Ministerin. Sie sind beide befördert, Gratulation! Dass Sie die Auszeichnung ablehnen würden, darauf hätte ich gewettet. Als Philosoph sind Sie ja mehr ein Asket, oder wie man das nennt.«

»Sie meinen die Kyniker, wie Diogenes. Aber das stimmt nicht ganz. Ich lehne Eigentum nicht ab, ganz im Gegenteil. Ich halte persönliches Eigentum für eine der zentralen Voraussetzungen eines friedlichen und prosperierenden Lebens in Gemeinschaft. Und um auf dieses Ehrenzeichen zurückzukommen: Hätte man uns beide ausgezeichnet, hätte ich angenommen, aber wo es nur um mich ging, war es für mich nur logisch, abzulehnen.«

»Wie auch immer, so sind nun mal die Regeln. Der Steinbach ist schon im D-Trakt. Er hat auf einer Versetzung in Ihre Abteilung geradezu insistiert, und mir soll es nur recht sein. Um die Bürokratie wird sich in Zukunft die 2.2., Verbindungsbüro Den Haag, Europol kümmern. Sollen die sich mit Brüssel herumschlagen. Für Sie beide habe ich einen anderen Fall. Die Finanz vermisst seit einigen Tagen einen leitenden Beamten, und niemand, auch nicht die Kollegen von der Abteilung Wirtschaftskriminalität, kann sich einen Reim darauf machen. Schauen Sie sich das an. Irgendetwas stimmt da nicht.«

»Gut, machen wir.«

»Noch etwas: Generalmajor Kollnig hat gemeint, Sie sollen die Laptops und Mobiltelefone behalten, und ich habe nichts dagegen, wenn Sie mit abgeschirmten Computern arbeiten. Für die Inventur muss ich mir allerdings noch etwas einfallen lassen. Geräte vom Kommando Führungsunterstützung & Cyber Defence im Innenministerium, das reicht für eine Titelgeschichte in der Stadtzeitung. Ach was, darum soll sich die Wolf kümmern. In diesem Sinne, an die Arbeit.«

Schon im Hinausgehen rief Brigadier Frisch die beiden nochmals zurück.

»Das hätte ich fast vergessen! In Bern sind sie ganz blass geworden, als ich ihnen das Material über die Organmafia gegeben habe. Die hatten nicht den leisesten Verdacht. Als Zeichen des Dankes und der Anerkennung hat gestern die Botschaft diesen Geschenkekorb im Namen unserer dortigen Kollegen für Sie beide vorbeigebracht. Hier, nehmen Sie. Ich habe auch einen bekommen und kann Ihnen versichern, speziell die Käse sind von ausgesuchter Qualität und die Weine ebenso.«

Mit dem Korb der Schweizer Kollegen machten sich die beiden auf den Weg in den D-Trakt, wo sie bereits von Anton Steinbach erwartet wurden.

»Servus zusammen. Sabine, Michael, melde mich zum Dienst! Und mit einem Blick auf den Geschenkekorb: »Habt ihr da das Mittagessen gleich mitgebracht?«

»Hallo, Michael, nein, das ist ein Geschenk der Schweizer. Der Fritsch hat ihn uns grad eben mitgegeben. Greif zu.«

»Aber der ist doch für euch?«

»Nein, für die Abteilung, also auch für dich. Nimm dir, was du willst.«

Verwundert sah sich Anton den Korb näher an.

»Danke, nett von euch! Wenn ich darf, nehme ich gerne die Schokolade. Sowohl meine Frau als auch die Kinder sind Naschkatzen, und Süßigkeiten von Favarger und Beschle gehören zu den besten.«

»Sicher, und nimm dir auch von dem Käse und dem Wein, Anton. Der Fritsch meinte, die wären ausnehmend gut.«

»Danke, Sabine, aber die Schokolade genügt.«

Wortlos nahm Michael den Korb, teilte alles in drei Teile und schob die gesamten Süßigkeiten zum dritten Teil.

»Anton, keine falsche Bescheidenheit. Wir sind ein Team, und du hast Frau und Kinder. Also nimm, und willkommen in der Abteilung für Sonderfälle.«

Zögernd griff Anton nach einer seiner beiden Weinflaschen und musterte sie. Ein Chardonnay vom Weingut Martha und Daniel Gantenbein.

»Danke euch! Eine solche Aufteilung bin ich nicht gewohnt. Übrigens, der Fritsch hat uns bereits einen Fall zugeteilt. Es geht um einen auf Malta verschwundenen Abteilungsleiter aus dem Finanzministerium. Die Unterlagen habe ich ausgedruckt, sie liegen auf euren Schreibtischen. Wie lauten die Befehle?«

Michael Lenhart schüttelte lächelnd den Kopf, füllte eine Karaffe mit Wasser und ging voraus ins Wohnzimmer. Anton folgte ihm verwundert, Sabine Preiss mit drei Gläsern.

Nachdem alle Platz genommen hatten, sah sich Michael in dem großen Raum mit den riesigen Panoramafenstern um, bevor er aufstand und anfing, auf und ab zu gehen.

»Anton, ich habe eine Bitte: Du hast es ja bei der Jagd auf die Organmafia bereits bemerkt. Die Arbeitsweise von Sabine und mir ist für Polizeibeamte wahrscheinlich so ungewöhnlich wie dieser D-Trakt. Eine Luxuswohnung mit eigenem Eingang, die niemand haben wollte, weil sie sich wegen der riesigen Fenster ab April in einen Backofen verwandelte, wurde interimistisch zum Büro umfunktioniert, und aus der Strafabteilung für zwei Sonderlinge ist eine fixe Abteilung für Sonderfälle geworden. Bei uns gibt es keine Befehle. Strenge Hierarchien mögen in Armeen und Konzernen sinnvoll sein, aber nicht bei uns dreien. Bei uns übernimmt immer der fachlich Kompetenteste die Führung. Als wir diese Ärztin im Imperial geschnappt haben, hat Sabine das Kommando übernommen, und beim Organisieren des Showdowns warst es du. So machen wir das intern. Titel und Ränge sind etwas für extern, einverstanden?«

Anton Steinbach sah seine Kollegen verblüfft an. Michael Lenhart hatte recht. Als sie die Falle in der Herrengasse organisierten, hatte er als deutlich Rangniedrigerer freie Hand. Hier musste er sich umstellen.

»Sorry, Michael, ich muss mich erst daran gewöhnen. Allerdings weiß ich nicht genau, was du mit extern meinst?«

»Die Welt da draußen, Anton. Unsere Kollegen legen meist großen Wert auf Titel und Ränge, und diese Eitelkeit machen wir uns zunutze. Ein Beispiel: Du willst etwas von einem Sektionschef, kommst aber nur bis zu dessen Assistenten, denn der Sektionschef ist ziemlich sicher Akademiker und gibt sich nicht gerne mit einem kleinen Gruppeninspektor ab. Also übernehme ich das für dich. Umkehrt ist es manchmal besser, wenn nicht gleich ein Major in Erscheinung tritt, in diesem Fall übernimmst du. Verstehst du, was ich meine?«

»Ja, das Ziel bestimmt die Mittel.«

»Genau, Anton! Glaube mir, auch für mich war es anfangs ungewohnt, so zu arbeiten, aber ich möchte es nie wieder anders haben«, meldete sich Sabine zu Wort und fuhr entschlossen fort: »So, und jetzt holen wir uns die Unterlagen, lesen uns ein, und dann sehen wir weiter.«

Der Bericht war kurz. Magister Walter Denk, Abteilungsleiter im Wiener Finanzministerium, zuständig für internationale Amtshilfe, vierundvierzig Jahre alt, geschieden, Vater einer neunzehnjährigen Tochter, war am Montag nach Malta geflogen, aber nicht zum vereinbarten Treffen erschienen. Nachdem der maltesische Kollege ihn auch am darauffolgenden Vormittag nicht erreichen konnte, rief er in Wien an, anschließend in der österreichischen Botschaft, und am Dienstagnachmittag machte er Meldung bei der Polizei. Eine Überprüfung im Hotel ergab nur, dass Walter Denk eingecheckt und kurz darauf das Hotel wieder verlassen hatte. Als man später das Zimmer überprüfte, war es leer. Auch die weitere Fahndung blieb erfolglos. Walter Denk war spurlos verschwunden.

»Nun, was meint ihr?«, fragte Michael.

»Väter verschwinden nicht einfach spurlos. Die Kollegen von der Wirtschaft wissen nichts, und es gibt keinen Hinweis auf einen Selbstmord.«

»Exakt, Anton. Außerdem wissen wir nicht, warum er tatsächlich nach Malta geflogen ist.«

»Tja, Abteilungsleiter arbeiten eben nicht in Teams und können sich ihre Auslandsreisen anscheinend selbst genehmigen«, ergänzte Anton sarkastisch.

»Sabine, was ist dein erster Eindruck?«

»Ich halte die Reihenfolge und die Zeit für interessant. Angenommen, wir laden jemand aus dem Ausland ein und unser Gast erscheint nicht am vereinbarten Treffpunkt, dann würden wir es sofort über dessen Mobiltelefon sowie im Hotel versuchen und noch am selben Abend zur Polizei gehen. Schließlich geht es hier nicht um einen Kurzurlaub, sondern um ein Treffen von zwei hochrangigen Finanzfahndern. Aber die Malteser lassen sich alle Zeit der Welt. Die Sache stinkt.«

»Also gehen wir ihr auf den Grund. Sabine, bitte übernimm du die Botschaft und versuche, mehr über unseren Ansprechpartner und die Finanzbehörden in Malta herauszufinden. Aber bleib allgemein, mach keinen Druck. Vorläufig soll alles nach reiner Routine aussehen. Anton und ich besuchen die Kollegen von der Wirtschaft und Finanz, einverstanden?«

»In Ordnung. Bitte kümmere du dich um das Mittagessen und nimm auch etwas fürs Frühstück mit.«

»Gern, besondere Wünsche?«

»Nein. Schau, was es bei Henry im Buffet Warmes gibt. Und ein Salat wäre gut.«

Anton folgte diesem scheinbar alltäglichen Dialog mit zunehmender Neugierde. Hatte Sabine tatsächlich von Frühstück gesprochen?

»Moment, Frühstück? Heißt das etwa das, was ich gerade denke?«

Während Sabine nur lächelnd zu Michael hinübersah, antwortete dieser ganz sachlich: »Ja, du hast es zwar nicht ausgesprochen, aber unsere Partnerschaft geht seit unserem Skiurlaub über das Berufliche hinaus.«

»Und ich soll das für mich behalten, nehme ich an?«

»Ja, selbstverständlich! Es geht niemanden etwas an.«

»Das widerspricht aber den Regeln.«

»Ich weiß, und ich, vielmehr *wir* widersetzen uns dieser Regel, da wir keinen Grund sehen, inwiefern unser Privatleben unsere Arbeit beeinträchtigen könnte.«

»Machen da der Philosoph und die Mathematikerin ihre eigenen Regeln? Wie geht das mit euren hohen Standards zusammen?«, wollte Anton, nach wie vor verblüfft, wissen.

Nach einem Blick zu Michael antwortete Sabine: »Das Pflänzchen ist noch sehr jung. Wenn wir bereits jetzt unser privates Verhältnis melden, ist diese Abteilung, unsere Abteilung, erledigt, das wollen wir nicht. Wir werden uns daher ein wenig Zeit lassen. Um beim Bild des Pflänzchens zu bleiben: Wenn es gewachsen ist und starke Wurzeln hat, werden wir es melden. Wenn nicht, war es die Meldung nicht wert. Zufrieden?«

Anton hob lachend die Arme und entgegnete: »Ja, absolut. Dieses kleine Geheimnis bleibt intern. So, und jetzt zum Externen, zu den Kollegen von der Wirtschaft. Lass uns gehen. Michael, hast du noch den Wagen?«

»Ja, es hat mich niemand nach den Schlüsseln für den BMW gefragt.«

Während Anton Steinbach in Richtung Josef-Holaubek-Platz im neunten Wiener Gemeindebezirk fuhr, studierte Michael Lenhart nochmals die Unterlagen. Als er die Mappe zuklappte, fragte ihn Anton: »Du hast früher selbst in Wirtschaftsfällen ermittelt. Kennst du die dortigen Kollegen?«

»Kaum. Ich war bei der 5.3., Verdeckte Ermittlungen. Allerdings hatte das Siebener-Büro, Wirtschaftskriminalität, selten Freude an meiner Arbeit. Sie meinten, ich würde in ihrem Teich fischen. Es könnte also sein, dass unser Empfang ein wenig frostig ausfällt. Wie sieht es bei dir aus?«

»Mit 7.2., Finanzermittlungen, hatte ich immer wieder zu tun. Die waren ganz in Ordnung. Aber wir sollen uns an den Abteilungsleiter, Major Ernst Tschiller, halten, den kenne ich nicht, du?«

Nachdenklich blickte Michael aus dem Fenster. »Den Boss, ja, den kenne ich. Recht gut sogar. Ich würde sagen, er gehört eindeutig in die Kategorie extern.« Auf einen fragenden Blick seines Kollegen hin fuhr Michael fort: »Ich nehme an, du kennst das Gebäude dort?«

»Du meinst die dortige Tintenburg? Sicher, warum?«

»Weil der Tschiller in meinen Augen diesem Gebäudetypus genau entspricht. Streng, zweckorientiert, nüchtern, machtbewusst und bar jeder Schönheit und Eleganz.«

Verwundert erwiderte Anton: »Du beurteilst Menschen nach ihrem Aussehen?«

»Nein, zumindest nicht bewusst. Mit Schönheit und Eleganz meine ich nicht das Äußere. Es geht vielmehr um eine Schönheit und Eleganz des Denkens, des Ausdrucks, des Seins. Aber der Mangel an Schönheit scheint mir insgesamt eine Krankheit unserer Zeit zu sein. Wir huldigen der nackten Funktion und lassen die Schönheit nur zu leicht verkümmern. Schau aus dem Fenster: Die moderne Architektur hat das Besondere, Regionale, Schöne durch das Glatte, Austauschbare, Uniformierte ersetzt. Friedensreich Hundertwasser sprach in diesem Zusammenhang von der gottlosen Geraden, und sein Freund, Arik Brauer, philosophierte darüber schon vor rund vierzig Jahren in seinem Buch *Das Runde fliegt*. Ja, in meinen Augen ist die moderne Architektur meist funktionell, aber seelenlos. Konrad Lorenz, ein anderer großer Österreicher, bezeichnete diese Gebäude als Batterien für Nutzmenschen. In diesen Beton- und Glasschluchten arbeitet man nicht, man funktioniert, man flaniert nicht, man hastet, man lebt nicht, man vegetiert.«

»Und der Tschiller ist so: funktionell und seelenlos?«

»Nein, nicht seelenlos. Ich spreche keinem Menschen eine Seele ab. Das steht mir nicht zu. Er definiert sich sehr stark über seine Funktion, seinen Titel. Insofern ist er ein ideales Übungsfeld für unsere Intern/extern-Arbeitsweise.«

»Hast du sonst noch einen Tipp? Wir sind gleich da.«

»Ja, nimm auf keinen Fall einen der nummerierten Parkplätze. Die Kollegen hier sind diesbezüglich sehr empfindlich.«

Nachdem sie den Wagen auf einem der Gäste-Parkplätze abgestellt hatten, gingen die beiden zum Empfang und ließen sich bei Major Tschiller anmelden. Wie erwartet, ließ der Herr Major sie zuerst warten und schickte dann einen jungen Assistenten.

»Herr Lenhart, ich bin Revierinspektor Klaus Brandtner. Sehr erfreut, Sie kennenzulernen. Ihr Ruf eilt Ihnen voraus. Der Herr Major, Magister Tschiller, hat mir den Auftrag gegeben, mich um Sie zu kümmern. Er ist sehr beschäftigt und kann Sie daher im Augenblick nicht empfangen, so leid es ihm tut. Was kann ich für Sie tun?«

Zur Verblüffung von Revierinspektor Brandtner blieb Michael Lenhart freundlich lächelnd stehen und schwieg. Nach einigen Sekunden des Schweigens fragte der junge Revierinspektor leicht verunsichert: »Herr Lenhart? Ist etwas?«

Weiterhin lächelnd erwiderte dieser: »Aber nein, wo denken Sie hin, Herr Revierinspektor! Ich wollte Ihnen nur, wie es die Höflichkeit gebietet, die Gelegenheit geben, sich auch bei meinem Kollegen vorzustellen, Gruppeninspektor Steinbach«, und mit diesen Worten trat er demonstrativ einen Schritt zur Seite.

Revierinspektor Brandtner reagierte aalglatt und begrüßte auch Anton Steinbach mit falscher Herzlichkeit, wurde beim Händeschütteln allerdings zunehmend rot, während Anton Steinbach bis über beide Ohren grinste.

Michael Lenhart wechselte die Aktenmappe von der linken in die rechte Hand und sah sich demonstrativ um. »Sehr schön, nun, da wir uns alle vorgestellt haben, sollten wir uns auf den Weg machen. Wenn ich mich recht erinnere, geht's hier entlang.«

Lenhardt ging los, und Revierinspektor Brandtner eilte ihm nach und erwiderte mit einem Anflug von Panik in der Stimme: »Aber ich bitte Sie, Herr Lenhart! Der Herr Major ist, wie gesagt, verhindert. Wenn Sie mir bitte in das Besprechungszimmer folgen wollen. Ich habe den ausdrücklichen Auftrag, mir Ihre Bitte anzuhören und Sie nach Kräften zu unterstützen.«

Michael Lenhart blieb stehen, sah sich um und dann dem verunsicherten Brandtner direkt in die Augen. »Mein lieber Herr Revierinspektor, Sie haben wirklich Ihr Bestes gegeben, aber wir gehen jetzt diesen Gang hinunter, und wenn wir beim Büro von Major Tschiller angekommen sind, werden Sie artig anklopfen, die Türe öffnen und uns persönlich beim Herrn Major vorstellen. Haben Sie mich verstanden?«

Revierinspektor Brandtner ließ die Schultern hängen und gab sich geschlagen. Beim Büro von Major Tschiller angekommen, klopfte er leise, öffnete die Tür und ließ die beiden eintreten. »Es tut mir leid, Herr Major. Er hat darauf bestanden, mit Ihnen persönlich zu sprechen. Ich konnte nichts tun.«

Major Tschiller blickte nur kurz von seinem Computer auf und tippte weiter. »Das hatte ich befürchtet«, sagte er leise, und an seinen Assistenten gewandt: »Du kannst gehen.«

Nachdem Revierinspektor Brandtner die Tür leise hinter sich geschlossen hatte, klappte Major Tschiller den Laptop zu, stand auf, richtete seinen Hosenbund und sah die Besucher feindselig an. »Was wollen Sie, Lenhart?«

»Es geht um das Verschwinden von Walter Denk auf Malta.«

»Verstehe, der Fritsch hat Ihnen also einen neuen Fall gegeben. Ich hatte zwar gehofft, dass sich unsere Wege nie mehr kreuzen, aber diese Bitte ist anscheinend nicht erhört worden. Wie auch immer, zum Denk kann ich nichts sagen. Wir haben keinerlei Informationen. Da müssen Sie sich zur Finanzpolizei bemühen.«

»Sie arbeiten doch eng mit denen zusammen. Gibt es von Ihrer Seite keinerlei Hinweise oder Verdachtsmomente?«

Weiterhin frostig antwortete Major Tschiller: »Ist das Ignoranz, oder macht es Ihnen einfach Spaß, anderen auf die Nerven zu gehen? Wenn ich sage, wir haben keinerlei Hinweise, dann ist das auch so. Als wir die Meldung bekamen, sind wir alles durchgegangen, genau und streng nach Vorschrift. Von unserer Seite gibt es nichts. Das steht auch alles im Bericht. Sie hätten sich den Weg und mir ein Wiedersehen mit Ihnen sparen können.«

Michael Lenhart blieb gewohnt höflich. »Trotzdem vielen Dank, Herr Major. Wir werden uns selbstverständlich auch bei den Kollegen im Finanzministerium umhören. Sollten sich neue Verdachtsmomente oder Fragen ergeben, werden wir uns im Bedarfsfall wieder vertrauensvoll an Sie wenden. Am besten per E-Mail, nehme ich an?«

Major Tschiller setzte sich und klappte seinen Laptop wieder auf. »Wenn es sein muss. Jede Arbeit hat eben ihre Schattenseiten. Die Tür ist dort.«

Zurück im Auto, sah Anton seinen Partner verdutzt an. »Du hast mit diesem Empfang gerechnet, Michael, stimmt's?«

»Ja, und ich bin sehr zufrieden, ein voller Erfolg.«

»Inwiefern war das ein Erfolg? Ganz abgesehen von der frostigen Atmosphäre?«

»Erstens hast du dich ausgezeichnet geschlagen und nicht provozieren lassen, von der fast zerquetschten Hand des Assistenten einmal abgesehen, aber das war der Situation angemessen und nicht wirklich aggressiv. Höchstens ein wenig kindisch.«

Lachend unterbrach ihn Anton: »Ja, der hat nicht gewusst, ob er schreien oder betteln soll. Aber ich wollte diesen Schleimer nicht so einfach davonkommen lassen. Also habe ich bei der Begrüßung seine Hand bei den Fingergrundgelenken genommen und ordentlich zugedrückt. Aber ich habe dich unterbrochen, sorry. Nach erstens kommt bekanntlich zweitens.«

»Zweitens war das eine Lehrstunde in der hohen Schule der verbeamteten Unfreundlichkeit. Es hat so gut wie nichts gefehlt.«

»Unnötiges Warten und das versuchte Abwimmeln durch einen subalternen Mitarbeiter?«

»Gut erkannt, was noch?«

»Er hat uns nicht eingeladen, Platz zu nehmen, der feine Herr Major.«

»Richtig, aber das war noch nicht alles.«

»Das Weglassen der Titel. Der Knilch hat dich immer nur mit Nachnamen angesprochen, während er seinen Vorgesetzten stets Magister und Major nannte.«

»Richtig. Damit waren von Anfang an alle Fronten geklärt und die Niederlage von Herrn Major Tschiller fast perfekt.«

»Sorry, aber das verstehe ich jetzt nicht.«

»Aus ihrem Bericht wussten wir, dass sie keine Kenntnisse im Zusammenhang mit dem Verschwinden des Herrn Denk auf Malta haben, trotzdem sind wir hierhergefahren, haben uns weder abweisen noch provozieren lassen und klargemacht, dass wir den Fall verfolgen und einer Konfrontation nicht aus dem Weg gehen.«

Anton Steinbachs Miene hellte sich auf: »Daher auch dein Hinweis auf die E-Mails! Die Botschaft dahinter: Entweder du antwortest auf meine Mails, oder ich stehe immer wieder genau hier in deinem Büro als dein persönlicher Albtraum, sehr schlau! Aber sag, warum kann dich der Tschiller nicht ausstehen?«

»Eine alte Geschichte. Er war damals noch nicht Abteilungs-, sondern erst Büroleiter, ermittelte in einer Fälschungssache und legte den Fall schließlich zu den Akten, aus Mangel an Beweisen. Gleichzeitig bin ich bei meinen Ermittlungen, unabhängig von ihm, auf diesen Fall gestoßen und habe ihn, sagen wir, mitgenommen und zum Abschuss gebracht. Weder er noch seine Mitarbeiter hatten die Unterlagen richtig interpretiert und die Zusammenhänge erkannt. Die Sache machte die Runde und war ihm unglaublich peinlich.«

»Kann ich mir vorstellen. Wir sind gleich bei der Hinteren Zollamtsstraße. Wird uns hier ein ähnliches Theater erwarten?«

»Nein, die dortigen Kollegen habe ich immer als sachorientiert und fair erlebt.«

»An wen wenden wir uns hier?«

»Sektionsleiter Thomas Berger, er ist der Vorgesetzte von Walter Denk, ein alter Bekannter.«

»Na, dann bin ich mal gespannt, wie die Begrüßung ausfallen wird.«

Anders als bei der Abteilung Wirtschaftskriminalität wurden die beiden im Finanzministerium freundlich begrüßt, und der Sektionsleiter kam ihnen auf dem Gang entgegen. »Servus Michael, schön, dich zu sehen.«

»Ebenfalls servus, Thomas. Darf ich vorstellen, mein Partner, Anton Steinbach.«

»Bitte kommt rein.«

Nachdem alle Platz genommen hatten und mit Kaffee und Wasser versorgt waren, schob Sektionsleiter Berger eine dünne Aktenmappe über den Tisch. »Das ist leider alles, was wir in der Sache wissen. Ganz ehrlich, wir haben keine Ahnung, warum der Denk verschwunden sein könnte.«

Michael Lenhart blätterte kurz in den Unterlagen und legte sie dann beiseite. »Sehe ich das richtig, es gab keinen konkreten Fall, sondern der Denk ist aufgrund eines Telefonats mit seinem maltesischen Kollegen in den Flieger gestiegen?«

»Ja, er rief mich am Freitag gegen zwanzig Uhr an und teilte mir mit, dass er am Montag für ein bis zwei Tage nach Malta müsse. Das war's.«

»Eine sehr spontane Reise.«

»Ja, und der Denk ist ein erfahrener und sehr genauer Mann. Wenn er also am Freitag beschließt, nach Malta zu fliegen und damit seinen gesamten Terminkalender durcheinanderzuwirbeln, dann muss es wichtig gewesen sein.«

»Weißt du, ob er seinen maltesischen Ansprechpartner schon länger kannte?«

»Nicht genau, aber ich nehme es an. Der Denk war, nein, ist für die internationalen Kontakte, beispielsweise die EGMONT-Gruppe, zuständig. Allein durch die regelmäßigen Treffen im Rahmen der internationalen Kooperation dürfte er ihn gekannt haben. Ich meine, so groß ist Malta und das dortige Finanzministerium nicht.«

»Ein gutes Argument. Ich nehme an, du hast auch mit Denks Mitarbeitern gesprochen.«

»Sicher, aber die tappen ebenfalls im Dunkeln und haben keine Erklärung.«

»Du sagtest, der Denk ist ein sehr penibler Mann, und als solcher hat er sich auf das Treffen doch sicher vorbereitet. Gibt es dazu irgendetwas?«

»Nein. Er war am Wochenende nicht im Büro. Wir haben seine Logfiles überprüft. Er hat am Freitag um sechzehn Uhr sieben das Büro verlassen und davor nichts im Zusammenhang mit Malta aufgerufen.«

»Trotzdem, es muss etwas geben. Was sagt dir dein Gefühl? Du kennst den Mann. Wie ist seine Arbeitsweise? Wofür ist er bekannt?«

Sektionsleiter Berger dachte nach, stand dann plötzlich auf und griff zum Telefon. »Lass mich etwas überprüfen.« Eine Minute später hatte er die Antwort: »Der Denk hat sich immer über Land und Leute schlaugemacht. Ich bin sicher, in seiner Wohnung werdet ihr Unterlagen zur Geschichte Maltas finden, von der Besiedelung bis zur Botanik.«

»Danke für den Hinweis. Wir werden darauf achten.«

»Macht das. Mehr kann ich im Moment leider nicht für euch tun.«

»Dass es bei dir im Haus keinen aktuellen Fall gibt, ist für uns schon eine große Hilfe.«

Michael Lenhart stand auf und gab damit das Zeichen zum Aufbruch.

Bei der Verabschiedung an der Tür klopfte Sektionschef Berger ihm anerkennend auf die Schulter: »Bevor ich's vergesse: Gratulation zu dieser Geschichte in der Herrengasse. Das scheint ja ein ganz dicker Fisch gewesen zu sein. Ich schätze, damit hat sich das anfangs fragwürdige Ansehen der Abteilung für Sonderfälle schlagartig verbessert.«

»Na ja, ich habe den Eindruck, die Wirtschaftskriminalisten sind da anderer Meinung, zumindest der Tschiller.«

»Du warst bei ihm?«

»Ja, vorhin.«

»Und? Ist er noch immer beleidigt?«

»Es scheint so.«

»Tja, die eigenen Fehler einzugestehen, ist nicht leicht.« Und an Anton Steinbach gewandt ergänzte er freundlich: »Und Sie sind laut Flurfunk das Organisationsgenie von Michael. Falls Sie berufliche Abwechslung suchen und Ihnen die philosophischen Weisheiten von unserem Professor zu viel werden, rufen Sie mich an.«

Lächelnd erwiderte Anton: »Danke für das Kompliment, aber bis jetzt fühle ich mich bei den Sonderfällen pudelwohl.«

Im Auto und zurück auf dem Weg in die Herrengasse fragte Anton: »Woher kennst du den Sektionschef?«

»Privat. Er hat mit meinem Freund, Helmut Schober, studiert.«

Nachdenklich erwiderte Anton: »Meinem Freund. Soll das heißen, du hast nur einen einzigen Freund?«

»Ja, allerdings definiere ich Freundschaft nicht nach Facebook-Kriterien. Ich halte es eher mit Aristoteles. Der unterscheidet bei der Freundschaft drei Motive: um des Wesens, des Nutzens und der Lust willen. Hinzu kommt noch der Faktor Zeit, man könnte es auch Bewährung oder Gewohnheit nennen. Wahre Freundschaft ist in meinen Augen nur jene des Wesens, denn sie ist von hoher Toleranz und einer gewissen Bedingungslosigkeit geprägt. Ja, mein Freund, oder sagen wir, mein bester Freund ist der Helmut.«

Anton Steinbach schüttelte den Kopf. »Da muss ich noch viel lernen. Neben dir kommt man sich schnell ein wenig dumm vor.«

»Ganz im Gegenteil, Anton! Im Grunde geht es um Lebensklugheit, gepaart mit Offenheit. Du verfügst über beides.«

»Danke für die Blumen.« Nach einer Pause fügte er hinzu: »Könnte auch ich dein Freund werden, trotz unseres Wesensunterschieds?«

»Da habe ich mich vielleicht ein wenig missverständlich ausgedrückt. Mit Wesen ist primär eine Art Gleichklang im Charakter gemeint, und hier scheinen mir die

Voraussetzungen durchaus gut. Aber Freundschaft ist nichts, was man hat, sondern was man tut. Sie lebt von der Pflege, und zwar gegenseitig. Beziehungen, egal welcher Art, unterliegen immer einer Entwicklung, entscheidend ist die Richtung und, wie gesagt, das Tun, die Pflege. Aber nun zu anderen Dingen: Wir müssen noch fürs Mittagessen einkaufen. Lass uns beim Büro parken und zu Fuß zum Neuen Markt gehen, so bekommen wir noch ein wenig frische Luft.«

Zurück im D-Trakt, erwartete Sabine sie bereits. Michael sagte, er wolle noch schnell etwas überprüfen, und währenddessen stellten Sabine und Anton die mitgebrachten Speisen auf den Tisch.

»Und? Was habt ihr mitgebracht?«

»Chicken Tikka Masala, Rosmarin-Zitronen-Huhn und Kalbsbutterschnitzel, dazu Salat und als Nachspeise Marmorgugelhupf.«

»Sehr gut, und wie war's sonst?«

»Interessant! Michael hat mir die drei Motive der Freundschaft erklärt.«

Lachend erwiderte Sabine: »Ja, unser Philosoph. Ein brillanter Kopf mit Problemen bei der Umsetzung.«

»Wie meinst du das?«

»Michael denkt zu viel. Oder sagen wir so, er denkt nicht zu viel, sondern begnügt sich privat zu oft mit der Erkenntnis.«

Nachdenklich musterte Anton seine Kollegin. »Darum auch sein sehr überschaubarer Freundeskreis?«

»Ja, aber das ist eine eigene Geschichte. Wie war's bei den Kollegen?«

»Bei den Wirtschaftskriminalisten ist Michael nicht gerade beliebt, und im Finanzministerium haben sie keine

Ahnung, warum der Denk nach Malta geflogen ist. Dafür war der Empfang deutlich freundlicher. Mit anderen Worten, in Wien gibt es nichts, womit wir arbeiten können. Hast du die Kollegen in Malta erreicht?«

»Ja, ich erzähle es euch nach dem Essen. Hol du unseren Sherlock.«

Nach dem zweiten Ruf gesellte sich Michael zu den beiden und legte ein Blatt Papier auf den Tisch. Als ihn Anton fragend ansah, meinte Michael nur: »Nach dem Essen, Mahlzeit.« Und Sabine ergänzte: »Michael spricht beim Essen nicht gerne über die Arbeit. Das widerspricht seinem Verständnis von Achtsamkeit, und ganz ehrlich, im Grunde hat er recht. Beim Essen hat die Arbeit Pause.«

Nachdem sie den Tisch abgeräumt hatten und Michael für alle Kaffee brachte, nahm Anton den Faden wieder auf. »Also erzähl, was hat es mit diesem Blatt Papier auf sich?«

Michael Lenhart drehte die einzelne Seite um. Es war nur der Fotoprint eines Post-its. »Die Kollegen von der Finanz haben dankenswerterweise auch Denks Arbeitsplatz fotografiert, und das ist womöglich eine Spur.«

Die beiden sahen es sich an, aber die handschriftlichen Worte »der Malik« sagten ihnen nichts.

»Mir sagte das auch nichts, aber es war das einzige Post-it auf einem penibel aufgeräumten Schreibtisch. Ich habe es vor dem Essen noch schnell überprüft. Malik hat zwei Bedeutungen: Im Islam ist Malik der Name eines Zebani, eines Höllenwärters. Letztere sind Engel, und Malik ist der größte und mächtigste unter ihnen. Im Arabischen bedeutet Malik König oder Stammeschef.«

»Interessant, allerdings steht hier nicht Malik, sondern *der* Malik. Daher scheint mir die Bedeutung König zutreffender.«

»Ja, Sabine. Aber diese Vermutung allein ist nicht genug. Wir müssen es bei Gelegenheit überprüfen. Wie sieht es in Malta aus?«

»Eigenartig. Zuerst habe ich mit unserer Botschaft gesprochen. Der Denk ist trotz landesweiter Suche nach wie vor verschwunden, und die Polizei schließt ein Verbrechen nicht aus, zumal sein Zimmer von Unbekannten geräumt wurde. Beim dortigen Finanzministerium will man von nichts wissen. Der Verbindungsbeamte, Antonio Casar, erklärte zwar, den Denk von einer Konferenz in Deutschland zu kennen, mehr aber nicht. Einen Anruf in Wien schloss er kategorisch aus. Allerdings wirkte er nervös und berief sich mehrmals nur auf den Kontakt bei einer Konferenz in Frankfurt.«

Michael begann im Zimmer auf und ab zu gehen.

»Nervös, sagtest du. Warum sollte ein Anruf aus Wien einen hohen Beamten nervös machen?«

»Der Mann hat Angst, die Frage ist nur, wovor?«

»Das müssen wir herausfinden. Hat er dich irgendetwas gefragt?«

»Ja. Er wollte wissen, ob wir eigene Ermittlungen anstellen und schon Kontakt mit der maltesischen Polizei aufgenommen hätten. Ich habe ihm erklärt, dass unser Anruf reine Routine wäre und wir bei den Ermittlungen auf die Kollegen in Malta vertrauen. Das scheint ihn beruhigt zu haben.«

»Gut, je ruhiger die im Moment sind, desto besser.«

»Warum ist das gut?«

»Weil der Unwissende Mut hat und der Wissende Angst. Der Mann weiß etwas, hat aber Angst, den Grund dafür einer ihm unbekannten Wiener Polizistin zu nennen. Also ist es nur gut, wenn wir seine Angst oder vielleicht auch sein Risiko durch Unachtsamkeit nicht noch vergrößern. Wir wissen einfach zu wenig, noch.«

»Dann sollten wir der Wohnung von Denk einen Besuch abstatten. Mal sehen, ob sich dort etwas findet.«

»Ja, aber das machen wir zusammen. Sabine, ruf bitte seine Tochter an, sie hat die Schlüssel.«

Montag, 15.58 Uhr, Leadenhall Street 122, London

Gabriel Malik, nach arabischer Schreibweise Gabriel bin Malik, betrachtete gedankenverloren die vorüberziehenden Wolken. Die Aussicht aus dem dreiundvierzigsten Stock des futuristischen Leadenhall Building war einer der Gründe, warum er sich für diese Büroadresse in London entschieden hatte. Ein anderer war die Geschichte dieser Straße zwischen Cornhill und Fenchurch Street. Früher hatte hier die berühmte East India Company, eine Firma, die wie ein Staat im Staat agierte, ihr Hauptquartier, und diese Vorstellung fand Gabriel Malik inspirierend.

Seinem Vater gefiel dieses Gebäude, im Volksmund Reibeisen genannt, überhaupt nicht. Es war ihm zu modern, zu protzig, zu hässlich und zu teuer, aber letztendlich ließ er seinen Sohn gewähren. Das Büro erfüllte seinen Zweck, und dieser bestand in erster Linie in seiner vornehmen Adresse und der Tatsache, dass es in der City of London lag, dem ältesten Offshore-Gebiet der Welt.

Die gleichen Kriterien galten für die zweite, von seinem Bruder Elias geleitete Niederlassung ihres Familienimperiums in Brüssel. Einzig die Zentrale, die Wiege von allem, wie sein Vater nicht müde wurde zu betonen, stand in Wien und war so ganz anders: konservativ, unauffällig und vergleichsweise sehr bescheiden.

»*And now for something completely different*«, kündigte die Stimme von John Marwood Cleese seine Video-Konferenz an. Gabriel Malik bestätigte die Verbindung, und am Bildschirm tauchte das Bild seines sichtlich müden Bruders auf.

»Hallo, Bruderherz, wie sieht es bei dir in Brüssel aus?«

»Frage nicht. Abraham hat Fieber und hält uns die ganze Nacht auf Trab. Ich habe fast kein Auge zu gemacht.«

Gabriel Malik schüttelte milde lächelnd den Kopf: »Wofür bezahlst du denn all die Kindermädchen?«

»Das verstehst du erst, wenn du selbst endlich erwachsen wirst und einen Sohn gezeugt hast. Wie auch immer. Ich habe die Runde für das Karussell fertig, in Summe sollte sie uns rund sieben Millionen bringen.«

»Klein, aber fein. Wie besprochen über Deutschland?«

»Ja, über die Green Future geht's zu unseren Handelsagenturen in Berlin und Hamburg. Dir fällt die Rolle der Bank zu.«

»Gut, und dann wieder von vorn?«

»Im Grunde ja, aber dafür lassen wir es anders laufen. Ich schicke dir die Details später. Wie sieht es mit Vaters Auftrag aus?«

»Unser Mann in Tanger hat bei seinem Leben versprochen, dass die Ware künftig mindestens zehn Prozent THC enthalten wird. Sie haben die neuen Dünger bekommen und ein Ausbildungsprogramm für die Bauern gestartet. Aber im Grunde ist das ein totes Business, und das weißt du.«

»Ja, aber noch ist es in Europa nicht legal, und die Spanne stimmt.«

»Trotzdem. Entweder wir investieren in die legale Zukunft und den medizinischen Bereich, oder wir steigen aus.«

»Bei der Medizin sind die Israelis weit voraus, und unser Abu ist nun mal anderer Ansicht.«

Widerwillig musste ihm Gabriel Malik zustimmen. Das Wort des Vaters war Gesetz. »Ich weiß.«

»Hast du dich um Malta gekümmert? Du weißt, Vater ist in diesen Dingen unerbittlich.«

»Ist erledigt. Ich habe heute die Bestätigung bekommen. Der dortige Finanzschnüffler hat die Botschaft verstanden, und die Österreicher überlassen die Ermittlungen der maltesischen Polizei.«

»Du hast die Telefone angezapft?«

»Ja, und den Mailverkehr, aber über Dritte. Zu uns gibt es keine Verbindung.«

»Hast du Vater bereits unterrichtet?«

»Ja, er hat nur ›gut‹ gesagt und aufgelegt.«

Elias Malik musterte das Gesicht seines Bruders am Bildschirm und versuchte, dessen Gedanken und Gefühle zu erahnen. Gabriel war zwei Jahre jünger als er und immer der Liebling ihres Vaters gewesen. Aber mit der Zeit hatte sich dieses innige Vater-Sohn-Verhältnis abgekühlt. Im Grunde waren sie sich zu ähnlich. Beides Alphatiere, die sich schwertaten, Macht abzugeben oder sich unterzuordnen. Und über allem stand das Familiengesetz: Der Vater hat das Sagen, und alle wichtigen Positionen werden innerhalb der Familie besetzt. *Die Familie ist unsere Festung.* Wie oft hatte er als Kind diesen Satz von seinen Eltern gehört. Ob jemand Alkohol trank oder nur noch sporadisch gegen Mekka betete, war ihrem Vater im Grunde egal, aber wer es ihm gegenüber an Respekt mangeln ließ oder seine Anweisungen auch nur in Zweifel zog, lebte gefährlich. Das galt selbst für sie als Söhne.

Ihr Vater hatte als Jugendlicher Tindouf, die Wüstenregion im Grenzgebiet zwischen Algerien und Marokko, verlassen, aber die Familiengesetze ihrer nomadischen Vorfahren mit nach Europa genommen. Archaisch, mitunter brutal, aber gerade in einem zunehmend bindungs- und identitätslos werdenden Europa erfolgreich. Elias Malik konzentrierte sich wieder auf das Gespräch mit seinem Bruder. »Aber du behältst Malta weiter im Auge?«

»Sicher. Allerdings sollten wir uns mittelfristig eine andere Adresse für die Holding suchen, beispielsweise in Nevada.«

»Vergiss es.«

Widerwillig antwortete Gabriel Malik: »Ich weiß, Vater will es nicht.«

»Und dabei solltest du es belassen.«

»Das tue ich, vorläufig. Ja, unser Abu ist mit seinen Methoden und Geschäften groß geworden, aber die Zeiten haben sich geändert. Wir verdienen mit Förderungen, der Umsatzsteuer und den CO_2-Zerifikaten mehr als mit allen anderen Zweigen, und das weitgehend risikolos.«

Insgeheim stimmte Elias Malik seinem Bruder zu. Ihr Vater hatte das Familienimperium aufgebaut und hielt nach wie vor an den alten Geschäftsmodellen und seinem kleinen Notizbuch fest. Aber Cannabis, Einkaufszentren, Ferien- und Wohnimmobilien warfen nur mühsam Gewinne ab und waren arbeitsintensiv. Die virtuellen Möglichkeiten, richtig Geld zu machen, hatte ihr Vater nie verstanden – nie verstehen wollen.

»Ich weiß, aber du kennst Vaters Grundsatz: Nur was ich in die Hand nehmen kann, hat einen Wert. Davon wirst du ihn nicht abbringen.«

Frustriert erwiderte Gabriel Malik: »Aber die Millionen, die wir damit verdienen, kann er sehr wohl in die Hand nehmen, gesteht es sich aber nicht ein. Er kann nicht zugeben, dass ich recht habe und er zum alten Eisen gehört.« Er stöhnte frustriert. »Aber lass uns jetzt Schluss machen. Ich muss ohnehin noch zu Anderson & Sheppard und bin schon spät dran.«

»Neue Anzüge?«

»Im Grunde eine ganz neue Garderobe. Ich habe in letzter Zeit viel trainiert und drei Kilo Muskeln aufgebaut.«

Elias Malik schüttelte den Kopf, während er die Kosten der neuen Garderobe überschlug. Mindestens ein Dutzend Anzüge, dazu Smoking, Mäntel und Hemden, beim exklusiven Geschmack seines Bruders dürften da schnell einhunderttausend Pfund zusammenkommen. Aber das spielte keine Rolle. Viel wichtiger war, dass sich die Laune seines Bruders dadurch verbessern würde.

»Na dann, viel Vergnügen.«

»Danke, Bruderherz, und grüß mir deinen Junior.«

Dienstag, 9.00 Uhr, Institut für Orientalistik, Spitalgasse, Wien

Doktor Rüdiger Schwarzl, Universitätsprofessor für Orientalistik, erwartete Michael Lenhart bereits mit einer gewissen Neugierde. Schließlich kam es nicht oft vor, dass sich ein Polizeioffizier an ihn wandte.

»Herr Doktor Lenhart, erfreut, Sie kennenzulernen. Bitte nehmen Sie Platz.« Er musterte die Visitenkarte, die Lenhardt ihm in die Hand drückte, und meinte mit gerunzelter Stirn: »Doktor, Hauptmann, Sonderabteilung, interessante Mischung. Was macht diese Sonderabteilung, und wie soll ich Sie ansprechen?«

»Lenhart genügt. Der Hauptmann stimmt seit gestern nicht mehr, und wir haben es mit zumindest auf den ersten Blick ungewöhnlichen Fällen zu tun.«

»Interessant, bitte verzeihen Sie, wenn ich nachfrage, warum sind diese Fälle nur auf den ersten Blick ungewöhnlich?«

»Weil der zweite Blick, jener auf das Motiv, das Ungewöhnliche meist gewöhnlich macht.«

»Interessanter Punkt, aber nun zum Grund Ihres Besuches. Wie kann ich Ihnen helfen?«

»Es geht um eine Frage der Semiotik, oder ganz klassisch, der Semantik. Alles, was wir haben, ist ein Name, Malik, sowie ein Artikel, der. Wenn jemand sagt ›der Malik‹, welche Bedeutungen könnten dahinterstecken?«

Professor Schwarzl rieb sich den Nasenrücken und kniff die Augen ein wenig zusammen.

»Nun, das ist in diesem Fall nicht so einfach. Ich fürchte, da muss ich ein wenig ausholen, aber ich werde es so strukturiert wie möglich tun. Also: Malik hat zwei, nein, drei Bedeutungen. Die erste ist eine religiöse, Malik ist der mächtigste aller Höllenwärter, ein Engel. Die zweite Bedeutung ist die des Namens, König, primär im Arabischen. So weit der grobe Google-Überblick. Doch in diesem Fall ist die Sache komplexer. Malik gibt es auch im Slawischen, Tschechischen, Bulgarischen und, in Abwandlung, im Türkischen.

Auf Arabisch bedeutet Malik bekanntlich König oder Stammesältester, also eine Verbindung aus Name und Stand. Auf Tschechisch lautet die Bedeutung kleiner Finger und auf Bulgarisch klein. Die türkische Entsprechung ist Melik und bedeutet wie im Arabischen König. In Armenien wiederum ist Malik ein Adelstitel, aber das müsste ich überprüfen. Da bin ich mir nicht ganz sicher.«

Michael Lenhart lächelte zufrieden. Bei Professor Schwarzl war er offensichtlich an den Richtigen geraten. »Sehr schön, Herr Professor. Nun stellt sich die Frage, ob uns angesichts der Vielzahl an Möglichkeiten Ockhams Rasiermesser weiterhelfen könnte?«

Professor Schwarzl sah seinen Gast für einen Augenblick verdutzt an, bevor er antwortete. »Interessanter Gedankensprung! Aber um zu einer befriedigenden Erkenntnis zu kommen, müssen Sie die Funktion arabischer Namen verstehen. Am besten, wir fangen mit Karl May an. Ich nehme an, Sie kennen dessen Bücher aus Ihrer Jugend?«

Verblüfft nickte Michael.

»Ich nehme dieses Beispiel gerne bei meinen Studenten. Sie erinnern sich an Hadschi Halef Omar Ben Hadschi Abul Abbas Ibn Hadschi Dawuhd Al Gossarah. Dieser Name klingt für europäische Ohren lang und ungewöhnlich, aber er ist logisch strukturiert und ein gutes Beispiel. Wörtlich ins Deutsche übersetzt, bedeutet er: der Mekkapilger Halef Omar ist der Sohn des Mekka-Pilgers Abul Abbas, der wiederum der Sohn des Mekka-Pilgers Dawud al Gossarah ist. Hadschi steht für den Hadsch und sagt uns, dass der Träger dieses Namens die Pilgerfahrt nach Mekka auf die vorgeschriebene Weise durchgeführt hat. Ben, Bin oder auch Ibn bedeutet Sohn von. Dann gilt es noch die Reihenfolge zu beachten. An erster Stelle kommt der Titel, sei es ein akademischer, religiöser oder einer des Adels. In unserem Falle ist es das Hadschi. Darauf folgt entweder ein vorangestellter Spitzname oder ein nachgestellter Ehrenname. Der Aufbau hat stets eine strenge Reihenfolge: Titel, laqab, kunya, ism, nasab, nisba, laqab. Das wird Ihnen so nichts sagen, aber ich kann Ihnen dazu ein paar Unterlagen schicken.«

»Danke, die Unterlagen nehme ich gerne. Nun steht auf einem von einem Österreicher ohne Arabischkenntnisse geschrieben Zettel nur ›der Malik‹. Was fällt Ihnen dazu ganz spontan ein?«

Professor Schwarzl antwortete nicht spontan, sondern dachte einige Sekunden nach.

»Schwierig, nicht nur, weil der Name Malik in mehreren Sprachen vorkommt. Die Bedeutung des Höllenwärters würde ich am ehesten ausschließen, ausgenommen, Sie haben es mit irgendeiner uns noch unbekannten islamischen Gruppierung zu tun. Auf Deutsch drängt sich natürlich die Übersetzung mit ›der König‹ auf, aber das passt in dieser Kürze nicht unbedingt zur arabischen Kultur. Außerdem könnte es genauso ›der Kleine‹ bedeuten, wenn Sie einen bulgarischen Hintergrund annehmen.«

»Oder eben ›kleiner Finger‹, auf Tschechisch.«

»Richtig, Herr Lenhart. Aber es wird noch komplizierter. Der Name Malik ist weit verbreitet. Ich bin sicher, wenn Sie das Telefonbuch aufschlagen, werden Sie allein bei uns in Wien zig Malik finden.«

»Nun, dann danke ich auf jeden Fall für Ihre Hilfe.«

»Ich fürchte, viel war es nicht.«

»Ganz im Gegenteil, Herr Professor. Wissen ist wissen, Nichtwissen ist nicht wissen. Das ist Wissen. Vielen Dank.«

Verdutzt schüttelte Professor Schwarzl Michael Lenhart die Hand.

Zurück im D-Trakt, berichtete Lenhart seinen Kollegen von den Ausführungen des Professors. Allerdings waren weder Anton Steinbach noch Sabine Preiss überrascht.

»Der Name ist ein Griff ins Klo, Michael. Ich habe ihn ins zentrale Melderegister eingegeben und allein für Wien über zweihundert Treffer erhalten. Zudem war keiner von diesen zum fraglichen Zeitpunkt in Malta. Wie können auch ganz Österreich abfragen, aber ich fürchte, das Ergebnis wird das gleiche sein. Hier gibt es keinen Zusammenhang.«

Michael antwortete nicht sofort, sondern holte sich ein Glas Wasser, trank einen Schluck und begann dann im zum Besprechungsraum umfunktionierten Wohnzimmer auf und ab zu gehen. »Interessanter Punkt, Anton. Deine Recherche bestätigt die Einschätzung des Professors. Beim Thema Zusammenhänge muss ich dir jedoch widersprechen, du unterliegst hier einem Denkfehler, oder sagen wir, einer zu eindimensionalen Betrachtung des Begriffs Zusammenhang.«

Anton sah seinen Kollegen fragend an, während Sabine die Arme verschränkte und sich zurücklehnte. Offensichtlich war es Zeit für einen Lenhart'schen Vortrag.

»Bevor wir die Frage eines Zusammenhangs beantworten können, müssen wir uns fragen, welcher Art dieser Zusammenhang sein könnte. Ist es ein hermeneutischer Zusammenhang, also eine Frage der Deutung und Interpretation? Ist es ein intentionaler, ein absichtlicher Zusammenhang oder vielleicht ein konzeptioneller? Weiter sollten wir uns fragen, ob der Zusammenhang subjektiv oder objektiv, argumentativ oder logisch, kontingent oder situativ, paradox oder responsiv, kausal oder argumentativ ist. Sollten wir auf diesen Wegen nicht fündig werden, bleiben immer noch die Möglichkeiten eines tragischen oder enigmatischen Zusammenhangs.«

Während Anton ihn nur mit großen Augen ansah, begann Sabine lauthals zu lachen. »Gratulation, Herr Professor! Nur hast du Anton vollends verwirrt.«

»Allerdings! Was ich verstanden habe, ist: Nicht die Flinte ins Korn werfen und weitersuchen, richtig?«

Michael war, die Hände in den Hosentaschen, vor der großen Fensterfront Richtung Innenhof stehen geblieben und sah noch ein paar Sekunden hinunter auf den Parkplatz, bevor er sich umdrehte und antwortete: »Absolut richtig, Anton! Im Moment ist der Zusammenhang noch enigmatisch. Dementsprechend ist es unsere Aufgabe, dieses Rätsel zu lösen.«

»Dann würde ich vorschlagen, wir teilen uns die Zusammenhänge auf und beginnen mit den finanziellen, einverstanden?«, meldete sich Sabine zu Wort.

Auf dieser konkreten Ebene fühlte sich Anton sichtlich wohler. »Gut, ich kann das Grundbuch übernehmen, da kenne ich mich aus. Wie sieht es mit dem zentralen Kontoregister aus?«

»Wir können dort ohne richterlichen Beschluss nicht direkt tätig werden, aber die Finanz kann. Ich rede mit Thomas. Als Sektionschef hat er alle Möglichkeiten, und es ist sein Mitarbeiter, der in Malta verschwunden ist. Dann bleibt für dich das Firmenbuch, Sabine.«

Damit machten sich die drei an die mühsame Arbeit, die sprichwörtliche Nadel im Heuhaufen zu suchen.

Dienstag, 17.00 Uhr, siebter Bezirk, Neubau, Wien

An der Ampel Ecke Siebenstern- und Kirchengasse blieb er stehen, schlug den Kragen ob des kalten Märzwindes hoch und warf einen Blick in das Café 7*Stern. An den Tischen unzählige Studenten mit unausgegorenen Gedanken. In seinen Augen dumme Herdentiere. Weltverbesserer, aber nützlich.

In ein paar Tagen sollte er dort auf Einladung des Bezirksvorstehers einen Gastauftritt als erfolgreich integrierter Österreicher mit nordafrikanischen Wurzeln haben. Ihn schauderte bei diesem Gedanken, gleichzeitig ermahnte er sich zu mehr Selbstdisziplin. Ein derartiges Bad in der Menge gehörte dazu, sosehr es ihm auch widerstrebte, sich in der Öffentlichkeit zu zeigen.

Ja, er hatte sich integriert, aber auf seine Art und Weise und nach den Regeln seines Vaters, nach den ewig gültigen Regeln des Blutes.

Vor dreiundfünfzig Jahren war er nach Österreich gekommen. Ohne ein Wort Deutsch zu sprechen, aber mit dem unbändigen Willen, sich einen Platz an der Sonne zu erkämpfen. Sein Vater war während des Tindouf-Krieges 1963 ermordet worden, und bis er seine Schwestern verheiratet hatte, war er als Oberhaupt der Familie in Tindouf, der Hauptstadt der gleichnamigen Provinz im Südwesten des Landes, geblieben. Aber keinen Tag länger.

Sein Vater hatte ihm, dem einzigen Sohn, von Kindesbeinen an wieder und wieder erklärt: In dir schlägt das Herz eines Löwen, geh in die Welt hinaus und sei ein König. Mach deinem Namen Ehre. Gedankenverloren strich er über die Manteltasche, spürte die Brieftasche mit dem vergilbten Foto seines Vaters und drehte sich plötzlich um. Die Ampel hatte von Rot auf Grün gewechselt, und eine junge Mutter mit Kinderwagen hastete mit einem kurzen »Sorry« an ihm vorbei über den Zebrastreifen.

Nachdenklich setzte er seinen Weg über die Sigmundsgasse sowie die Kellermanngasse fort in die Piaristengasse. Ja, eine Art König war er geworden, aber würden seine Erben sich dieses Reiches, seines Reiches, dereinst auch als würdig und stark genug erweisen?

Hatte er seinen Söhnen genug beigebracht oder sie zu sehr verweichlicht? War er zu spät Vater geworden und dadurch seinen Söhnen gegenüber altersmilde gewesen? Beide waren auf ihre Art talentiert und wahre Magier in der Welt der Zahlen und Paragrafen. Beide hatten ihre Hände auch mit Blut geweiht, trotzdem kamen ihm immer wieder Zweifel, wenn es um die Härte ihres Charakters ging.

Bei seinem Haus angekommen, strich er zärtlich über die aus Bongossi-Holz gefertigte Tür und schloss auf. Diese Tür, wie auch die Handläufe im Treppenhaus, hatte er aus diesem extrem harten und schweren afrikanischen Edelholz tischlern lassen. Es erinnerte ihn an seine Herkunft und seinen Weg. Mit aller Härte und Standhaftigkeit von den Wüsten Afrikas in das wohlstandsgesättigte Europa, von ganz unten nach ganz oben.

Im Vorraum seines Büros wartete bereits sein langjähriger Berater und Anwalt, Josef Freidmann. Wortlos gab er seinen Mantel einem ebenso schweigsamen Assistenten und ging in sein Büro, gefolgt von einem weiteren Assistenten und dem Anwalt.

Am Schreibtisch rückte er den Sessel zurecht und schlug sein Notizbuch auf, während der Anwalt wie gewohnt auf der Sitzgruppe Platz nahm und der Assistent die Türe leise schloss und vor dem Schreibtisch stehen blieb.

»Rami, hast du dich um das beschmierte Garagentor gekümmert?«

»Ja, Abu. Das Tor wird morgen neu gestrichen.«

»Und die Schmierfinken?«

»Es war nur einer. Anhand seiner Signatur haben wir ihn schnell gefunden. Ein Junge aus dem neunzehnten Bezirk, Kaasgrabengasse. Er wird es mit Sicherheit nie wieder tun.«

Nachdenklich nickte der Abu mit dem Kopf: »Verwahrlostes Gesindel. Wahrscheinlich ist der Junge ohne die strenge Hand eines Vaters und mit zu viel Geld aufgewachsen.« Und an Rami gewandt: »Du hast ihn zur Rechenschaft gezogen?«

»Ja, Tarek hat ihm die rechte Hand gebrochen.«

»Gut. Belassen wir es dabei. Was machen die Affen?«

»Wir kennen inzwischen einen ihrer wichtigsten Lieferanten. Sie beziehen die Ware über den Balkan, großteils aus Pakistan. Ein Zwischenlager befindet sich bei Timisoara in Rumänien. Dort wird die Ware aufgeteilt und der Weitertransport nach Österreich und Bayern organisiert.«

Der Abu lehnte sich zurück und kniff die Augen zusammen. »Wie sicher ist diese Information?«

»Zwei Tage, einige Zähne und fünf Zehen, sehr sicher. Was wirst du tun, Abu?«

»Wie groß ist dieses Lager in Rumänien?

»Laut dem Affen: zwei bis drei Tonnen.«

»Wer kontrolliert es, die Tschetschenen?«

»Nein, die Rumänen.«

Nachdenklich ließ der Abu seine Misbaha, seine Gebetskette, durch die Finger gleiten. Zwei bis drei Tonnen, das entsprach einem Straßenwert von rund zwanzig bis dreißig Millionen. Allerdings konnte er in Rumänien nicht selbst tätig werden. So weit reichte sein Arm nicht.

»Wie genau sind die Informationen?«

Der Assistent blätterte kurz in seinen Unterlagen. »Sehr genau. Es ist ein Industriepark an der Calea Sagului. Unzählige Lkws. Eigentlich ein idealer Ort. Wir haben die Adresse und eine genaue Beschreibung, alles, was wir brauchen.«

»Gut. Ich werde darüber nachdenken. Zurück zu den Affen. Wissen wir, wo die Oberaffen wohnen?«

»Ja, Abu. Es sind nur vier entscheidend, und wir wissen, wo sie schlafen.«

Zufrieden nickend erwiderte der Malik: »Behalte sie im Auge. Wir werden ihnen zu gegebener Zeit eine Botschaft schicken.«

»Was sollen wir mit dem Singvogel machen?«

»Ist das auch so einer mit diesen kindischen Sportschuhen und weiten Hosen?«

»Ja, Abu. Das ist ihr Markenzeichen.«

»Gut, dann nimm seine Schuhe, sein Gewand und seine Finger, die brauchen wir noch. Den Rest schickst du nach Simmering. Gut gemacht, du kannst gehen.«

Der Assistent verabschiedete sich mit einer leichten Verbeugung und schloss leise die schwere Türe hinter sich.

»Nun zu uns, Herr Freidmann. Gabriel meint, Malta ist erledigt. Hat er recht?«

Der Anwalt, ein distinguierter, etwas fülliger Mann Mitte sechzig, dessen Glatze an ein ausgetrocknetes, jedoch poliertes Flussbett, gesäumt von ergrauten Uferböschungen, erinnerte, rückte seinen Krawattenknoten zurecht und zog eine der zahlreichen Mappen aus dem Aktenkoffer.

»Es scheint so, zumindest was Malta betrifft.«

»Und Österreich?«

Der Anwalt räusperte sich und blätterte kurz in den Unterlagen. »Nun, laut den Unterlagen hat sich die hiesige Polizei bei der Finanz in Malta gemeldet und erklärt, dass sie die Untersuchung den dortigen Kollegen überlässt. Bleibt die Frage offen, ob sie das auch tatsächlich tun.«

»Kann denn unsere Polizei in Malta überhaupt tätig werden?«

»In Malta nicht, nein. Aber hier.«

»In Wien gibt es nichts«, erwiderte der Malik barsch.

»Nun, wir wissen, dass am Telefon Ihr Name genannt wurde.«

»Wie kann es sein, dass dieser maltesische Schnüffler meinen Namen kennt? Haben meine Söhne geschlampt?«

»Die Firmenkonstruktionen Ihrer Söhne sind tatsächlich von einer, sagen wir, umsichtigen Eleganz. Sie tauchen dort ebenso wenig namentlich auf wie Ihre Söhne. Das habe ich alles von Anfang an überprüft und überwacht. Auf dem Papier gibt es keine Spur, die zu Ihnen führt. Trotzdem wurde am Telefon Ihr Name genannt.«

»Und was kann die Wiener Polizei mit meinem Namen anfangen?«

»Nun, das ist der positive Aspekt, nichts. Es gibt Hunderte Maliks in Österreich, Sie waren nicht in Malta und haben eine blütenweise Weste. Bei Ihnen gibt es wie gesagt nichts, weder eine Vorstrafe noch ein Finanzvergehen. Sollte die Polizei tatsächlich auf Sie stoßen, findet sie lediglich einen Unternehmer, der es zu Wohlstand gebracht hat, mehr nicht.«

Der Malik lehnte sich nachdenklich zurück und kniff dabei wie gewohnt die Augen zusammen, bevor sich seine Züge plötzlich entspannten. »Freidmann, Sie haben doch beste Kontakte zu den Behörden. Was würde passieren, wenn wir der Wiener Polizei einen Tipp bezüglich dieses Lagers in Rumänien geben?«

Seine manikürten Fingernägel betrachtend, erwiderte der Anwalt mit einem leicht sarkastischen Ton: »Nun, das kommt darauf an, wie und an wen Sie diese Information weitergeben. Theoretisch wäre das Büro für Suchtmittelkriminalität im Bundeskriminalamt die richtige Adresse, allerdings ist der dortige Leiter ausgesprochen karriereorientiert und hat sich bei der Direktorin nicht gerade beliebt gemacht. Zumal er auch einer anderen Partei angehört. Zielführender scheint es mir, den Weg der Politik zu beschreiten.«

Der Malik nickte zufrieden. »Ein Spiel über Bande, verstehe. Und an wen in der Politik haben Sie gedacht?«

»Nun, an Ihren Freund, den Bezirksvorsteher. Der junge Mann ist ehrgeizig, wähnt sich bereits in einer künftigen Regierung, ist ein Parteifreund unserer geschätzten Direktorin und wird nur zu gerne bereit sein, den Postboten zu spielen.«

»Und die rumänische Polizei?«

»Ist bekannt für eine gewisse Korrumpierbarkeit und daher stets bemüht, ihr Image zu verbessern. In diesem Fall geht es nur um Cannabis, und die Summen sind vergleichsweise überschaubar, so gesehen handelt es sich um ein billiges Bauernopfer. Zumal die verehrte Frau Direktor pflichtgemäß ihre europäischen Partner informieren wird. Damit wird unser Spiel auch international auf Direktorenebene gespielt, und ich kann mir nicht vorstellen, dass sich der rumänische Direktor in diesem Fall eine Blöße geben möchte. Ja, ich schätze, eine Razzia in Timisoara könnte von Erfolg gekrönt sein.«

Der Malik hatte wieder angefangen, seine Gebetskette gedankenverloren durch die Finger gleiten zu lassen. »Gut, arrangieren Sie das und überlegen Sie sich auch eine Geschichte, wie wir zu dieser Information gekommen sind. Es darf keine Verbindung zu mir oder meinen Söhnen geben.«

Ein imaginäres Staubkorn von seiner Hemdmanschette streichend, antwortete der Anwalt selbstzufrieden: »Nun, die Geschichte ist einfach. Ein illegaler Immigrant hat alles auf seinem Weg ins gelobte Land mitbekommen. Er wurde gezwungen, dort zu arbeiten, um seinen Weitertransport zu bezahlen. In Wien hat er sich an einen Ihrer Mitarbeiter im Sozialzentrum gewandt, ist dann aber leider aus Angst untergetaucht. Das Sozialzentrum ist in seiner Neutralität als Auffangbecken für alle Gestrauchelten geradezu ideal, und damit gibt es auch keine Verbindung zu Ihnen.«

Den Malik beschäftigte allerdings eine ganz andere Frage. »Ein Affe als schlauer Beobachter? Ist das glaubwürdig?«

»Es geht nur um die Story. Aber wenn es Ihnen lieber ist, nehmen wir einen Pakistani oder Afghanen. Die passen ebenfalls zur Schlepperroute.«

»Ja, ein Pakistani ist besser. Die sind bei den Behörden nicht so unbeliebt.«

»An wen darf ich mich im Sozialzentrum wenden?«

»Nehmen Sie Rami, auf ihn kann ich mich verlassen.«

»Gut, kann ich sonst noch etwas für Sie tun?«

Nachdenklich musterte der Malik seinen Anwalt, bevor er antwortete: »Dieser Kommunist im achten Bezirk, wir sollten ihn ein wenig anfüttern.«

»Die Teppichmasche?«

»Ja, nehmen Sie einen Isfahan mit einer Million Knoten pro Quadratmeter, aber bleiben Sie unter zehntausend Euro, wir wollen den Bengel nicht zu sehr verwöhnen, sonst wird er noch gierig.«

»Wird erledigt, Herr Malik. Ist das für heute alles?«

»Ja, und behalten Sie Malta und meine Söhne weiterhin im Auge.«

Der Anwalt packte seine Sachen zusammen und nickte dem Abu kurz zu. An der Tür drehte er sich nochmals um. »Verzeihen Sie, Rami gegenüber haben Sie Simmering erwähnt. Meinten Sie damit die Müllverbrennungsanlage?«

Der Malik knurrte nur ein kurzes »Ja« und blätterte weiter in seinem Notizbuch.

Donnerstag, 16.40 Uhr, D-Trakt, Herrengasse, Wien

»Wieder nichts, verdammt!«

In seine Unterlagen versunken, antwortete Michael Lenhart, ohne aufzublicken: »Den Gang der gemessen ablaufenden Zeit beschleunigen zu wollen, ist das kostspieligste Unternehmen.«

»Dein Aristoteles nützt uns jetzt auch nichts, Michael.« Frustriert schob Anton die Unterlagen beiseite, während Michael aufblickte und ebenfalls seine Papiere weglegte.

»Das war ein Gedanke von Schopenhauer, einem deutschen Philosophen des neunzehnten Jahrhunderts, der die Überzeugung vertrat, dass der Welt ein irrationales Prinzip zugrunde liegt.« Trocken fügte er hinzu: »So etwas kommt heraus, wenn man Platon mit Kant verbindet und zeitlebens einen Pudel namens Atman hält.«

»Wie kann man ein Leben lang einen Pudel haben?«, wollte Anton wissen.

»Es war nicht *ein* Pudel, sondern einer nach dem anderen, und alle nannte er Atman, nach dem Sanskrit-Wort für Lebenshauch. In den Upanishaden ist der Atem die Essenz des Selbst, der Einzelseele, die wiederum Teil des Brahman, der Weltseele, ist.«

Verblüfft erwiderte Anton: »Wie kannst du dir das alles merken?«

»Ganz ehrlich, ich weiß es nicht.«

»Na ja, wenigstens zeigen uns deine Philosophen, dass sie auch nicht immer eine Lösung gefunden haben. Aber wenn wir schon dabei sind, ein irrationales Prinzip klingt für mich wie die Geschichte vom alten Knaben oder dem trockenen Wasser.«

Michael stand auf und verbeugte sich lächelnd vor seinem verblüfften Kollegen. »Ausgezeichnet, Anton! Ein Prinzip ist ein Grundsatz, ein Regelwerk, allerdings heißt Prinzip wörtlich übersetzt Anfang oder Ursprung, insofern kann man nicht unbedingt von einem logischen Fehler sprechen.«

Anton gefiel diese Diskussion zusehends. »Also ist auch die atheistische Religion nicht unbedingt ein Widerspruch in sich, solange man sich nicht auf die Bedeutung von Atheismus und Religion geeinigt hat, richtig?«

»Gut erkannt! Darum ist auch der Kampf um die Semantik, um die Deutungshoheit, ein mitunter erbittert geführter. Manchmal hat man den Eindruck, die Vertreter verfeindeter Denkschulen würden lieber die abgelegte Zahnbürste ihrer Konkurrenten benutzen als deren Begriffe.«

Anton lehnte sich zurück und verschränkte die Hände hinter dem Kopf: »Das erinnert mich an meinen Vater. Wenn er sagte: Es ist, wie es ist, wussten wir Kinder, Ende der Diskussion.«

»Ja, und dies ist wiederum ein gutes Beispiel für die normative Kraft des Faktischen.«

»Du meinst, ich bin der Chef im Haus und mache die Regeln, richtig?

»So könnte man es auch sagen, ja. Hinzu kommt, dass man sich als Mächtiger, in diesem Fall dein Vater, über Regeln, mitunter die eigenen, hinwegsetzt, obwohl man sie bei anderen selektiv einfordert. Die Weltpolitik folgt übrigens weitgehend genau diesem Grundsatz.«

»Interessanter Aspekt, Michael. Aber wenn dein Schopenhauer von einem irrationalen Prinzip spricht, dann heißt das nach meinem laienhaften Verständnis: Ich habe keine Ahnung, also ist es irrational. Für mich klingt das nach einer verkappten Religion.«

»Du weißt, die Grenze zwischen Ratio, Unerklärlichem und Glaubenssystemen ist immer fließend. Zumindest findet man bei Schopenhauer besagte Sanskrit-Anleihen und eine scharfe Polemik gegen jene, die nicht seine Meinung teilten. Diesen warf er gerne Hegelei vor. Damit hat er dem ihm überlegenen Superstar der Philosophie quasi von unten eines mitgegeben. Aber nun genug der Philosophie, woher rührt deine Frustration?«

Anton zeigte auf die am Tisch liegenden Papiere: »Daher. Wir sind alles gründlich durchgegangen: Strafregister, Grundbuch, Firmenbuch, die Finanzen, so weit die dortigen Kollegen bisher gekommen sind, und haben genau genommen, nichts, nada! Keinen Malik mit einem Flug nach Malta, keine Firmenbeteiligung eines österreichischen Malik auf Malta, kein Malik-Konto auf Malta, eben nichts. Stattdessen haben wir einen Haufen Kindergartenkinder und Schüler namens Malik, einen kleinen Taxiunternehmer, einen Teppichhändler, einen Hochschullehrer, einen Anwalt, zwei Ärzte, einen Schwung Arbeitslose, drei Schuster, vier Friseure und was weiß ich noch. Das war's.«

Wie gewohnt hatte Michael begonnen, im Wohnzimmer auf und ab zu gehen, die Hände in den Hosentaschen. »Wenn diese Informationen richtig sind, bleiben uns drei Schlüsse. Erstens: Es gibt keine Verbindung zwischen ›der Malik‹, also der Notiz, und dem Verschwinden unseres Kollegen auf Malta. Zweitens: Wir haben diese Verbindung übersehen. Oder drittens: Die Verbindung liegt im Verborgenen.«

Nachdenklich wiegte Anton den Kopf und legte die Stirn in Falten: »Mit anderen Worten, wir müssen tiefer graben.«

»Richtig. Das könnte sich allerdings als knifflig erweisen.«

»Es ist immer schwierig, oder hast du einen konkreten Verdacht?«

»Nein, es ist kein Verdacht, es liegt vielmehr an den besonderen Gegebenheiten in Malta.«

Jetzt stand auch Anton auf und folgte seinem Kollegen beim Rundgang durch das Wohnzimmer. »Du meinst Malta als Steueroase mitten in der EU?«

»Malta ist nicht unbedingt eine klassische Steueroase, sondern ein Niedrigsteuerland, und daraus ergeben sich für geschickte Konstrukteure Möglichkeiten zur ..., nennen wir es Steuer- und Abgabengestaltung. Aber ich meine vor allem den Umstand, dass wir dort nicht tätig werden können. Wir können nicht einmal bei den maltesischen Kollegen um Amtshilfe bitten. Bei der Polizei wissen wir nicht, an wen wir geraten, und der Kollege von der Finanz befindet sich möglicherweise im Fadenkreuz unserer unbekannten Gegner.«

»Glaubst du, die Informationen von Sabines Freund werden uns hier weiterhelfen?«

»Ich hoffe es. Auf jeden Fall ist es gut zu wissen, wie diejenigen arbeiten, die professionell beim Verstecken und Waschen von Geldern helfen.«

»Steuerberater als Betrugshelfer? Lehnst du dich da nicht ein wenig zu weit aus dem Fenster, Michael?«

»Nein, ich fürchte nicht. Wie überall gibt es auch in dieser Branche schwarze Schafe. Abgesehen davon: Je komplexer die Gesetzestexte und Bestimmungen werden, desto mehr scheint es mir eine Frage der Semantik zu sein, zumal speziell die großen internationalen Kanzleien nicht nur Unternehmen beraten, sondern auch Regierungen.«

»Die Verlockung einer kreativen Interpretation, ich verstehe. Andererseits ist das ein klarer Interessenkonflikt. Man kann nicht auf der einen Seite Unternehmen beim Steuernsparen beraten und auf der anderen Seite Regierungen bei der Gestaltung ebendieser Steuern und Abgaben.«

»Praktisch gelöst, indem man die unterschiedlichen Aufträge unterschiedliche Teams bearbeiten lässt, seitenlange Vertraulichkeitsvereinbarungen aufsetzt und Compliance-Regeln auf Hochglanzpapier druckt. Aber es gibt noch einen ganz anderen Grund, errätst du ihn?«

Anton war stehen geblieben und legte wieder die Stirn in Falten. »Deine normative Kraft des Faktischen und der Umstand, dass es derartige Steueroasen und Niedrigsteuerländer überhaupt gibt, richtig?«

»Ausgezeichnet! Ein wichtiger Faktor kommt noch dazu, wie bei fast allem, errätst du auch den?«

»Die Verlockung des großen Geldes. Sowohl bei denen, die Steuern hinterziehen, als auch bei denen, die dabei helfen?«

»Ja, *pecunia non olet*. Kaiser Vespasian im alten Rom musste noch die Latrinen besteuern. Im Moment heißt es für uns also warten.«

»Warum und worauf warten? Entweder wir finden einen Ansatzpunkt, oder wir müssen den Fall zu den Akten legen.«

Die Hände immer noch in den Hosentaschen, stand Michael vor den Panoramafenstern, sah in den Innenhof und erwiderte, fast mehr an sich selbst gerichtet: »Warten ist Zeit. Eine Zeit, mit der wir nicht gerechnet haben. Nennen wir sie eine freie, eine verwendungsoffene Zeit. Eine weitere Bedeutung von ›Warten‹ lautet übrigens pflegen, instand halten. So gesehen haben wir diese geschenkte Zeit des Wartens gut genutzt. Wir haben diskutiert, den Verstand trainiert und unsere Beziehung gepflegt.«

»Hast du auf alles eine Antwort, Michael?«

Er wandte sich um und seinem Kollegen zu: »Nein, ganz im Gegenteil! Und jetzt genug von derlei Gedankenspielchen! Lass uns für heute Schluss machen. Auf dich warten Frau und Kinder und auf mich ein paar Hanteln und anschließend Helmut mit seiner Familie.«

»Du meinst *den* Helmut? Deinen Freund?«

»Ja, ich bin zum Essen eingeladen. Sabine kommt auch.«

»Na dann, das ist ja fast so, wie wenn man die Braut den Eltern vorstellt.«

»Nicht ganz, aber ich muss zugeben, ich bin ein klein wenig nervös.«

Donnerstag, 19.00 Uhr, Währing, Wien

Mit einem mulmigen Gefühl stieg Michael aus seinem Wagen, schloss ab und las nochmals die SMS von Sabine: »muss mich noch verarzten, komme nach. Kuss S.« Im Training? Schlimm konnte die Verletzung nicht sein, sonst hätte sie angerufen und würde nicht nachkommen. Trotzdem war er besorgt. Weniger um Sabine als vielmehr um den Eindruck, den sie auf Helmut und dessen Familie machen würde.

Als er klingelte, hörte er ein freudiges »Ich gehe schon!« von Andrea, Helmuts zwanzigjähriger Tochter. Sekunden später ging die Tür auf, und ein blonder Wirbelwind umarmte ihn herzlich, drückte ihm einen dicken Kuss auf die Wange und löste sich dann abrupt von ihm. »Du bist allein da? Ich dachte, ihr kommt zu zweit?«

»Ja, das dachte ich auch. Aber Sabine verspätet sich ein wenig.«

»Na, komm rein. Papa kann es kaum erwarten, mehr über die Geschichte in der Herrengasse zu erfahren, und Mama hat schon versucht, alles über deine Freundin in Erfahrung zu bringen, aber Papa schweigt wie ein Grab.«

Im Gang kamen ihnen Helmut Schober, sein langjähriger Freund, und dessen Frau Gudrun entgegen. »Du kommst allein?«, wollte Gudrun Schober wissen.

»Nein, sie kommt später. Jetzt lasst ihn erst einmal den Mantel ablegen«, entgegnete Andrea Schober aufgeregt.

Während sich Gudrun ein wenig enttäuscht wieder in die Küche zurückzog, gingen die drei ins Wohnzimmer, und Helmut Schober reichte seinem Freund ein Glas Bier. »Nun erzähl! Nachdem du mich für das Verhör des Investors hinzugezogen hast, kenne ich den Fall ja recht gut, aber wie ist die Verhaftung im Imperial tatsächlich abgelaufen?«

»Zuerst war alles Routine. Die Verdächtige in Schach halten, Eigensicherung, Abschneiden von Fluchtwegen, Aufforderung, sich zu ergeben, du kennst das. Dann ging es unglaublich schnell. Die Ärztin ließ sich auf die Coach fallen, zückte plötzlich eine Pistole, zielte auf mich, und ehe ich reagieren konnte, hatte Sabine zweimal auf sie geschossen. Zwei Treffer in die Schultern, links und rechts.«

»Sie war schneller als du? Aber du gehst doch regelmäßig auf den Schießstand und giltst als einer der besten Schützen?«

»Kein Vergleich, Helmut! Ja, ich gehe regelmäßig auf den Schießstand und erziele auf Papierscheiben brauchbare Ergebnisse. Aber Sabine spielt in einer anderen Liga, Gott sei Dank. Ich weiß nicht, ob ich schnell und sicher genug reagiert hätte.«

Andrea Schober schüttelte ungläubig den Kopf: »Eine echte Wonder Woman.«

»Nein, kein Wunder, Sabine ist vielmehr eine Meisterin der Askese.«

Verdutzt antwortete Andrea Schober: »Eine Meisterin des Verzichts? Das verstehe ich nicht.«

Auf diesem Gebiet fühlte sich Michael Lenhart sichtlich wohler und antwortete nach einem ausgiebigen Schluck

Bier: »Askese wird heute allgemein mit Verzicht in Verbindung gebracht, heißt aber nichts anderes als Übung oder Selbstschulung. Der Verzicht ist also nur ein indirekter, da man nicht zwei Tätigkeiten gleichzeitig ausführen kann. Im Grunde geht es um Selbstüberwindung, die über die Selbstdisziplinierung zur Selbstermächtigung führt. Der Weg dazu ist die Askese, die Übung, die wiederum ein Weg des Lernens ist, da man durch Übung bekanntlich besser wird.«

Nachdem ihn Andrea Schober nach wie vor ein wenig ungläubig ansah, fuhr Michael fort: »Es ist im Grunde ganz simpel. Wie fast alles im Leben, was es natürlich wiederum komplex macht, aber ich bin schon wieder am Punkt: Sabines Können, die Askese und die Kunst. Also: An erster Stelle kommt ein virtuelles Können. Du, Andrea, weißt, wie eine Pistole funktioniert, und könntest, rein theoretisch, damit schießen.«

»Ja«, unterbrach ihn Andrea Schober, »aber nicht unbedingt treffen.«

»Richtig, darum spricht man auch von einem virtuellen oder potenziellen Können. Nun nimmt man Unterricht, übt und kommt vom virtuellen zum realen Können.«

»Schätze, auf dieser Stufe stehe ich«, meldete sich Helmut Schober zu Wort.

»Wahrscheinlich, ja. Übt man nun stetig und konsequent weiter, erreicht man die Stufe der Exzellenz. Man wird richtig gut in dem, was man tut.«

»Das wärst in diesem Fall du, nehme ich an?«, erkundigte sich Andrea Schober.

»Na ja, ich sehe mich eher erst am Anfang des Weges zur Exzellenz.«

»Bleibt die Frage, ob es über der Exzellenz noch eine Stufe gibt?«

»Ja, obwohl Exzellenz, also Vortrefflichkeit, schon sehr nach dem Ende der Fahnenstange klingt. Meiner Meinung nach gibt es noch eine Stufe über der Exzellenz, und das ist jene der Kunst. Denkt nur an die schlichte Perfektion, mit der japanische Sumi-e-Meister ihre Tuschezeichnungen anfertigen, die scheinbare Leichtigkeit, mit der Skirennläufer irrwitzige Pisten meistern, oder eben die aufkeimende Kunst in Sabines Können.« Nachdenklich fügte er hinzu: »Allerdings fehlt dazu noch ein wenig mehr an philautia, aber das ist ein eigenes Thema und betrifft jeden von uns.«

Andrea Schober war aufgestanden und hatte sich ebenfalls ein Glas Bier geholt. »So weit die heutige Vorlesung unseres Hausphilosophen. Wir fassen zusammen: Askese ist nicht Verzicht, sondern Übung und führt von der Selbstüberwindung über die Selbstdisziplin zur Selbstermächtigung. Wem diese Stufe nicht genügt, der kann weiter üben und mit noch mehr Askese wahre Meisterschaft erreichen. Wenn's jetzt noch Bücher unseres Meisterdenkers gäbe, die man käuflich erwerben könnte!« Und an Michael Lenhart gewandt: »Schade, dass du nicht Lehrer geworden bist.«

Lächelnd erwiderte der: »Na ja, ein kurzer Diskurs bei einem Bier mit Freunden ist doch etwas anderes als der tagtägliche Unterricht in einer Klasse.«

»Und wie ist es bei der Ministerin und dem Fritsch gelaufen? Habt ihr einen neuen Fall, oder müsst ihr euch noch mit den Karteileichen herumschlagen?«, fragte Helmut Schober, das Thema wechselnd.

»Gut, wir haben einen neuen Fall. Auf Malta ist ein Abteilungsleiter unseres Finanzministeriums spurlos verschwunden. Allerdings tappen wir hier nach wie vor im Dunkeln, zumindest weitgehend.«

Die Unterhaltung wurde durch die Türklingel unterbrochen, und alle drei standen auf, um Sabine Preiss zu begrüßen. Die Schobers mit sichtbarer Neugierde, Michael Lenhart mit einem etwas mulmigen Gefühl, wie er sich eingestand.

Als Gudrun Schober die Tür öffnete, stand ihnen eine strahlend schöne und wie immer ungeschminkte Sabine Preiss in Jeans und Pullover gegenüber. Einzig ein großes Heftpflaster über der linken Augenbraue trübte das perfekte Bild.

»Um Himmels willen, haben Sie sich verletzt?!«, entfuhr es Gudrun Schober, noch bevor sie den neuen Gast begrüßen konnte. »Verzeihen Sie, ich bin Gudrun. Ich glaube, wir können das Sie weglassen und zum Du übergehen. Ich freu mich, dich kennenzulernen. Darf ich vorstellen, das ist Helmut, mein Mann, und Andrea, meine Tochter, willkommen.«

Nach einer herzlichen Begrüßung lud Helmut Schober Sabine ein, Platz zu nehmen, und Gudrun verabschiedete sich in die Küche. Während sich die beiden Männer an der Bar mit dem Aperitif für Sabine Preiss und der Weinauswahl für das Essen beschäftigten, musterte Andrea Schober den neuen Gast.

In ihren Augen hatte Sabine etwas katzenhaft Geschmeidiges. Aber da war auch diese Mischung aus Scheu, Wildheit und Mut, die eine Hauskatze ausschlossen. Also eine Raubkatze, aber welche? Tiger und Löwen waren zu mächtig, Geparden zu filigran, Panther zu wild und Luchse nicht elegant genug. Aber das Bild einer Raubkatze hatte sich in ihrem Kopf festgesetzt. Da fiel es ihr ein: ein Schneeleopard, ja. Elegant, vielseitig und schlau, der perfekte Jäger. Das passte. Wenn da nicht diese frische Verletzung über dem Auge wäre.

In dem Moment wandte Michael sich um und deutete auf das Pflaster: »Sabine, was ist passiert?«

»Vielleicht solltest du zuerst fragen, wie ihr Gegner aussieht?«, meinte Andrea Schober mit einem vorsichtigen Lächeln.

»Dem fehlt nichts. Der Gegner war ein Sandsack. Die Deckenverankerung ist gebrochen. Der Cut stammt vom Seil beziehungsweise einer der Verankerungsschrauben. Nicht schlimm. Nur eine kleine Naht mit ein paar Stichen.«

Michael küsste Sabine zärtlich auf den Kopf, reichte ihr ein Glas Sekt und setzte sich zu ihr. Als sich auch Helmut Schober zu ihnen gesellte, meinte Sabine lächelnd: »Ihr seid also die Ersatzfamilie unseres Einsiedlers, freut mich, euch kennenzulernen!«, und erhob das Glas.

Mit einem Lächeln bestätigte Helmut Schober: »Ja, ich würde sagen, Michael ist Teil unserer Familie. Als die Kinder noch klein waren, hat er unzählige Male den Babysitter gespielt und meiner Frau und mir dadurch einen freien Abend verschafft, und auch heute ist er uns ein lieber Freund und den Kindern ein enger Vertrauter.«

»Du musst wissen, als kleines Kind war ich sehr wählerisch. Außer meinen Eltern und Michael durfte niemand auf mich aufpassen. Wenn Mama oder Papa es trotzdem einmal versuchten, habe ich geschrien wie am Spieß. Thomas, mein kleiner Bruder, er ist gerade auf Schulexkursion, war Fremden gegenüber toleranter, aber da hatten wir uns schon an Michael gewöhnt«, erklärte Andrea Schober mit verschwörerischer Miene.

»Sieh an! Derartige Talente hätte ich bei dir gar nicht vermutet, Michael«, meinte Sabine und legte zärtlich ihre Hand auf Michaels Oberschenkel.

»Ich kann darin nichts Ungewöhnliches erkennen. Wenn die kleine Andrea nicht einschlafen wollte, haben wir noch im Tierlexikon geblättert. Katzen und Vögel hatten es ihr besonders angetan. Thomas hingegen war ganz vernarrt in Räuber Hotzenplotz.«

»Ja, ich kann mich noch gut daran erinnern. Ich habe bei ihm auf dem Schoß gesessen, und wir haben uns gemeinsam Tierbilder angesehen.«

»Da fällt mir ein«, meldete sich Helmut Schober zu Wort, »einmal ist nicht nur Andrea eingeschlafen, sondern auch Michael, genau hier im Wohnzimmer. Wartet, ich habe ein Foto davon.« Er stand auf, kramte im Regal und kam mit einem Album zurück. Das gesuchte Foto war schnell gefunden: Andrea als kleines Kind, eng an einen deutlich jüngeren Michael Lenhart, noch mit Hemd und Krawatte, gekuschelt.

»Ja, der Michael! Manchmal ist Papa fast ein wenig eifersüchtig.«

Gudrun Schober kam ins Zimmer und unterbrach die Unterhaltung gut gelaunt: »Genug der Sentimentalität, das Essen ist fertig, und ich bin schon gespannt, was ihr dazu sagen werdet. Helmut, bitte vergiss den Wein nicht.«

Beim Essen erzählte Sabine von ihrem Werdegang, wie sich die Beziehung zu Michael rasch vom Beruflichen ins Private erstreckt hatte, und sogar vom ersten vorsichtigen Kuss auf dem Weg zum Arlberg.

Freitag, 10.00 Uhr, Kanzlei Freidmann, Schottenbastei, Wien

Josef Freidmann legte seine Aktenmappe auf dem Schreibtisch ab, machte es sich auf seiner exquisiten Sitzbank bequem und strich gedankenverloren über das schwarz lackierte Eichenholz. Er hatte diese Sitzbank, ein Entwurf von Josef Hoffmann, vor einigen Jahren bei einer Auktion für einen hohen fünfstelligen Betrag ersteigert und damit die Einrichtung seines Büros, wie er meinte, stilvoll abgerundet. Zufrieden griff er zum Telefon.

»Herr Malik, ich soll Ihnen ganz herzliche Grüße von Ihrem Freund, dem Bezirksvorsteher, ausrichten.«

»Sie haben ihn getroffen?«

»Ja, ich habe ihn zum Frühstück eingeladen, zusammen mit Rami.«

»Und? Hat er Ihnen die Geschichte abgekauft?«

»Nun, weniger mir als vielmehr Rami. Er hat seine Rolle perfekt gespielt. Ich war nur der Postillon d'Amour.«

»Ja, Rami kennt das Geschäft und weiß, worauf er achten muss.«

»Diesen Eindruck hatte ich auch. Er ist übrigens zusammen mit dem Bezirksvorsteher unmittelbar nach unserem Treffen zur Frau Direktor ins Bundeskriminalamt gefahren.«

»So rasch? Das wundert mich.«

»Nun, die Begeisterung verleiht anscheinend Flügel. Für den Herrn Bezirksvorsteher ist das eine große Geschichte, in der er sich als strahlenden Helden sieht. Dementsprechend hat er bereits während unseres Treffens alle möglichen Leute angerufen und Druck gemacht.«

»Mir soll es recht sein, aber ich frage mich, wie man so dumm sein kann.«

»Herr Malik, nicht wirklich dumm. Der Herr Bezirksvorsteher ist nur sehr ehrgeizig, ein wenig naiv und ideologisch verblendet.«

»Mag sein. Wie geht es nun weiter?«

»Nun, die Frau Direktor dürfte weniger leichtgläubig sein und einen ihrer Vertrauensmänner von der Drogenfahndung hinzuziehen. Wenn Rami den überzeugen kann, und davon dürfen wir ausgehen, dann wird die verehrte Frau Direktor ihre internationalen Kollegen informieren und eventuell auch die Ministerin.«

»Gut, angenommen, diese Frau kann ihre Kollegen in den anderen Ländern überzeugen, wie schnell werden die das Lager in Timisoara ausräuchern?«

»Noch dieses Wochenende. Ich schätze, in der Nacht von Samstag auf Sonntag. Jede Verzögerung gefährdet die Operation, und es wäre doch zu peinlich, wenn die rumänische Polizei bei einer Razzia nur noch ein paar Krümel findet und den europäischen Kollegen mitteilen muss, dass die Vögel leider ausgeflogen sind. Diese Blöße wollen sich die Rumänen nicht geben, schließlich geht es nur um vergleichsweise billiges Cannabis.«

»Gut. Wir werden sehen. Was machen meine Söhne?«

»Die haben diese Woche eine Runde mit ihrem neuen Karussell gespielt, und ich muss ehrlich zugeben, sehr erfolgreich!«

Wütend schlug der Malik mit der Faust auf den Tisch. »Hören Sie auf! Wenn meine Söhne das Geschäft als Spiel betrachten, ist das schlimm genug und lässt mich an meiner väterlichen Erziehung zweifeln. Aber von Ihnen, Freidmann, erwarte ich eine klare Sprache. Wörter wie Karussell und Spielen gehören in den Kindergarten, nicht ins Geschäft.« Und mit unverhohlener Drohung in der Stimme fügte er leise, langsam und vermeintlich freundlich hinzu: »Haben Sie mich verstanden, Freidmann?«

Seine Fingernägel betrachtend, ärgerte sich Josef Freidmann über sich selbst. Er kannte den Malik seit zig Jahren und wusste, wie sensibel dieser war, wenn es um seine Söhne ging. Außerdem bekam er sein fürstliches Honorar vom Senior, dem Patron der Familie, und nicht von dessen Söhnen, zumindest noch nicht. Angemessen devot antwortete er: »Verzeihen Sie, Herr Malik. Sie haben natürlich recht. Leider sind diese Termini für derartige Geschäfte üblich. Ein Beispiel für die allgemeine Dekadenz, wie ich meine. Nun zu den Geschäften Ihrer Söhne: Gabriel und Elias haben eine Art Mehrwertsteuerabschöpfungssystem entwickelt und auf diesem Weg rund sieben Millionen Euro Gewinn gemacht.«

Wieder vollkommen ruhig, erwiderte der Malik: »Wie kann so etwas möglich sein? Das sind doch Scheingeschäfte. Nichts, was man in die Hand nehmen kann.«

»So sieht es auf den ersten Blick aus, ja. Allerdings haben Ihre beiden überaus talentierten Söhne einen Weg gefunden, wie sie den Anschein des Scheins umgehen. Ich habe mir die gesamte Konstruktion angesehen. Die hält so gut wie jeder Prüfung stand. Eine wirklich raffinierte Lösung und dabei von schlichter Eleganz.«

»Hören Sie auf, Freidmann! Frauen können elegant sein. Pferde können elegant sein. Geschäfte sind entweder gut oder schlecht. Allerdings erwarte ich mir, dass Sie morgen zu mir kommen und mir diese Art von Geschäft Punkt für Punkt erklären.«

Für gewöhnlich war Josef Freidmann das Wochenende heilig. Aber ein Wunsch des Malik war in Wahrheit ein Befehl, dem man besser nachkam. »Gerne. Um zehn Uhr bei Ihnen im Büro?«

»Nein. Ich weiß, Sie stehen nicht gerne früh auf, aber Sie sind um sieben Uhr bei mir. Am Nachmittag muss ich zu diesem widerlichen Termin bei den Kommunisten und mich wie ein Bär in der Manege vorführen lassen, als Beispiel erfolgreicher Integration.«

Wissend, wie sehr der Malik derartige Öffentlichkeitstermine verabscheute, antwortete Freidmann mit einer gewissen Schadenfreude: »Nun, dann bin ich um sieben Uhr bei Ihnen. Und was Ihren Öffentlichkeitstermin betrifft: Sehen Sie es als Teil einer Immunisierungsstrategie. Je besser Sie sich mit den Politikern vernetzen, je tiefer diese in Ihrer Schuld stehen, desto unangreifbarer werden Sie.«

Barsch entgegnete der Malik: »Mag sein. Aber ich mag weder Politiker noch Kommunisten. Außerdem: Unser Erfolg, mein Erfolg, fand immer im Verborgenen statt. Aber weil wir schon dabei sind: Haben Sie den Kommunisten schon angefüttert?«

»Ja, er war ganz begeistert und wird den Teppich am Nachmittag abholen lassen.«

»Und wie viel berechnen Sie ihm?«

Genüsslich und mit vor Zynismus triefender Stimme erwiderte der Anwalt: »Nun, da es sich bei diesem Teppich zwar um ein selten schönes Stück handelt, dieses aber leider einige Fehler aufweist, konnte ich dem verehrten Herrn Bezirksvorstand nur dreihundertfünfzig Euro berechnen. Zumal es, da ich ihn gestern gekauft habe, ein gebrauchter Gebrauchsgegenstand ist.«

»Halten Sie den Kommunisten für so blöd? Kleine Webfehler sind ein Zeichen für Handarbeit und Echtheit, nur Allah macht keine Fehler.«

»Herr Malik, Sie haben natürlich recht. Allerdings ist an dieser Transaktion nichts Illegales. Es ist schließlich meine Entscheidung, ob und zu welchem Preis ich einen gebrauchten Teppich verkaufe.«

»Verstehe, dieser Politiker hält sich für besonders schlau und freut sich, ein Schnäppchen gemacht zu haben.«

»Ja, Herr Malik, so sehe ich das auch.«

»Gut, wir werden den Kommunisten bei Bedarf auf diesen kleinen Irrtum hinweisen. Was haben Sie für den Isfahan ausgegeben?«

»Nun, abzüglich unseres Stammrabatts siebentausendneunhundert Euro.«

»Gut, verrechnen Sie den Teppich als Beratungsleistung an die Najah GmbH, aber abzüglich der dreihundertfünfzig Euro von dem Kommunisten.«

»Selbstverständlich, Herr Malik. Kann ich sonst noch etwas für Sie tun?

»Ja, bringen Sie morgen ein paar frische Feigen-Briouats mit.«

Damit war das Telefonat grußlos beendet. Der Anwalt legte den Hörer zurück und ballte kurz die Faust. Dieser alte Kameltreiber musste anscheinend wieder einmal zeigen, was der Name Malik bedeutet und wo er als Anwalt in der Hierarchie stand. Er war nichts weiter als sein Lakai. Paragrafenreiter, Kindermädchen und Wachhund für die erwachsenen Söhne, Sprachrohr für die Politik und nun auch noch Laufbursche für das leibliche

Wohl. Andererseits, besser einmal früher aufstehen und fürstlich entlohnt werden, als sich mit langweiligen Scheidungs- oder Mietverträgen herumzuärgern.

Freitag, 15.30 Uhr, D-Trakt, Herrengasse, Wien

»Das war's also?«, fragte Anton Steinbach. »Steuerdesign, eine interessante und, wie ich meine, zutreffende Wortwahl«, ergänzte Michael.

Die drei saßen im Wohnzimmer des D-Trakts, hatten wie schon die letzten Tage den ganzen Vormittag mit den verschiedensten Unterlagen rund um das Thema »der Malik« verbracht und waren zunehmend frustriert. Vor zwei Stunden war auch noch ein Freund von Sabine zu ihnen gestoßen und hatte ihnen erläutert, wie die Themen Steuerdesign und Anonymität seitens der großen Beratungskanzleien gehandhabt wurden. Auch wenn ihr Gast stets auf die legalen Seiten verwies, war klar, dass er nicht alles verraten durfte und es immer Mittel und Wege gab, die Finanz hinters Licht zu führen und die eigene Identität zu verschleiern.

Sabine Preiss richtete ihren Halfter und legte die Füße auf den Tisch.

»Wenn es denn einen Malik mit einer Verbindung nach Malta geben sollte, dann ist diese Verbindung derart tief vergraben, dass wir sie nicht finden können, einer Heerschar Juristen und Steuerrechtsexperten sei Dank.«

So schnell wollte sich Michael nicht geschlagen geben. »Mag sein. Trotzdem sollten wir weitersuchen. Schließlich ist das Geheimnis außerordentlicher Menschen meist nichts anderes als Konsequenz.«

»Schöne Metapher. Und weiter?«

»Nichts weiter, Anton. Ich meine es wortwörtlich. Ich kann dir nicht sagen, warum, aber ich bin mir sicher, die Notiz ›der Malik‹ war kein Zufall und es gibt einen Zusammenhang. Also lasst uns die Liste der Maliks noch mal durchgehen.«

Frustriert entgegnete Sabine: »Michael, das haben wir bereits gemacht. Nicht nur einmal.«

»Interessant. Und was ist mit *numquam perimus*?«

Anton sah die beiden verwirrt an. »Was soll das schon wieder heißen?«

Sabine stand auf, streckte sich ausgiebig und ging lächelnd Richtung Tür: »Das heißt übersetzt: Wir geben niemals auf. Das Motto aus meiner Zeit beim Bundesheer. Ich habe es behalten und unser Herr Professor hat mich daran erinnert. Also komm. Michael hat recht. Es ist noch zu früh, um Feierabend zu machen.«

Eine Stunde später saßen die drei wieder im Wohnzimmer. Mit demselben Ergebnis.

»Michael, wir haben alles versucht. Wenn wir die Kinder, Schüler, Sozialhilfeempfänger, Gefängnisinsassen sowie die Senioren ausschließen, bleiben genau elf Maliks in Wien und dreizehn in den Bundesländern übrig. Bei keinem davon gibt es eine Verbindung nach Malta. Wir haben ein paar kleinere Delikte wie Ladendiebstahl, eine Steuerhinterziehung, ausgerechnet bei einem Anwalt, zwei Vorstrafen wegen Körperverletzung, eine wegen Fahrens ohne Führerschein sowie eine wegen Trunkenheit am Steuer. Das war's.«

»Es stimmt leider, was Anton sagt. Wir sind auch die Datenbanken bei Interpol und Europol durchgegangen, ohne Ergebnis. Das Gleiche gilt für das Grundbuch und die Finanz. Die einzigen Maliks mit einem gewissen Vermögen sind ein Oberarzt in Wien, ein Fitnessunternehmer in Graz, der besagte Anwalt sowie ein älterer Unternehmer, ebenfalls hier in Wien. Bis auf den Anwalt haben alle eine blütenreine Weste.«

»Und was ist mit den ausländischen Maliks, die hier leben?«, hakte Michael nach.

»Nichts. Es gibt nur zwei Verbindungen zwischen dem Namen Malik und Malta. Einmal beim Botschafter Tunesiens in Wien. Er war früher Amtsträger auf Malta. Und der zweite Fall betrifft einen marokkanischen Kellner, der bis vor einem Jahr in einer Ferienanlage auf Malta gearbeitet hat. Ersteren haben wir ausgeschlossen, und der zweite ist sauber.«

Während Sabine Preiss und Anton Steinbach sichtlich frustriert waren, wirkte Michael Lenhart nach wie vor gut gelaunt und zuversichtlich. »Nun gut, zumindest für heute. Am Montag machen wir weiter. Es mag euch verwundern, wenn ausgerechnet ich so etwas sage, aber mein Gefühl spricht dagegen. Wir haben den richtigen Malik direkt vor unserer Nase und sehen ihn nicht – *noch* nicht.«

Dann fragte Michael, plötzlich das Thema wechselnd: »Anton, gehst du nach der Arbeit mit deiner Familie einkaufen?«

»Ja, die werden gleich da sein, warum?«

»Weil wir im Anschluss daran essen gehen.«

Ungläubig erwiderte Anton: »Du willst uns vier, also mit Sabine fünf, einladen? Das wird aber teuer.«

»Im Steirereck sicher, aber an das habe ich nicht gedacht, sondern einen Tisch im La Sosta in der Schauflergasse für neunzehn Uhr reserviert.«

»Du hast schon reserviert? Ohne mich vorher zu fragen?«

Während Sabine schallend lachte, erwiderte Michael: »Sicher. Hätte ich dich vorher gefragt, hättest du mit an Sicherheit grenzender Wahrscheinlichkeit Nein gesagt. So freue ich mich über dein Ja und auf die Bekanntschaft mit deiner Familie.« Nach einem Blick auf die Uhr ergänzte er: »Es ist jetzt kurz nach siebzehn Uhr. Reichen dir knapp zwei Stunden?«

Nach wie vor ein wenig perplex, antwortete Anton: »Mir auf jeden Fall, und wenn meine Frau erfährt, dass wir zum Essen eingeladen sind, ihr auch.«

»Na dann, lasst uns zusammenräumen.« Und damit begann Sabine, die Unterlagen zusammen mit den Laptops im Tresor zu verstauen, während sich Michael um die leeren Kaffeetassen und Anton um die Papierkörbe kümmerte.

Samstag, 7.00 Uhr, Büro Malik, Piaristengasse, Wien

Josef Freidmann war pünktlich, hatte die gewünschten Feigen-Briouats mitgebracht und saß nun dem Malik gegenüber. Dieser wartete, bis sein Assistent mit dem Tee- und Kaffee-Einschenken fertig war und den Raum verlassen hatte, schenkte den Süßspeisen aber keine Beachtung.

»Also, Freidmann, fangen Sie an.«

»Die Zauberworte heißen Klimawandel, CO_2 und Erderwärmung. Dazu kommt noch, ich muss diesen Begriff leider gebrauchen, denn er ist dafür üblich, das Umsatzsteuerkarussell. Damit machen Ihre Söhne sowohl Umsatz als auch Gewinn, und wie Sie wissen, nicht zu knapp.«

Rüde unterbrach der Malik seinen Anwalt: »Dass meine Söhne Gewinne machen, weiß ich. Bis auf den letzten Cent genau. Schließlich sind sie durch meine Schule gegangen und haben zu allem Überfluss an den teuersten Universitäten studiert. Aber ich will wissen, wie genau sie das machen. Mit Zauberworten kann man nichts verdienen. Was steckt dahinter?«

Geduldig erwiderte der Anwalt: »Gut, ich verstehe. Lassen wir daher das Faktum, dass Klima per se Wandel bedeutet, beiseite und widmen wir uns den CO_2-Zertifikaten. Dazu eine Frage: Ist Ihnen der Ablasshandel ein Begriff?«

»Ja, die Ungläubigen haben damit früher ihre Kirchen und Paläste finanziert. Geld gegen Sündenerlass, wie primitiv und dumm.«

»So könnte man es beschreiben, ja. Nun, der Handel mit CO_2-Zertifikaten funktioniert ähnlich, mit zwei Unterschieden: Es bezahlt nicht der Einzelne für seine Sünden, sondern der europäische Steuerzahler für die angeblichen oder tatsächlichen Umweltsünden, die sein Lebensstil verursacht oder auch nicht.«

»Also ist das eine Art Steuer. Aber wie können meine Söhne aus einer Steuer ein Geschäft machen?«, fragte der Malik.

»Nein, keine Steuer. Die eigentliche Idee dahinter war, dass der freie Markt sich selbst reguliert. Das mag in der Theorie stimmen, aber in der Praxis kommt die Politik dazwischen, woraufhin alles, oder sagen wir, vieles, in einem Desaster endet oder zumindest wesentlich teurer wird.«

Als der Malik sich vorbeugte und die Augen zusammenkniff, erschrak Josef Freidmann. Er wusste: Der Malik hasste es, wenn man vom Thema abkam. »Verzeihen Sie mein kurzes Abschweifen. Wie gesagt, keine Steuer, sondern eine Art Steuerungsautomatismus. Die europäische Industrie und die Energiekonzerne sollten selbst bestimmen, wie sie die politisch festgelegten Klima- beziehungsweise CO_2-Ziele erreichen können.«

Der Malik hob die Hand. »Wir reden hier von CO_2, Kohlenstoffdioxid. Das ist doch nur in Spuren in der Luft enthalten, und die Pflanzen brauchen es zum Wachsen. Wir haben damit schon vor Jahren Experimente in unseren Glashäusern gemacht. Das Ergebnis war: Mehr CO_2, mehr Wachstum. Was soll daran schädlich sein?«

»Das kann ich Ihnen nicht beantworten, und es ist in Wahrheit auch nicht entscheidend für das Geschäft.«

Nach einem Nicken des Malik fuhr der Anwalt fort: »Vereinfacht ausgedrückt, lässt es sich auf die Formel reduzieren: Je moderner die Technik, je geringer der Energieverbrauch, desto weniger CO_2-Emissionsrechte muss man kaufen.«

Der Malik hob die Hand. »Und wer alte Technologien verwendet und viel CO_2 freisetzt, muss mehr Emissionsrechte kaufen. Es ist also eine Art Börse entstanden?«

»Ja, Herr Malik, so ist es. Ungefähr zwei Drittel aller CO_2-Zertifikate werden an Börsen gehandelt, zum Tagespreis oder auf Termin, ähnlich wie Schweinebäuche, Aktien oder Rohstoffe. Aber an diesen Börsen handeln nicht nur Stahlkonzerne oder Kraftwerksbetreiber, sondern auch Banken und Hedgefonds.«

»Wie viel? Wie hoch sind die Umsätze an diesen Börsen?«, wollte der Malik wissen.

»Weltweit beträgt der Umsatz mit Emissionsrechten rund einhundertfünfzig Milliarden Dollar. Der Großteil davon, ich würde sagen, rund fünfundachtzig bis neunzig Prozent, geht über die US-Terminbörse Intercontinental Exchange, ICE, und deren Töchter, die European Climate Exchange in London sowie die Chicago Climate Exchange.«

»So, so, meine Söhne spielen also mit den amerikanischen Schwergewichten.«

»Ja, Herr Malik, allerdings in einem vergleichsweise kleinen Rahmen und äußerst geschickt.«

»Und die Amerikaner, machen die bei diesem Umweltablasshandel auch mit?«

»Sie meinen die US-Regierung?«

Ungehalten erwiderte der Malik: »Wen denn sonst!«

»Nein, die weigern sich bis heute, einen verbindlichen Emissionshandel einzuführen. Das wäre für deren Großkonzerne und Kohleindustrie zu teuer. Sie lassen lieber die Europäer bluten und das Geschäft von US-Banken und Vermögensverwaltern wie Morgan Stanley, BlackRock oder Goldman Sachs kontrollieren.«

Der Malik ließ weiterhin nebenbei seine Gebetskette durch die Finger laufen. »Gut, verstanden. Aber die Gewinne meiner Söhne lassen sich nicht allein mit Terminhandel an der Börse erklären.«

»Richtig, Herr Malik, und hier kommt das Umsatzsteuerkarussell ins Spiel, wobei alle Teilnehmer von Ihren Söhnen kontrolliert werden, natürlich still und heimlich. Das Spiel selbst ist einfach, die schlaue Lösung Ihrer beiden Söhne liegt darin, dass sie jeden Anschein eines Scheingeschäftes vermieden haben.«

Der Malik kniff die Augen zusammen und klopfte mit dem Zeigefinger auf die Schreibtischplatte, während Freidmann schluckte: Es war immer eine Gratwanderung, die Söhne zu loben. Tat man es zu sehr, wurde der Malik wütend, tat man es zu wenig, ließ man es ihnen und damit auch ihm, dem Malik, gegenüber an Respekt fehlen.

»Dass diese Lösung schlau ist, setze ich voraus, sie sind schließlich meine Söhne. Ich will wissen, wie dieses Karussell funktioniert!«

»Also: Firma A im EU-Ausland verkauft CO_2-Zertifikate an die Firma B in beispielsweise Österreich oder Deutschland. Die Firma B schlägt auf diese Zertifikate die Umsatzsteuer auf, ohne sie jedoch abzuführen, und reicht die Zertifikate an die Firma C weiter. Diese Firma C verkauft sie an die Bank D. Die lässt sich die Umsatzsteuer vom Staat überweisen und verkauft die Zertifikate wieder an den ersten Verkäufer im EU-Ausland. Am Ende bleibt die Steuer als Gewinn, in Deutschland neunzehn Prozent.«

Der Malik nickte leicht mit dem Kopf und fuhr sich unwillkürlich über das Kinn. »Und dieses Karussell kann man nicht nur mit diesen Ablasspapieren machen, sondern mit allem, richtig?«

»Ja, Herr Malik. Sie haben es schnell durchschaut. Allerdings ist es mit realen Waren komplexer. Hier muss man sich auch um Lieferpapiere mit Seriennummern und all den Kleinkram kümmern.«

»Verstehe.« Und mit einem gewissen Stolz fügte er hinzu: »Aber so, wie ich meine Söhne kenne, ist das noch nicht alles.«

»Nein, Herr Malik. Wie Sie wissen, gibt es das sogenannte Kyoto-Protokoll. Aus dieser internationalen Vereinbarung geht der Clean Development Mechanism, kurz CDM, hervor. In der Praxis heißt das, dass die Vereinten Nationen für CO_2-vermindernde Umweltprojekte zusätzliche Emissionsrechte verteilen können, um Projekte in Entwicklungs- und Schwellenländern zu unterstützen.«

Der Malik hob die Hand und unterbrach damit den Vortrag seines Anwalts. »Das klingt nach Scheingeschäften. Konzerne machen irgendein Umweltprojekt in Afrika, bestechen dort ein paar Politiker und bekommen dafür zusätzliche Emissionsrechte, die sie selbst verwenden oder weiterverkaufen können.«

»Ja, Herr Malik. So sieht es zuweilen in der Praxis aus.«

Zufrieden lehnte sich der Malik zurück und legte die Fingerspitzen aneinander. »Und die UNO prüft zwar, findet aber nichts.«

»Sagen wir, *fast* nichts, Herr Malik, und die Gründe dafür sind ganz trivial. Einerseits hat die UNO nicht das nötige Personal beziehungsweise ist dieses einem Zuverdienst nicht immer abgeneigt, andererseits gibt es noch einen systembedingten Faktor. In den meisten Fällen müssen die jeweiligen Projektbetreiber die Gutachter bezahlen, und wer zahlt, schafft bekanntlich an.«

»Verstehe. Und die lieben Politiker und UN-Funktionäre stellen sich nicht hin und sagen: Tut uns leid, das Ganze war zwar gut gemeint, hat sich aber als Schwachsinn herausgestellt.«

»Sehr richtig, Herr Malik! Zumal einige Galionsfiguren dieser Klima-Geschichte selbst dick im Geschäft sind, allen voran der ehemalige US-Vizepräsident Al Gore.«

»Schön, und meine Söhne?«

»Die haben ihre Verbindung in die alte Heimat genutzt und genau solche CO_2-Projekte in Marokko und Algerien lanciert und die dafür erhaltenen zusätzlichen Zertifikate verkauft.«

»Die Verbindungen meiner Söhne in die Heimat kenne ich besser als Sie, Freidmann«, unterbrach der Malik seinen Anwalt, gebot diesem mit einer Handbewegung zu schweigen und griff zu seinem Notizbuch. »Ich habe mir die Bücher angesehen, das tue ich immer, und zwar genau. In Marokko haben wir bei einem Projekt namens Green Tomorrow Solutions plötzlich einen Totalverlust von fast elf Millionen Euro. Was wird hier gespielt?«

In den Unterlagen blätternd, erklärte Josef Freidmann: »Die Details und Hintergründe können Ihnen Ihre Söhne kommende Woche sicherlich genau erklären. Hier handelt es sich um eines dieser Öko- oder Ablassgeschäfte, wie Sie es genannt haben. Die Green Tomorrow Solutions hat sich mit den Vorbereitungsarbeiten für ein Solarkraftwerk beschäftigt. Standortauswahl, Trassenführung, Transformatorstationen und dergleichen. Allerdings kam es bedauerlicherweise zu einem Zwischenfall. Der Bautrupp wurde überfallen, die Transformatoren gestohlen und alle Unterlagen samt den Bau- und Wohncontainern vernichtet.«

Wütend hieb der Malik auf den Tisch, bevor er plötzlich innehielt. »Der Überfall war vorgetäuscht, richtig?«

»Selbstverständlich! Niemand bestiehlt den Malik und dessen Söhne in seiner alten Heimat. Bis auf die ausgebrannten Container und ein paar alte Autos ist die gesamte Ausrüstung in Sicherheit und steht, mit neuen Papieren und frisch lackiert, für das nächste Projekt bereit.«

Wieder zufrieden, strich sich der Malik abermals über das Kinn. »Diese Projekte werden doch alle gefördert, oder?«

»Ja. Die Maschinen kamen von einer Ihrer deutschen Firmen. Hier übernimmt die DEG, die Deutsche Investitions- und Entwicklungsgesellschaft, eine Tochter der KfW, der Kreditanstalt für Wiederaufbau, die Kosten. Welche anderen Organisationen hier noch als Fördergeber dabei sind, kann ich Ihnen im Augenblick nicht im Detail sagen. Gabriel hat mir allerdings eine grobe Aufstellung geschickt. Hier bitte.«

Der Malik nahm das Papier, fuhr mit den Fingern jede Zeile der Tabelle entlang, legte es zur Seite und sah Josef Freidmann mit spürbarem Stolz an. »Wenn das stimmt, machen wir damit einen Gewinn von rund zweiunddreißig Komma fünf Millionen Euro.«

»Ja, zu diesem Ergebnis bin ich auch gekommen. Die Förderungen liegen in Summe bei fast neunzig Prozent, den angeblichen Totalverlust der Maschinen übernehmen wie gesagt die Deutschen, und dazu kommen noch die CO_2-Zerifikate, öffentliche Ausfallshaftungen und Exportförderungen.«

»Und die Deutschen schicken keinen Techniker für eine Prüfung vor Ort?«

»Sehr unwahrscheinlich. Eine Splittergruppe der Frente Polisario hat sich angeblich zu dem Anschlag bekannt, und das gesamte Gebiet wurde von der marokkanischen Nationalpolizei gesperrt. Wenn Sie die Liste nochmals zur Hand nehmen, der letzte Posten, Sozialleistungen, ist jener für die Unterstützung durch die dortigen Sicherheitskräfte.«

Für einige Sekunden herrschte Schweigen. Dann stand der Malik auf, ging zur Anrichte hinüber und machte frischen Tee. Ohne sich zu seinem Anwalt umzudrehen, erklärte er: »Richten Sie meinen Söhnen aus, dass ich stolz, gleichzeitig aber auch bitter enttäuscht und wütend bin. Stolz, da der Apfel offensichtlich nicht weit vom Stamm gefallen ist und meine Erziehung Früchte getragen hat. Enttäuscht, weil sie geglaubt haben, hinter meinem Rücken Geschäfte machen zu können, und wütend, da durch diese Eigenmächtigkeit mein Ruf und damit der der gesamten Familie in der alten Heimat hätte leiden können. Wenn die beiden nächste Woche kommen, erwarte ich zuerst eine Entschuldigung, wie sie einem liebenden Vater gebührt. Anschließend werden wir jeden Schritt, jede Zahl und jede Person, mit der wir zusammenarbeiten, durchgehen. Wenn ich dann zufrieden bin und sehe, dass alles so abläuft, wie ich es ihnen beigebracht habe, verzeihe ich ihnen. Haben Sie mich verstanden, Freidmann?«

Widerwillig antwortete der Anwalt: »Selbstverständlich Herr Malik.« Er wusste, speziell Gabriel hasste derartige Unterwerfungsgesten und hielt seinen Vater schon längst für zu alt für das Geschäft. Das Familientreffen stand unter keinem guten Stern.

»Gut, Sie können gehen.«

Montag, 8.30 Uhr,
D-Trakt,
Herrengasse, Wien

Michael Lenhart war seit sieben Uhr noch einmal alle Unterlagen durchgegangen, musste sich aber eingestehen, dass es keinen stichhaltigen Anhaltspunkt gab. Sie hatten tagelang die sprichwörtliche Nadel im Heuhaufen gesucht und nichts gefunden. Trotzdem wollte er nicht aufgeben. Er war sich weiterhin sicher, die Notiz von Walter Denk hatte etwas zu bedeuten.

Im Nebenzimmer waren Sabine Preiss und Anton Steinbach ebenfalls in die Unterlagen vertieft, allerdings mit wenig Hoffnung auf einen Treffer. Selbst ein von Sabine adaptierter Such-Algorithmus, ein Programm, das sie von Martina Hairer, der Vorarlberger Mathematikerin, bekommen hatte, lieferte bis jetzt keine Ergebnisse.

Michael stand auf und ging zur Fensterfront. Gedankenverloren betrachtete er die hinter der Glasfront Richtung Innenhof träge vorüberziehenden Wolken. Langsam, aber sicher musste er sich etwas für ihr Büro einfallen lassen. Noch war die Temperatur kühl, aber spätestens Ende April dürfte es im D-Trakt trotz der Klimatisierung unerträglich heiß werden. Doch das war nicht sein vordringlichstes Problem.

Der eigentliche Grund seiner Sorge war sein Selbstwert. Er hasste es, zu verlieren und einen Fall zu den Akten legen zu müssen. Das war eine Niederlage, die er bis jetzt vermieden hatte. Er gab sich einen Ruck und ging zurück zu seinem Schreibtisch. Bis heute Abend wollte er sich und seinen Kollegen noch Zeit geben. Wenn sie bis dahin nicht wenigstens einen Anhaltspunkt, und sei er auch noch so geringfügig, gefunden hätten, würde er seine Niederlage eingestehen. Wie hieß es beim griechischen Dichter Simonides von Keos so schön: Wanderer, kommst du nach Sparta, verkündige dorten, du habest uns hier liegen gesehen, wie das Gesetz es befahl.

Mit frischem Mut spitze er seinen Bleistift und konzentrierte sich auf die Unterlagen, als das Telefon läutete.

»Servus Herr Major! Scho in Amt und Würdn?«

»Ja, liebe Frau Wolf.«

»Da Alte, i man, der Herr Brigadier, hat vorhin gsagt, des mit dem Finanza auf Malta wird nix mehr. Er will euch an andern Fall gebn.«

»Bei mir hat sich der Herr Brigadier noch nicht gemeldet.«

»Des waß i. Sonst würd i ja net anrufn. I man, wenn's meint's, dass da noch was zu holn is, dann solltet's euch was einfalln lassn.«

»Vielen Dank für den Tipp, Frau Wolf. Gibt es sonst Neuigkeiten vom Flurfunk?«

»Ja, aba des betrifft net euch. Die Ministerin is auf die feine Frau Direktor sauer, wegen ana Gschicht in Rumänien.«

»Interessant. Und aus welchem Grund?«

»Psychologisch gesprochen: Beidseitige chronische Stutenbissigkeit, verschärft durch parteipolitische Unverträglichkeit. Aba des war, glaub i, net die Frag. Die Frau Direktor hat an Tipp in Sachen Rauschgift kriegt, ausgerechnet vom Bezirksvorsteha ausm achten Hieb. A große Gschicht.«

»Und warum ist die Frau Ministerin darüber verärgert?«

»Weil die feine Frau Direktor sie erst heut in da Früh per Mail informiert hat. Da war alles scho glaufn. Die Kollegn in Rumänien habn bei ana Razzia in da Nacht fast zwei Tonnen Cannabis beschlagnahmt. Und wie's da Teufel will, hat der dortige Minista der unsrigen a Danke-Mail gschriebn, des früher da war als des von da Frau Direktor.«

Lächelnd erwiderte Michael Lenhart: »Nun, dann wird die Frau Direktor wohl oder übel dem Beispiel Heinrich IV. folgen müssen.«

»An Heinrich kenn i net. Wer soll des sein?«

»Verzeihung, liebe Frau Wolf. Vor rund eintausend Jahren hatte sich König Heinrich IV. in seinen Machtambitionen ein wenig verspekuliert und musste zu Papst Gregor VII. pilgern und der Legende nach auf Knien um Einlass bitten. Da sich der Papst zu diesem Zeitpunkt in Canossa, Norditalien, aufhielt, ist daraus das geflügelte Wort Canossagang entstanden.«

»Ha, des is guat! Des muss i ma merkn, Canossagang. So, aba jetzt muss i aufhörn. Da Alte is da.«

»Eines noch, Frau Wolf: Woher hatte der Herr Bezirksvorsteher den Rauschgift-Tipp?«

»Von an Sozialzentrum und an Malik. Wos a imma des hast. Mehr waß i net, aba wenn's wollt's, spitz i die Ohrn.«

»Das wäre wunderbar! Vielen Dank, Frau Wolf!«

»Nix zu dankn, moch i gern.«

Zufrieden legte Michael auf und rief seine beiden Kollegen.

»Was gibt es?«, fragte Sabine.

»Das war unsere Frau Wolf. Sie meinte, der Fritsch will den Fall des verschollenen Finanzfahnders Denk zu den Akten legen und uns mit einem anderen beehren.«

»Na, eine Ehre ist das nicht, wenn wir die Segel streichen müssen. Das würde unsere Erfolgsquote von einhundert auf fünfzig Prozent senken«, erwiderte Anton.

»Na ja, bei zwei Fällen ist das keine Frage höherer Mathematik. Aber ich denke, wir müssen die Flinte noch nichts ins Korn werfen.«

»Und womit willst du dem Fritsch kommen? Wir haben nichts. Nicht die leiseste Spur.«

»Oh doch, Sabine! Wir haben eine Spur, oder sagen wir: möglicherweise eine Spur.«

»Und wie sieht diese Spur aus?«, hakte Anton nach. »Wir haben keinen Zusammenhang, weder einen kausalen noch einen logischen noch irgendeinen anderen, ausgenommen, du willst einen fantastischen herstellen.«

Gut gelaunt erwiderte Michael: »Unsere liebe Frau Wolf erwähnte nebenbei einen Malik, welcher einen entscheidenden Tipp im Zusammenhang mit einer großen Rauschgiftrazzia geliefert haben soll.«

»Woraufhin du einen Zufall ausschließt.«

»Exakt, Sabine.«

»Schön, ein Malik gibt einen Tipp, aber wo ist hier der Zusammenhang mit unserem Fall?«

»Diesen, mein lieber Anton, werden wir herausfinden, aber vorher müssen wir uns ein wenig umhören. Ruft eure Kontakte bei der Abteilung Suchtmittel an und schaut, was die wissen, aber seid vorsichtig. Ich werde nochmals mit Frau Wolf reden. Wir treffen uns dann wieder hier, sagen wir, in einer Stunde, einverstanden?«

Mit einem Nicken verabschiedeten sich die beiden in ihre Zimmer, und Michael Lenhart griff zum Telefon.

Eine Stunde später saßen sich die drei mit frischem Kaffee im Wohnzimmer erneut gegenüber.

»Nun, was habt ihr herausgefunden?«

»Noch nichts Konkretes. Mein Kontakt bei den 3.3.ern, Suchtgift, kommt aber auf einen Besuch bei uns vorbei. Ich kenne ihn, wir können ihm vertrauen.«

»Gut, Sabine. Wie sieht es bei dir aus, Anton?«

»Mit meinen Kontakten hatte ich kein Glück. Stattdessen bin ich nochmals die Daten durchgegangen. Wenn der Hinweis von Frau Wolf zutrifft, haben wir den richtigen Malik ständig vor unserer Nase gehabt und ihn einfach aufgrund seines Alters nicht berücksichtigt, wahrscheinlich mein Fehler. Unser Malik dürfte ein mehr oder weniger pensionierter Unternehmer aus dem achten Bezirk sein, der vor über fünfzig Jahren aus Algerien nach Österreich gekommen ist. Er ist seit ein paar Jahren Witwer und hat zwei erwachsene Söhne, die in London beziehungsweise Brüssel leben. Ersterer namens Gabriel ist Banker, der zweite namens Elias Anwalt und Unternehmer.« und mit einem gewissen Sarkasmus fügte er hinzu: »Hebräische Vornamen für die Söhne eines arabischen Königs, interessant. Wie sieht es bei dir aus, Michael?«

Michael Lenhart stand auf und begann wieder einmal im Raum auf und ab zu spazieren. »Das ist nicht ungewöhnlich. Alttestamentarische Namen sind auch im Christentum gebräuchlich. Wenn man so will, teilen sich diese die Anhänger der drei abrahamitischen Religionen anscheinend recht brüderlich. Und die beiden Söhne leben in London und Brüssel, interessant. Ja, das scheint unser Mann zu sein. Deine Informationen stimmen mit denen von Frau Wolf überein. Allerdings gibt es gewisse erschwerende Umstände.«

»Die du uns sicherlich gleich erklären wirst.«

»Ja. Dieser Herr Malik ist ein Liebling der Wiener Politik, speziell des Bezirksvorstehers im Achten. Er unterstützt seit Jahren Sozialeinrichtungen, hält Vorträge zum Thema Integration und gilt seit seinem Rauschgift-Tipp als Anwärter für das Große Goldene Ehrenzeichen für Verdienste um das Land Wien mit dem Stern. Mit anderen Worten, wenn wir hier ermitteln, dürfte der politische Gegenwind recht kräftig ausfallen.«

»Na super! Ich sehe schon die Schlagzeilen von wegen Rassismus, Polizeiübergriffe gegen gut integrierten Pensionisten, Rufmord, Schikane und was weiß ich noch alles. Bei dem Ehrgeizler von Bezirksvorsteher reicht ein schiefer Blick, und er sieht schon den Weltuntergang und rechte Horden marschieren.«

Weiterhin gelassen an der Fensterfront stehend, die Hände tief in den Hosentaschen, erwiderte Michael: »Du kennst den Herrn persönlich?«

»Ja, leider. Ich hatte mehrfach mit ihm zu tun, und es war stets unerfreulich. Sein Ehrgeiz wird nur noch von seinem Sendungsbewusstsein übertroffen. Er ist direkt vom Studium, ich glaube, Kommunikationswissenschaften, in die Partei gewechselt und hat sich nach oben gearbeitet. Bei den Linken gilt er als große Zukunftshoffnung. Uns, also die Polizei, sieht er im Grunde als notweniges Übel und Sammelbecken aller Rechten, und rechts ist, da nicht links, bekanntlich böse und Nazi.«

Aus dem Fenster schauend erwiderte Michael Lenhart: »Links, wie du es nennst, vergisst gerne, dass Nazi die

Abkürzung für Nationalsozialisten und der Unterschied zwischen nationalen und internationalen Sozialisten verschwindend ist. Beide beschwören die vermeintlichen Rechte, also Vorrechte, einer im Grunde willkürlich definierten Gruppe und missachten das Individuum. Insofern ist dieser Hass eine Art Selbsthass. Und du, Sabine? Kennst du den Bezirksvorsteher ebenfalls?«

Sabine hatte die Füße auf dem Tisch und die Hände hinter dem Kopf verschränkt, und Michael wunderte sich wieder einmal, warum diese eher maskuline Haltung bei ihr ausgesprochen anziehend wirkte. Ein Seitenblick zu Anton, der sie ebenfalls bewundernd ansah, bestätigte seinen Eindruck.

Mit einem »Hallo, Sherlock, bist du noch da?«, holte ihn Sabine zurück in die Realität.

»Ja, verzeih. Ich war in Gedanken gerade woanders.«

Lächelnd antwortete Sabine: »Zusammen mit Anton, das habe ich gesehen. Aber gewöhnt euch daran. Gerader Rücken, Füße unter dem Stuhl und Hände am Tisch, das ist nichts für mich. Nicht bei euch, okay?«

»Sicher, Artemis. Zurück zum Thema: Wir waren beim Herrn Bezirksvorsteher.«

»Ja, ich kenne ihn. Sowohl von meinen Spaziergängen am Westbahnhof als auch von einem Einsatz. Der Mann folgt bei Bedarf dem Juncker'schen Grundsatz und ist nicht zu unterschätzen. Persönlich dürfte ich ein rotes Tuch für ihn sein.«

Neugierig fragte Anton: »Sabine, zwei Fragen: Was meinst du mit dem Juncker'schen Grundsatz, und wieso bist du für ihn ein rotes Tuch?«

»Der ehemalige Herr EU-Kommissionspräsident meinte: ›Wenn es ernst wird, muss man lügen.‹ Und zu deiner zweiten Frage: Als wir bei einem Einsatz in seinem Bezirk eine Wohnung stürmten, kam vom Bezirksvorsteher sofort die Rassismus-Keule, in Kombination mit dem Vorwurf eines überzogenen Gewalteinsatzes. Auf meine Frage, wie er denn zu diesen Anschuldigungen komme, erklärte er nur lapidar: Aus Erfahrung, und außerdem hätte so etwas erzieherische, ja fast schon prophylaktische Funktion.«

Michael schüttelte den Kopf und meinte: »Nun bin ich aber gespannt auf deine Antwort.«

»Ich habe es ihm mit gleicher Münze zurückgezahlt und gesagt: Dann könnte ich ihm sexuelle Übergriffe vorwerfen, natürlich als rein erzieherische Maßnahme und prophylaktisch. Da wurde er plötzlich ziemlich blass um die Nase.«

»Gut, damit wissen wir, woran wir bei dem Herrn sind, zumal unsere Frau Direktor ebenfalls seiner Partei angehört. Also sollten wir auf den großen Sunzi hören und vorerst im Verborgenen weitermachen.«

»Und wie soll das gehen? Der Fritsch will uns den Fall entziehen, und der Malik, wenn er denn der Richtige ist, gilt in der Politik als Heiliger!«, stöhnte Anton.

»Ganz einfach. Wenn du etwas vorhast, tue, als ob du es nicht vorhättest. Wenn du etwas willst, tue, als ob du es nicht benutzen wolltest. Nun, wenn ihr einverstanden seid, rufe ich den Fritsch an und erkläre ihm, dass an der Malik-Sache wahrscheinlich nichts dran ist, wir aber noch auf Informationen aus Malta warten, den Akt jedoch voraussichtlich leider ohne Ergebnis schließen müssen. Damit haben wir zumindest ein paar Tage Ruhe.«

»Und in der Zwischenzeit arbeiten wir still und leise weiter und hoffen auf ein Wunder, richtig?«

»Fast, Anton. Allerdings hofft unser Sherlock nicht auf ein Wunder, sondern vertraut auf unseren Spürsinn.«

»So ist es, Artemis. Dem Klingeln nach steht unser Besuch unten vor der Tür.«

Hans Tilly, der Kollege von der Drogenfahndung, entpuppte sich als drahtiger, eher klein gewachsener Mann Mitte dreißig, in feinstes Tuch gekleidet und mit akkurater Frisur.

Mit »Auf dem Weg zu einer Modeschau, Hans?« wurde er von Sabine Preiss freundlich begrüßt.

»Servus, Sabine, strahlend wie immer!« Und auf das Pflaster über der Augenbraue deutend: »Eine neue Trophäe?«

»Nein, nur ein Sandsack, der der Schwerkraft folgte. Schön, dich zu sehen, Hans, wenn auch in einem ungewohnten Outfit.«

»Ich komme gerade von einer kleinen Operation am Bauernmarkt. Ein Banker wollte sein Schnee-Depot auffüllen und hat sich dabei vertrauensvoll an mich gewandt. Statt Schnee gab's die Eisenachter, und nun singt er wie ein Vögelchen. Aber wie geht's euch? Ermittelt die Abteilung für Sonderfälle nun auch in Drogen, nicht nur in Organen?«

»Na, komm erst mal herein. Ich stelle dir meine Kollegen vor: Michael Lenhart, der Chef, und Anton Steinbach, unser Organisationstalent. Bei uns ist übrigens das Du üblich. Kaffee?«

»Gerne.« Und nach einem Blick in das große Wohnzimmer: »Wie kommt ihr zu dieser Luxusherberge als Büro?«

»Der D-Trakt war als Besucherwohnung für die hohen Tiere der EU gedacht, aber niemand wollte hier absteigen, da es im Sommer brütend heiß ist. Aber uns gefällt es«, erklärte Michael, während ihn Hans Tilly neugierig musterte. »Bitte setz dich.«

»Du bist also der berühmte Lenhart. Einzelgänger, Ohrfeigen für den ehemaligen Kabinettschef und dann die Organ-Geschichte, freut mich, dich kennenzulernen. Was kann ich für euch tun?«

»Danke für das Kompliment, Hans. Ob wir nun im Zusammenhang mit Drogen ermitteln werden, wissen wir ehrlich gesagt noch nicht. Aber unser Fall, wenn es denn einer ist, hat möglicherweise am Rande auch mit Cannabis zu tun. Uns wäre daher mit einer Art Crashkurs über das aktuelle Cannabisgeschäft in Wien sehr geholfen.«

»Nur Cannabis, kein Koks, Crystal Meth oder Heroin?«, wollte Hans Tilly wissen.

»Ja, nach unserem Kenntnisstand geht es, wenn überhaupt, nur um Cannabis.«

»Gut, und ihr wollt eine ehrliche Antwort und kein PR-Gestammel, richtig?«

»Ja, Klartext bitte. Und noch etwas: Alles, was hier gesagt wird, bleibt unter uns. Okay?«

»Gut, Sabine. Das habe ich mir schon gedacht. Nun, Cannabis wird von der Politik als vergleichsweise harmlos eingestuft. Wir sind daher eher am Beobachten denn hart am Durchgreifen. Wenn wir einen Tipp bekommen oder wenn das Dealen zu offensichtlich wird, denkt nur an die U-Bahn, werden wir tätig. Ansonsten konzentrieren wir uns im Moment eher auf Crystal Meth und die anderen harten Drogen.«

»Wer ist hier im Handel tätig?«, wollte Anton wissen.

»Die üblichen Verdächtigen. Tschetschenen, manchmal Pakistani, Nordafrikaner und seit 2015/16 verstärkt

Nigerianer. Die erkennt ihr gut an den teuren Sportklamotten.«

»Sind die Reviere klar abgesteckt, oder gibt es einen Krieg um die Konsumenten?«

»Weitgehend abgesteckt. Außerdem sind Reviere, so wie früher, nicht mehr nötig. Cannabis wird entlang der öffentlichen Verkehrsrouten gehandelt, im Gegensatz zu Koks etwa.«

»Woher kommt der Stoff?«

»Unterschiedlich. Teilweise aus Osteuropa, speziell die Ukraine hat sich seit dem Maidan als neuer Produzent etabliert, spielt aber nach wie vor eine eher untergeordnete Rolle. Der Großteil kommt noch immer aus Pakistan, Algerien und Marokko.«

Wieder mit den Händen in den Hosentaschen auf und ab gehend fragte Michael Lenhart: »Wie ist das Verhältnis zwischen den Dealergruppen? Gleicht das einer Art Gentlemen's Agreement oder mehr einem Hauen und Stechen?«

»Teils, teils. Das Besondere ist eher die klare Abgrenzung der einzelnen Gruppen und die Verachtung für die jeweils anderen. Du kannst also als Gang- oder Clanmitglied nicht die Seite wechseln. Damit ihr eine ungefähre Vorstellung bekommt: Für die Nigerianer sind die Nordafrikaner Kameltreiber und Ziegenficker. Umgekehrt bezeichnen die Nordafrikaner die Nigerianer als Affen.« Und mit offenem Sarkasmus fügte er hinzu: »So sieht Multikulti auf der Straße aus, zumindest aus Sicht eines Drogenfahnders. Dabei ist es bei uns noch vergleichsweise ruhig. Frage nicht, wie es in Deutschland mitunter zugeht.«

»Die Abwertung des anderen und die damit verbundene Aufwertung der eigenen Identität – mit diesem klaren Freund/Feind-Schema sinkt für gewöhnlich die Gewaltschwelle. Ist dir da etwas aufgefallen?«

»Nein, nicht wirklich. Es gibt hier keine, besser gesagt *fast* keine offenen Kämpfe. Alle wissen: Wir dulden keine Konfrontation auf der Straße. Das heißt nicht, dass die friedlich nebeneinander ihren Geschäften nachgehen. Es heißt nur, dass wir die Auseinandersetzungen selten oder nur zeitverzögert mitbekommen. In Wahrheit besteht unsere Hauptarbeit darin, die Entstehung von Parallelgesellschaften zu verlangsamen. Verhindern werden wir sie meiner Meinung nach nicht können.«

»Woran erkennt ihr Machtkämpfe zwischen den Gruppen?«, fragte Sabine.

»Ganz simpel. Wenn plötzlich bei bestimmten frequenzstarken U-Bahn-Stationen keine Nigerianer mehr herumhängen, sondern Nordafrikaner, wissen wir, da ist Blut abgeflossen. Oder wenn bekannte Gesichter über Nacht abgetaucht sind und nach einigen Tagen frisch vernarbt wieder auftauchen. Manchmal bekommen wir auch Tipps.«

»Könnt ihr die Herkunft des Stoffs bestimmten Gruppen zuordnen? Etwa nach dem Motto: Afrikaner verkaufen afrikanischen Stoff, Pakistani und Tschetschenen asiatischen oder europäischen?«, fragte Anton.

»Ich sehe schon, die Frage eines Organisators. Aber es läuft anders. Der Stoff aus Marokko oder Algerien wird fast ausschließlich von Nordafrikanern verkauft. Alle anderen, das heißt auch die Nigerianer, verkaufen Ware aus Pakistan. Wie gesagt, der Rest fällt fast nicht ins Gewicht.«

»Und die heimische Produktion?«

»Kannst du mengenmäßig vergessen, Michael. Wenn wir eine umfunktionierte Wohnung oder Lagerhalle hochnehmen, waren das meist heimische Pflanzenzüchter.

Anders sieht es beim Homegrowing für den Eigenbedarf aus. Ich will nicht wissen, wie viel da indoor in Zelten und Boxen gezogen wird.«

»Nun kommt die unvermeidliche Frage: Kennt ihr die großen Bosse?«

»Nein, Sabine. Einerseits dürften die tatsächlich im Ausland sitzen, schließlich ist Österreich ein vergleichsweise kleiner Markt, und andererseits ist die Struktur so aufgebaut, dass die unten nicht wissen, wer oben sitzt. Wenn wir also ein paar Dealer hochnehmen und den einen oder anderen Bunker ausräumen, heißt das noch lange nicht, dass wir die ganze Hierarchie aufrollen können, leider.«

»Gibt es Besonderheiten, irgendetwas, was dir aufgefallen ist oder wodurch sich die einzelnen Gruppen unterscheiden, so wie die Sportklamotten der Nigerianer?«

»Die Gewaltschwelle ist bei den Tschetschenen am geringsten, aber das heißt nicht, dass die anderen Lämmchen wären. Ich würde sagen, die Nordafrikaner, großteils aus Algerien, Marokko und Tunesien, sind am diszipliniertesten und vergleichsweise kultiviert. Auch sind deren Deutschkenntnisse deutlich besser als die der Nigerianer. Die sprechen fast nur Englisch, oder das, was sie dafür halten.«

»Was ist mit den Rechtsbeiständen?« Michael sah Sabine bewundernd an, während Anton nur verdutzt die Augenbrauen hob.

»Gute Frage, Sabine. Ja, da gibt es auch eine Besonderheit. Wenn wir einen nigerianischen oder tschetschenischen Dealer erwischen, kommt ein Anwalt von irgendeiner NGO, bei einigen Nordafrikanern ist es ein Anwalt aus einer angesehenen Kanzlei im ersten Bezirk.«

»Und der Name der Kanzlei?«

»Lass mich nachdenken. Freidmann & Partner. Ja, so heißt die Kanzlei.«

»Noch eine Frage: Was ist mit den Dealern afghanischer Herkunft?«

»Die haben sich auf Heroin spezialisiert, naheliegenderweise. Ist ja fast wie ein Stück Heimat.«

»Hans, laut Flurfunk hat ein Herr Malik, den wir nur als ›der Malik‹ kennen, dem Bezirksvorsteher aus dem achten Bezirk einen Tipp gegeben, woraufhin es in der Nacht von Samstag auf Sonntag eine Razzia in Rumänien gab. Weißt du etwas darüber?«, schaltete sich Michael wieder ein.

»Jetzt kommen wir der Sache schon näher. Ich habe davon gehört. Anscheinend wurden rund zwei Tonnen Cannabis aus Pakistan sichergestellt. Mehr weiß ich allerdings nicht – *noch* nicht.«

»Hast du Zugang zu den Unterlagen, unauffällig?«

Hans Tilly sah Sabine Preiss mit verschwörerischer Miene an. »Nein. Oder sagen wir, noch nicht. Der Fall ist Chefsache, nachdem sich die Frau Direktor persönlich der Sache angenommen hat. Aber wenn es wichtig ist, könnte ich einen Zusammenhang mit anderen Ermittlungen herstellen und mir auf diese Weise eventuell offiziell Zugang zu den Unterlagen verschaffen.«

»Und rein theoretisch könntest du von dir aus nach möglichen Verbindungen zu anderen Fällen suchen und so auf unsere Ermittlungen stoßen. Wie gesagt, rein theoretisch.«

»Ja, Michael, das wäre nicht nur rein theoretisch möglich, sondern sogar wahrscheinlich. Ich bin mir sicher, die Frau Direktor möchte diesen Erfolg voll auskosten, und mein in diesem Fall ein wenig ausgebremster Abteilungsleiter wiederum will zeigen, dass er die Nummer eins in Sachen Suchtmittel ist. Er wird gewiss nach jedem halbwegs brauchbaren Strohhalm greifen.«

Sabine sah ihre Kollegen skeptisch an. »Das ist sehr dünnes Eis. Wenn unser Malik mit jenem der Frau Direktor identisch ist, dann wäre das nicht nur für diese überaus peinlich, sondern auch für den einen oder anderen Wiener Politiker.«

»Mag sein. Aber ich bin nicht Polizist geworden, um bei politischen Risiken den sprichwörtlichen Schwanz einzuziehen. Wenn an der Malik-Sache etwas dran ist, ziehen wir ihn aus dem Verkehr. Wenn nicht, dann haben wir eben in alle Richtungen ermittelt, um möglichen Vorwürfen der Einseitigkeit oder Schlamperei vorzubeugen.«

»Sehr schön. Dann machen wir es so. Gib uns Bescheid, sobald du offiziell an der Sache dran bist, und wir kümmern uns inzwischen um die Geschäfte des Herrn Malik und jene der Kanzlei Freidmann & Partner.«

»Wie könnt ihr hier tätig werden? Ihr habt nichts in der Hand. Oder hat die Abteilung für Sonderfälle Sondervollmachten?«, erkundigte sich Hans.

»Nein, Sondervollmachten haben wir keine, und wir würden solche auch ablehnen. Sowohl aus praktischen wie auch aus grundsätzlichen Überlegungen. Aber ich gehe davon aus, dass unser Herr Malik und diese Anwaltssozietät ab und an von der Finanz geprüft wurden«, antwortete Michael.

»Verstehe. Du klopfst einmal vorsichtig bei der Finanz an, wie du es bei mir getan hast?«

»Ja, der erste Kontakt ist informell, und wenn wir sehen, dass es sich lohnt, beschreiten wir den formellen Weg.«

Nach einem Blick in die Runde nickte Michael Lenhart Hans Tilly zu. »Ich schätze, das war es für heute. Vielen Dank für deine Lehrstunde und deine Unterstützung.«

»Gern geschehen. Ihr hört spätestens in ein paar Tagen von mir.«

Während Sabine Hans zur Tür begleitete, griff Michael mit einem zufriedenen Lächeln zum Telefon. Als er Thomas Berger, den Sektionsleiter im Finanzministerium, am Apparat hatte, schaltete er auf Lautsprecher, damit Anton Steinbach ebenfalls zuhören konnte. Das schien doch noch ein spannender Montag zu werden.

Dienstag, 10.10 Uhr, Büro Freidmann, Schottenbastei, Wien

Regen, Wind und grauer Himmel, Josef Freidmann hasste dieses Märzwetter. Für ihn war es eine Art Nicht-Wetter. Zu warm für Winterkleidung und noch zu kalt für einen leichteren Übergangsmantel. Nun gut, in ein paar Wochen würde der Frühling tatsächlich Einzug halten, und bis dahin musste er sich eben mit einem abendlichen Aufguss in seiner Privatsauna behelfen.

Sein Blick wanderte von der Fensterfront seines Büros zu dem Aktenstapel auf seinem Schreibtisch. Die vergangene Stunde hatte er sich mit organisatorischen Fragen seiner Kanzlei beschäftigt, der Rest des Tages, ja, der ganzen Woche gehörten jedoch dem Malik.

Gedankenverloren strich er über das silberne Gesäß der Sphinx, einer Ernst-Fuchs-Skulptur, auf seinem Schreibtisch. Seiner Meinung nach harmonierte diese perfekt mit der Hoffmann-Bank und seinem wuchtigen Adolf-Loos-Schreibtisch.

Malik, Malik, dachte der Anwalt. Speziell das Treffen mit den beiden Söhnen lag Freidmann im Magen. Seiner Meinung nach genügte ein kleiner Funke, und der Streit zwischen dem Malik und seinem Sohn Gabriel würde offen ausbrechen. Mit unabsehbaren Folgen.

Bisher war es ihm, meist mit vorsichtiger Unterstützung von Elias Malik, gelungen, eine offene Konfrontation zu verhindern, aber die vom alten Malik geforderte Demutsgeste hatte Gabriel Malik bereits am Telefon wütend ausgeschlossen.

Josef Freidmann wandte sich wieder den Unterlagen zu. Manchmal ließ sich der Senior durch positive Ergebnisse befrieden, aber diesmal schien das ausgeschlossen. Die Zahlen waren einfach zu gut. Die beiden Söhne hatten das vierte Quartal mit einem Rekordergebnis abgeschlossen und den Gewinn der gesamten Firmengruppe für das vergangene Jahr auf über hundertsiebenundvierzig Millionen Euro gehoben. Damit überwogen die Gewinne aus den neuen Geschäftsfeldern jene aus den alten zum zweiten Mal hintereinander mehr als deutlich.

Eine Patt-Situation. Gabriel würde auf die Zahlen pochen, um seinem Vater zu zeigen, dass er zum alten Eisen gehörte und Platz machen sollte, während der Malik mit Sicherheit gerade an seinem Schreibtisch saß, um ein Haar in der Suppe zu finden. Blieb die Frage, wie sich Elias verhalten würde.

Andererseits, dachte er, ihm konnte der Ausgang dieser Auseinandersetzung im Grunde egal sein. Er war seit rund zwanzig Jahren der Familienanwalt, hatte das komplizierte Netzwerk aus Firmen und Stiftungen mit aufgebaut und kannte alle Geheimnisse, die kleinen und die großen, die schmutzigen und die sehr schmutzigen. Er wusste zu viel und war unersetzbar. Das Geld würde also weiterhin fließen, ob an der Spitze nun der Malik saß oder einer seiner Söhne.

Freidmann ließ die rechte Hand wieder über die Sphinx gleiten.

Konnte es ihm tatsächlich egal sein, oder wurde er im Falle eines Machtwechsels zu einer Belastung für Gabriel?

Zu lästigem Ballast, den man zusammen mit dem Alten am besten los wurde? Und wie würde der Malik im Streit mit Gabriel reagieren? Wütend und unberechenbar wie ein waidwunder Bär oder mit einem vergleichsweise geordneten Rückzug wie ein im Kampf unterlegener Hirsch?

Falls ein geordneter Rückzug auch ihn betraf, sah er keine Probleme. Er hatte genug verdient, um den Rest seines Lebens ohne jeden finanziellen Druck genießen zu können. Außerdem würde man sich in diesem Fall ihm gegenüber großzügig zeigen, sehr großzügig, das gehörte zur Familientradition und Geschäftsstrategie. Anders sah es bei einem ungeordneten Rückzug aus. In diesem Fall wurde ein Freund schnell zum Feind. Zu einer Bedrohung, die es zu beseitigen galt. Unter allen Umständen und endgültig.

Ja, die Situation war doch heikler als gedacht, und Freidmann beschloss, die Zeit bis zum Familientreffen primär für seine ganz persönlichen Vorbereitungen zu nutzen.

Während Freidmann sich mit einer möglichen Exit-Strategie beschäftigte, brüteten Michael Lenhart und Sabine Preiss über den von der Finanz zur Verfügung gestellten Unterlagen. Aber diese waren äußerst dürftig, reichten, sowohl beim Malik als auch bei der Anwaltskanzlei, nur einige Jahre zurück und waren blütenweiß. Frustriert schob Sabine die Akten beiseite. »Nichts! Ausgenommen eine Steuernachzahlung der Kanzlei von knapp dreitausend Euro vor drei Jahren. Es ist wie verhext.«

»Ja, das ist in der Tat auffällig«, erwiderte Michael.

»Was meinst du mit auffällig?«

»Dass es nichts gibt. Sowohl die Firmen des Herrn Malik als auch die Kanzlei machen Millionenumsätze, und die Finanz hat nichts zu beanstanden. Das finde ich auffällig.«

»Das verstehe ich nicht.«

»Dann solltest du die Sichtweise ändern.«

Diesmal war es Sabine, die aufstand und anfing, auf und ab zu gehen, von Michael fasziniert beobachtet. Für ihn glich sie einem wunderschönen Tier im Käfig.

»Wie du da am Fenster nervös auf und ab gehst, das erinnert mich an das Gedicht *Der Panther* von Rilke, übrigens das Einzige, das ich noch auswendig kann. Allerdings sehe ich hier einen großen Unterschied: Du wirst nicht wie der Panther enden.«

»Du meinst, eingesperrt hinter Gittern?«

»Ja, wenn auch nicht physisch in einem Käfig, sondern in gewisser Weise psychisch, in deiner, in unserer Arbeit. Und was die Akten betrifft: Mit auffällig meinte ich, dass alles so unauffällig, geradezu mustergültig ist.«

Mit einem leichten Nicken antwortete Sabine: »Du meinst, zu schön, um wahr zu sein?«

»Nein, ganz im Gegenteil! Wahr schon; ich bin sicher, hier hat alles seine perfekte Ordnung. Aber die Ordnung ist eben *zu* perfekt. Stell dir vor, du bist Unternehmer und hast, wahrscheinlich zu Recht, den Eindruck, von der Steuer gemolken zu werden. Was würdest du tun?«

»Ich würde jedes Schlupfloch nutzen.«

»Genau! Von kleinen Belegen über Restaurantrechnungen bis hin zu Reisen oder was weiß ich. Du würdest bewusst ein gewisses Risiko in Kauf nehmen und darauf spekulieren, dass die Finanz bei einer allfälligen Prüfung nur einen Teil davon findet.«

»Aber in diesem Fall haben die Steuerprüfer so gut wie gar nichts gefunden.«

»Richtig! Und nachdem es unterschiedliche Prüfer waren, können wir Schlampigkeit ausschließen.«

»Bleibt nur noch Absicht als Motiv.«

»Exakt! Ich wette eine Flasche Château Musar, dass die Absicht in der Täuschung liegt.«

Lachend erwiderte Sabine: »Mit dir wette ich nicht, Sherlock.«

»Schade, ich hätte die Flasche ohnehin mit dir getrunken.«

»Schön, und was macht diesen Wein so besonders?«

»Du meinst, abgesehen vom Geschmack? Er kommt aus dem Libanon.«

»Seit wann wird im Libanon Wein angebaut?«, wollte Sabine verblüfft wissen.

»Seit circa viertausendfünfhundert vor Christus. Man kann also durchaus von einer gewissen Tradition sprechen. Er ist einer meiner Lieblingsweine. Ein Cuvée aus Cabernet Sauvignon, Cinsaut, Carignan sowie ein wenig Syrah, und die jeweilige Zusammensetzung ändert sich mit jeder Ernte. So ist jeder Jahrgang eine kleine Überraschung.«

Mit einem schnellen Kuss, dem ersten im Büro, wechselte Sabine das Thema. »Nun gut, mein Hobby-Dionysos. Dann lass uns von der Überraschung wieder zurück zur Täuschung kommen.«

»Gern! Wo Licht ist, ist auch Schatten. Die Steuererklärungen und Bilanzen sind zu perfekt, und daher betrachten wir sie vorerst als Täuschung, als Ablenkung. Daraus folgt die Frage: Wo liegt der Schatten, wovon will man uns ablenken?«

»Komm auf den Punkt, Sherlock.«

»Dort sind wir schon, meine Liebe. Wir vermuten, dass der Malik hinter dem Verschwinden unseres Kollegen auf Malta steckt, aber nicht selbst tätig war. Er hat vielmehr jemand anderen geschickt. Nun frage ich dich: Wenn du in Finanz-, Firmen- und Stiftungsfragen einen verlässlichen Statthalter suchst, an wen würdest du dich wenden?«

»An den Rechtsanwalt meines Vertrauens.«

»Genau.«

»Und nachdem die Stundensätze dieser Zunft nicht gerade bescheiden sind, sollten wir dem Geld folgen und auf diese Weise versuchen, die Spur aufzunehmen.«

Skeptisch entgegnete Sabine: »Damit wird das Eis, auf dem wir uns bewegen, noch dünner. Wir haben nichts gegen die Kanzlei Freidmann & Partner in der Hand. Die könnten uns jederzeit Willkür, Ruf- und Kreditschädigung und was weiß ich noch vorwerfen und uns so durch Sonne, Mond und Sterne klagen.«

Gelassen erwiderte Michael: »Wenn du nicht stark bist, sei klug. Ich würde meinen, klug wäre es, keine offiziellen Ermittlungen gegen die Kanzlei einzuleiten, sondern bei der Finanz anzufragen, wie denn die Geldflüsse dieser Kanzlei und des Herrn Freidmann aussehen. Ich könnte mir vorstellen, die Kanzlei vertritt auch Kunden aus Malta.«

»Willst du schon wieder mit mir wetten?«, antwortete Sabine verführerisch.

»Kommt auf den Einsatz an?«

»Sagen wir, eine Runde 338 Lapura Magnum, HPBT, 300 GRS von Sellier & Bellot.«

Michael musterte für ein paar Sekunden seine Partnerin, die ihn herausfordernd anlächelte. »Schätze, du bist die einzige Frau, die um eine Schachtel Munition wettet. Einverstanden.«

»Na dann, kümmere du dich um die Finanz, und ich frage Hans, ob es vonseiten der Suchtmittelfahndung schon Neuigkeiten gibt.«

Mittwoch, 7.45 Uhr, D-Trakt, Herrengasse, Wien

»Servus, Herr Major.«

»Liebe Frau Wolf, guten Morgen. Was verschafft mir die frühe Freude Ihres Anrufs?«

»Tuat ma lad, aba de Freud wird eich glei vergehn.«

»Aus Ihrem Mund klingt selbst ein Todesurteil verlockend, Frau Wolf!«

»Sag i ja, a Chameur der alten Schul! Aba jetzt im Ernst. De Stadtzeitung hat's auf eich abgsehn. Des hast, eigentlich net auf eich, auf die Ministarin. Ihr seids nur des Mittl zum Zweck, höchstns a Kollateralschadn.«

»Interessant. Die Organ-Geschichte, nehme ich an?«

»Was sonst. I man, wir habn da ja net alles an die große Glockn ghängt. Wie a? De Ärzteschoft wär Sturm glaufn, und niemand hätt mehr Organe gspend. Aba jetzt habn uns de Schreiberlinge am Wickl.«

»Ich nehme an, Sie haben den Artikel bereits gelesen?«

»Sicha, des Übliche. Mutmaßungen und des drohende End vom Rechtsstaat. Und an eich lassn s' ka guts Haar, de Grfaster. I schick des Gschreipsel glei als PDF.«

»Danke, Frau Wolf. Ich nehme an, es gibt schon eine Krisensitzung?«

»Sicha, da Alte is scho bei da Ministarin, und die is haaß auf die feine Frau Direktor und de Chefin von da Disziplin. Da Buaschi, i man, da Pressesprecha, is a dabei.«

»Auf jeden Fall danke für die rasche Information, Frau Wolf.«

»Nix zu dankn.«

Interessant, dachte Michael Lenhart, druckte den Anhang der E-Mail aus und las den Bericht der Stadtzeitung aufmerksam durch. Dann ein zweites Mal, bevor er aufstand und anfing, in seinem Büro scheinbar gedankenverloren auf und ab zu gehen. Nach einigen Minuten blieb er stehen, machte zwei Kopien und rief seine Kollegen.

»Sabine, Anton, wir haben eine Art Liebesbrief seitens der Stadtzeitung bekommen. Die gute Frau Wolf hat ihn uns geschickt. Hier, bitte, was meint ihr dazu?«

Neugierig begannen die beiden zu lesen.

Judge-Dredd-Experiment in Österreich?

Moderne Demokratien zeichnen sich nicht nur durch den Gleichheitsgrundsatz, sondern auch durch die Gewaltenteilung, beispielsweise zwischen Exekutive und Judikative, aus. Auch in Österreich, sollte man meinen. Eine bislang streng geheime Sondereinheit des Innenministeriums, die *Abteilung für Sonderfälle*, scheint diesen Grundsatz unserer Verfassung infrage zu stellen und dem Motto »Ich bin das Gesetz« zu folgen. Mit Rückendeckung oder gar im Auftrag von Ministerin Mannlicher?

Zum ersten Mal auffällig wurde diese *Abteilung für Sonderfälle* vor Kurzem im Rahmen bis heute nicht näher geklärter Ermittlungen im Zusammenhang mit angeblich international tätigen Betrügern im Gesundheitsbereich. Frau Ministerin Mannlicher gab zu diesem Fall, bei dem es zu mehreren, glücklicherweise glimpflichen Explosionen in Wien kam, keine weitere Stellungnahme ab, sondern verwies im Rahmen einer Jubelpressekonferenz lapidar auf laufende Ermittlungen und spätere Pressemitteilungen. Nun, wir haben die laufenden Ermittlungen abgewartet, die dürftigen Pressemitteilungen sorgfältig gelesen und einen umfassenden Fragenkatalog an das Innenministerium geschickt. Bis jetzt ohne befriedigende Antwort.

Das Innenministerium mauert. Warum?
Unter anderem wollten wir wissen, warum ein Spezialkommando des Bundesheeres im Einsatz war. Wie bei einer Todesrate von fünfzig Prozent bei diesem Kommandoeinsatz noch von einem angemessenen Gewalteinsatz gesprochen werden kann? Wer denn die Ermittlungen in diesem ominösen Fall geleitet hat und inwieweit die blutige Festnahme durch die *Abteilung für Sonderfälle* im Hotel Imperial, bei der eine Verdächtige mehrfach angeschossen wurde, im Zusammenhang mit diesem Fall steht? Die Antwort des Ministeriums: Die Ermittlungen würden noch laufen und nähere Informationen diese gefährden etc.

Qualifikationsmerkmal: Hohe Gewaltbereitschaft und akademische Bildung, interessant!
Also haben wir uns selbst auf die Suche nach dieser *Abteilung für Sonderfälle* gemacht und sind fündig geworden. Wenn auch nicht gleich, denn selbst die Direktorin des Bundeskriminalamts scheint diese Abteilung nur dem Namen nach zu kennen. Doch wir haben

weitergegraben und sind auf einen interessanten Bericht der Disziplinarkommission gestoßen. Darin ist von einem Dr. M. L. (Name der Redaktion bekannt) die Rede, der gegen einen inzwischen ehemaligen Mitarbeiter der Ministerin gewalttätig wurde. Entgegen der Empfehlung der Leiterin der Disziplinarkommission erfolgte auf ausdrücklichen Wunsch der Ministerin (!) keine unehrenhafte Entlassung, sondern nur eine minimale Degradierung.
Wer ist nun dieser Dr. M. L. mit der niedrigen Gewaltschwelle? Das Ergebnis ist erstaunlich und nicht unbedingt beruhigend. Hauptmann M. L. ist Doktor der Philosophie, erworben an der Universität Wien, und gilt zwar als eher erfolgreicher Ermittler, ist aber bei den Kollegen als einsamer Wolf verschrien, und eine, zugegeben etwas ältere, Einstufung des internen polizeipsychologischen Dienstes sieht bei Dr. M. L. Anzeichen einer Soziophobie / Misanthropie (aus dem Griechischen, Menschenhass), wie beruhigend.

Vom Jagdkommando zur Polizei

Aber Doktor M. L. geht nicht allein auf Verbrecherjagd. Ihm zur Seite steht eine Frau, Leutnant S. P. (Name der Redaktion bekannt), eine diplomierte Mathematikerin (ebenfalls Universität Wien). Auch die Frau Leutnant musste sich vor der Disziplinarkommission verantworten und kam auf direkte Weisung des stellvertretenden Leiters des Bundeskriminalamts, Brigadier Konrad Fritsch, zur *Abteilung für Sonderfälle*. Frau Leutnant S. P. gilt ebenfalls als überdurchschnittlich intelligent, aber nicht teamfähig und sah sich unter anderem mit dem Vorwurf des Racial Profiling konfrontiert. Dafür verfügt Frau Leutnant S. P. über anders geartete Qualifikationen: Sie war eine der ersten Frauen beim Jagdkommando, der umstrittenen Kommandoeinheit des Bundesheeres, verfügt über eine Ausbildung als Scharfschützin und gilt als ausgewiesene Nahkampfexpertin.

Und damit sind wir bei der Comicfigur des Judge Dredd, dessen Markenzeichen der An- und Ausspruch »Das Gesetz bin ich« ist. Kann es sein, dass diese *Abteilung für Sonderfälle* mit Rückendeckung oder gar auf Wunsch der Ministerin das Gesetz selbst in die Hand nimmt?

Warum agiert dieses Zwei-Personen-Kommando von einem hermetisch abgeriegelten Büro in der Herrengasse, quasi dem Hinterzimmer der Ministerin, aus? Die bisherige Bilanz der *Abteilung für Sonderfälle* – von fünf Verdächtigen wurden zwei erschossen und eine Frau mehrfach angeschossen – ist auf jeden Fall einmalig in der zweiten Republik. Genauso einmalig wie das Schweigen der Ministerin. (Red.)

Während Anton Steinbach den Artikel nochmals ungläubig Zeile für Zeile las, knüllte ihn Sabine Preiss langsam zusammen, bis er in ihrer geballten Faust verschwand und sich ihre Handknöchel deutlich abzeichneten. »Diese feigen Schweine! Der Artikel ist nur mit Redaktion gekennzeichnet. Sie stellen uns als schießwütige Psychopathen hin, sind aber zu feige, ihre Namen darunterzusetzen.«

»Inhaltlich ist deine Reaktion richtig und emotional verständlich. Aber: Jeder kann wütend werden, das ist einfach. Aber wütend auf den Richtigen zu sein, im richtigen Maß, zur richtigen Zeit, zum richtigen Zweck und auf die richtige Art, das ist schwer«, erwiderte Lenhart gelassen.

»Keine Sorge, Sherlock. Ich gehe nicht hin und breche denen ein paar Knochen. Aber wir können uns das unmöglich gefallen lassen. Das wäre ja fast eine Art Geständnis. Was schlägst du also vor?«

Mit einem Lächeln auf den Lippen und die Hände wie gewohnt in den Hosentaschen antwortete Michael: »Nun, wahrhaft siegt, wer nicht kämpft.«

Während Sabine ihren Partner nur ungläubig ansah, meldete sich Anton zu Wort: »Damit das klar ist: Ich wäre stolz, wenn ich in einem Atemzug mit euch beiden genannt würde. Aber Michael hat recht. So, wie ich das sehe, geht es nicht primär um uns, sondern um die Ministerin.«

Sabine öffnete ihre Faust, strich das Papier glatt und las den Artikel erneut, bevor sie antwortete. »Du willst also die Ministerin kämpfen lassen?«

»Sicher, wir sind nur Kanonenfutter. In Wahrheit ist sie es, die unter Beschuss steht, und ich bin mir sicher, sie wird sich gebührend zu wehren wissen.«

»Und wir sollen die Füße still halten?«

»Vorerst, ja. Das Schlimmste wäre, wenn die Ministerin und der Brigadier uns fallen lassen und die Abteilung auflösen.«

»Und bei der Malik-Geschichte haben wir im Grunde nichts in der Hand. Jetzt stehen wir schön da.«

»Ja, Anton. Die Sache ist verzwickt, und dem verstärkten Dialekt-Anteil der lieben Frau Wolf nach zu urteilen, geht's im Ministerbüro gerade ziemlich rund.«

Noch immer wütend, knurrte Sabine: »Macht jetzt schon die Presse Politik? Sind wir als Polizisten nur noch Bauern auf einem Schachbrett? Und was ist mit dem Versprechen der Ministerin, uns den Rücken frei zu halten?«

Nach wie vor gut gelaunt verkündete Michael: »Ich werde euch berichten. Und ja, Medien machen auch Politik. Manche haben es zum primären Geschäftsmodell erkoren, andere wurden eigens dafür gegründet.«

»Du gehst zur Ministerin? Unaufgefordert, einfach so?«, fragte Anton verdutzt.

»Selbstverständlich! Ich bin mir sicher, sie wird sich über mein Kommen freuen. Im Übrigen habe ich nicht vor, die Verfasser dieses Textes ungeschoren davonkommen zu lassen.«

»Also hast du deine Meinung geändert und kämpfst nun doch?« Anton schien höchst skeptisch zu sein.

Sabine wiegte den Kopf hin und her: »Er kämpft nicht gegen die Zeitung, zumindest noch nicht, sondern für uns, Anton. Michael ist ein Mann, der seine Haut riskiert. Heute eine Seltenheit, aber gerade das macht ihn ja so sexy.«

Als Michael nach seinem Mantel griff, küsste ihn Sabine und meinte mit schmalem Lächeln: »Kehr mit deinem Schild zurück oder auf ihm.«

Schon im Hinausgehen, antwortete Michael Lenhart: »Auf ihm, meine Gorgo, auf ihm.«

Auf den fragenden Blick von Anton erwiderte Sabine: »Das war ein Ausflug in die griechische Mythologie. Als Leonidas, der König von Sparta, in den Krieg gegen den Perserkönig Xerxes zog, soll ihn der Legende nach seine Frau Gorgo mit diesen Worten verabschiedet haben. Wie bei Mythen und Sagen üblich steckt darin eine moralische Botschaft. Wer ohne Schild zurückkam, hatte ihn weggeworfen, um schneller flüchten zu können, war also ein Feigling. Wer mit ihm zurückkam, hatte gewonnen, und wer auf seinem Schild zurückkam, war im Kampf heldenhaft gestorben und wurde darauf in die Heimat getragen. So, und wir machen uns an die Arbeit.«

Noch in der Tür wurde Michael Lenhart von der Ministerin mit dem Ausruf »Da ist ja unser Dirty Harry. Scheint so, als wäre heute Ihr Glückstag!« begrüßt.

»Der Humor ist der Regenschirm der Weisen, Frau Ministerin. Allerdings hätte ich mich gegen die Bezeichnung Punk verwehrt.«

»Nehmen Sie Platz, Lenhart. Ich gehe davon aus, Sie haben den Artikel der Stadtzeitung gelesen?«

»Ja, Frau Wolf hat ihn uns dankenswerterweise geschickt. Er scheint mir nicht gerade schmeichelhaft, aber einigermaßen gut geschrieben, wenn auch nicht gut genug.«

»Was meinen Sie mit ›nicht gut genug‹, Lenhart?«, wollte Brigadier Fritsch wissen.

»Die Tonalität der Selbstgerechtigkeit. Die Redakteure sahen sich anscheinend nicht ausreichend informiert, ja gekränkt, und gleichzeitig einer Art Bildungs- und Kontrollauftrag verpflichtet. Also haben sie alle möglichen Mutmaßungen angestellt, natürlich stets im Konjunktiv. Aber sie haben es ex cathedra getan, und die Stadtzeitung ist nicht der Papst, das zeugt von Hochmut. Ja, ich würde sagen, der Schuss geht letztendlich nach hinten los.«

»Na, Ihre Nerven möchte ich haben! Wir haben es in zig Telefonaten geschafft, die anderen Zeitungen davon abzuhalten, den Bericht der Stadtzeitung ebenfalls zu bringen, und Sie tun die Sache als nebensächliche Bagatelle ab. Aus professioneller Sicht ist dieser Bericht eine kommunikationspolitische Katastrophe«, entgegnete der junge Pressesprecher entrüstet. Woraufhin alle gespannt auf die Antwort von Michael Lenhart warteten, der jedoch schwieg und den Pressesprecher in seinem dunkelblauen Slim-fit-Anzug still musterte, ehe dieser selbstbewusst fortfuhr: »Nun gut, aus professioneller Sicht ist es das Beste, wenn Sie, Lenhart, sich weiterhin aus der Sache heraushalten und auf Tauchstation gehen. Ich habe bereits ein Team für die Krisenkommunikation zusammengestellt, das an einem passenden Wording für den notwendigen Kommunikations-Change arbeitet. Wir werden die Sache in den Griff bekommen. Allerdings …«

»Nein! Herr … Wie war doch gleich Ihr Name? Kann es sein, dass Sie vergaßen, sich höflicher- und professionellerweise vorzustellen?«, fragte Michael Lenhart nach und lächelte dabei ruhig.

Aus dem Konzept gebracht, stammelte der Pressesprecher: »Christian Lang, Mag. Christian Lang, ich bin Leiter der Kommunikationsabteilung des Innenministeriums und Chefpressesprecher der Frau Ministerin.« Weiter kam er nach einem Wink der Ministerin nicht.

»Gut, ich bin sicher, der Lang hat die Lektion in Sachen Höflichkeit gelernt, recht so. Aber was meinten Sie mit Nein, Lenhart?«

»Das Gegenteil von Ja, Frau Ministerin. Es ist eine Frage der Logik und der Kausalität. Wenn Ihre Kommunikationsexperten in einem Change-Versuch die Krisenwortwahl ändern, wird sich die Stadtzeitung darauf stürzen wie der sprichwörtliche Hund auf die Wurst und erst recht trommeln, dass Sie etwas zu verbergen haben. Der Artikel ist eine Provokation. Steigen Sie darauf nicht ein.«

»Sind Sie noch bei Trost? Wir müssen darauf reagieren! Das ist nichts, was man einfach aussitzen kann«, unterbrach ihn Christian Lang aufgebracht.

»Halten Sie die Luft an, Lang! Der Lenhart war noch nicht fertig!«, erwiderte Ministerin Mannlicher, und an Michael Lenhart gewandt: »Was meinen Sie mit ›nicht darauf einsteigen‹?«

»Frau Ministerin, Kulturen beginnen in dem Moment unterzugehen, in dem sie das Absolute infrage stellen. Ich finde, Sie sollten den Spieß umdrehen und das erwähnte Absolute eben nicht infrage stellen. Und mit einem Blick zum Pressesprecher ergänzte er: »Das wäre mein selbstverständlich nur laienhafter Rat. Zumindest was den externen Bereich betrifft.«

»Schön, und wie soll das praktisch gehen?«, fragte Brigadier Fritsch verwirrt.

»Wechseln Sie den Rahmen der Wahrnehmung und liefern Sie die richtigen Fakten, ergänzt durch eine Prise Theatralik.«

»Mit einem simplen Kniff aus der Trickkiste des Neuro-Linguistischen Programmierens kann man in einer so komplexen Situation nicht arbeiten. Das merken unsere Partner von der Presse doch sofort.«

Offensichtlich wollte der in die Defensive geratene Chefkommunikator des Ministeriums das Heft nicht ganz aus der Hand geben. Auch gut, dachte sich Michael Lenhart.

»Nein, mein lieber Herr Magister Lang. Ein Change-Versuch, wie Sie ihn vorschlagen, ist im Grunde eine Negation, und die sollte man sich als Ministerin nicht leisten. Sie würde das erwähnte Absolute, in diesem Fall die Rechtmäßigkeit unserer Handlungen und die staatsmännische

Position der Ministerin, untergraben. Meine Empfehlung ergibt sich, wie gesagt, aus der Logik, und in Sachen Rhetorik scheinen mir die großen Meister lehrreicher als neumodische Eintagsfliegen und Anglizismen. Sie sehen, wohlbedacht ist es ganz einfach: Die erwähnte Rahmenänderung folgt dem Beispiel Marc Antons, und die Fakten stehen der Presse zu.«

Angesichts des verblüfften Gesichtsausdrucks von Christian Lang und des Lächelns von Frau Ministerin Mannlicher ergänzte Michael Lenhart: »Beim Thema Rahmenänderungen ziehe ich nach Möglichkeit das Original vor, aber in diesem Fall kann ich Ihnen, Herr Magister, auch Shakespeare und seinen Julius Cäsar als Lektüre wärmstens empfehlen.«

Während der Pressesprecher Michael zunehmend feindselig anstarrte, erwiderte Ministerin Mannlicher gut gelaunt: »Und Brutus ist ein ehrenwerter Mann, verstehe, Lenhart. Aber geht's ein wenig genauer?« Und an ihren Pressesprecher gewandt: »Betrachten Sie es als Lehrstunde, Lang. Der Lenhart ist Ihnen in Sachen Bildung einfach um mindestens eine Nasenlänge voraus.«

»Verzeihung, Frau Ministerin. Der Rahmen, den es zu ändert gilt, ist die unterstellte Aushöhlung des Rechtsstaates. Eine gemeinsame Pressekonferenz mit dem Botschafter der Schweiz, der ältesten noch bestehenden Demokratie Europas, wäre eine solche Rahmenänderung. Wenn sich dann der Herr Botschafter für die Hilfe bedankt und auf weitere internationale Ermittlungen, die nicht gefährdet werden dürfen, verweist, wäre diese Rahmenänderung perfekt. Die Fakten sind die internen Untersuchungen zum Schusswaffengebrauch sowie der Hinweis, dass der Vorwurf des Racial Profiling gegen

Sabine falsch war und mit dem Ausdruck des Bedauerns zurückgezogen wurde.« Mit einer Spur Sarkasmus fügte er hinzu: »Eine an den Einsatz angelehnte Übung, bei der Journalisten in die Rolle der Einsatzkräfte schlüpfen und plötzlich in die Läufe automatischer Sturmgewehre blicken, könnte ebenfalls nicht schaden, wird auch vom Boulevard sicher gerne angenommen und wäre die erwähnte Prise Theatralik.«

»Gut, das gefällt mir! Lang, pfeifen Sie Ihre Leute zurück. Es hat sich ausgechanged. Fritsch, Sie kennen den Schweizer Botschafter recht gut. Lässt sich so etwas machen?«

»Ja, sicher, Frau Ministerin. Die Sache ist den Schweizern noch immer äußerst peinlich.«

»Da muss ich vehement widersprechen, Frau Ministerin, leider! Aus professioneller Sicht besteht hier das Risiko, dass wir damit selbst, wenn auch unabsichtlich, die Organthematik fokussieren, ein absolutes No-Go«, meldete sich nochmals Pressesprecher Lang zu Wort, kam aber nicht weiter.

»Ganz im Gegenteil, Herr Magister. Laienhaft betrachtet geht es um Rechtsstaatlichkeit, Demokratie sowie korrekt, erfolgreich und international durchgeführte Ermittlungen in Mordfällen. Der Fokus der Kameras, genau genommen die fokussierten Kameras und deren Mikrofone, wird sich also auf die Ministerin und seine Exzellenz, den Botschafter sowie die Übung und das Knallen von Platzpatronen richten.«

Der Pressesprecher versuchte, noch etwas zu erwidern, wurde aber von der Ministerin zurückgepfiffen. »Schluss jetzt, halten Sie den Mund, Lang!« Dann wandte sie sich an Michael Lenhart: »Sind Sie sicher, dass das funktioniert?«

»Ja. Sie begeben sich nicht auf das Niveau der Stadtzeitung und zeigen Führungsstärke, seine Exzellenz der Botschafter verkörpert das demokratische Prinzip, die Fakten unterstreichen das Gesagte, und der nachgestellte Einsatz wäre die aktuelle Entsprechung einer römischen Zirkusvorführung, sagen wir, der Schlacht bei Zama mit dem siegreichen Scipio Africanus.«

Nach einem kurzen Blick zu Brigadier Fritsch, der eher fragend denn zustimmend nickte, erklärte die Ministerin: »Gut, wir machen es so wie von Lenhart vorgeschlagen. Die Untersuchungsberichte liegen vor und belegen, dass der Schusswaffengebrauch sowohl der Sache als auch dem Umfang nach gerechtfertigt war. Allerdings weiß ich nicht, woher der Rassismusvorwurf gegen die Preiss kommt.«

»Der Vorsteher des achten Bezirks hat ihn erhoben. Von Sabine zur Rede gestellt, nannte er es eine erzieherisch-prophylaktische Maßnahme.«

»Der schon wieder. Gut, den übernehme ich. Aber Sie haben vorhin von extern gesprochen, Lenhart. Was bleibt intern zu tun?«

»Lediglich das Übliche. Undichte Stellen, Revierkämpfe, persönliche Animositäten, der Kampf um die Karriere, parteipolitisches Kleingeld, mit anderen Worten: das Menschliche, allzu Menschliche«, zählte Michael auf, erhob sich und fügte mit einer angedeuteten Verbeugung hinzu: »Gewiss nichts, was Ihnen fremd wäre oder womit Sie nicht fertigwürden, Frau Ministerin.«

Mit einem schallenden Lachen erwiderte Ministerin Mannlicher: »Nein, bei Gott nicht! Ich nenne es den Kindergartenaspekt meiner Arbeit.« Dann wurde sie plötzlich wieder ernst und nahm Michael Lenhart beiseite: »Mein junger Pressesprecher dürfte ab heute nicht mehr zu Ihren Fans gehören. Sie haben ihm ganz schön zugesetzt.«

Michael legte den Kopf leicht schief und dachte ein paar Sekunden nach, bevor er antwortete. »Ja, Frau Ministerin, so mag es scheinen. Für gewöhnlich ziehe ich es vor, meinen Mitdiskutanten, um nicht zu sagen meinen Gegnern einen Fluchtweg zu lassen, aber in diesem Fall blieb mir nichts anders übrig, zumal das Risiko zu groß war, wenn auch nicht unbedingt für mich.«

Nachdenklich erwiderte die Ministerin: »Aber für mich, oder?«

»Ja, für Sie, und diese ganze Sache an sich ist heikel.«

»Sie halten den Lang für ungeeignet?«

Nachdenklich antwortete Michael Lenhart: »Frau Ministerin, es steht mir nicht zu, Herrn Magister Lang anhand eines Disputs zu beurteilen. Abgesehen davon gefällt mir sein Engagement. Der Mann kämpft für seine Meinung, und das finde ich gut.«

»Eine sehr diplomatische Aussage, Lenhart.«

»Nein, Frau Ministerin. Ich sehe in meiner Aussage nichts Diplomatisches. Nur eine Verbindung aus einem sachlichen Argument und einer persönlichen Einschätzung.«

»Trotzdem, ich möchte, dass Sie alle Unterlagen vor der Pressekonferenz durchsehen. Schließlich war es Ihr Fall und Ihre Idee.«

»Gerne, vorausgesetzt, ich kann diese Regierarbeit zusammen mit Herrn Magister Lang übernehmen.«

Ministerin Mannlicher wirkte verblüfft, ehe sie nickte: »Sie sind ein Fuchs, Lenhart! Sie wollen den Lang glänzen lassen, bleiben im Hintergrund und ermöglichen ihm auf diese Weise den vorhin erwähnten Ausweg.«

»Nicht nur, Frau Ministerin. Ich habe leider mitunter die Neigung, vom Antworten zum Dozieren zu wechseln. Eine schlechte Angewohnheit, die gerade gegenüber Journalisten kontraproduktiv sein dürfte. Ich halte daher bei der Pressekonferenz den Herrn Magister Lang und sein Wording für eindeutig passender.«

»Gnothi Seauton, Lenhart?«

»Chapeau, Frau Ministerin! Ja, und um ehrlich zu sein, diese Selbsterkenntnis ist mir nicht leichtgefallen.«

Von einer inneren Unruhe getrieben ging Michael nicht gleich zurück in den D-Takt, sondern spazierte gemächlich über den Michaelerplatz zum Volksgarten und setzte sich in der Nähe des Theseustempels auf eine Bank. Scheinbar gedankenverloren beobachtete er das Treiben.

Touristengruppen mit Selfiesticks, vereinzelte ältere Herrschaften, Hunde mit ihren angeleinten Haltern und, auf den ersten Blick, unauffällige junge Männer, die routiniert kleine Päckchen gegen Geldscheine tauschten.

Bisher hatte Hans Tilly noch nichts von Veränderungen am Cannabis-Markt berichtet, andererseits schien es Michael unwahrscheinlich, dass der Verlust von rund zwei Tonnen Cannabis ohne Auswirkungen bleiben würde. Auch nicht auf das von Rumänien relativ weit entfernte Wien. In diesem Geschäft lässt sich niemand in die Suppe spucken. Wer auch immer hinter dem Nachschubzentrum in Rumänien steckte, wird seine Fühler nach Wien ausstrecken, den Schuldigen suchen und mit Sicherheit blutig zur Rechenschaft ziehen wollen. Damit war ein zusätzlicher Spieler aufs Feld gekommen und die Komplexität des Falles nochmals gestiegen. Michael Lenhart stand auf und ging in Richtung Burggarten. Es gab viel zu bedenken.

Zurück im D-Trakt, erwartete ihn neben seinen Kollegen auch Thomas Berger, der Sektionsleiter des Finanzministeriums.

»Servus zusammen! Hallo, Thomas, schön, dass du da bist«, grüßte Michael die Runde.

»Du siehst besorgt aus, Sherlock. Hat die Ministerin nasse Füße bekommen?«, erkundigte sich Sabine.

»Nein, ganz im Gegenteil! Aber nach dem Sieg hast du mehr Feinde.«

»Was soll das denn nun wieder bedeuten?«, fragte Anton Steinbach verdutzt.

»Die persönliche Eitelkeit. Die Ministerin wird sich sowohl unsere Frau Direktor als auch den Bezirksvorsteher zur Brust nehmen, und das wird unsere Beliebtheit nicht unbedingt fördern. Die Details erkläre ich euch später. Jetzt würde mich der Grund deines erfreulichen Besuchs interessieren, Thomas.«

Thomas Berger griff zu seinen Unterlagen und schob sie über den Tisch.

»Dein Tipp mit der Anwaltskanzlei und deren Inhaber, Josef Freidmann, war gut. Wir haben uns die Sache genauer angesehen. Nicht nur unter dem Aspekt der Steuerhinterziehung, hier ist alles sauber, sondern auch hinsichtlich der Herkunft der Gelder. Sowohl seine Kanzlei als auch er als Person sind international überaus umtriebig, auch in Malta, sieh selbst. Auf den ersten Seiten findest du eine Zusammenfassung und ein Diagramm.«

Neugierig nahm Michael die Unterlagen, warf einen Blick auf die Zusammenfassung und suchte dann gezielt nach einer bestimmten Akte.

»Hast du etwas gefunden?«

»Noch nicht, Thomas, aber das ist möglicherweise eine Spur.«

»Die wir nicht erkannt haben?«

»Das ist nicht gesagt, aber da war ein Hinweis auf eine ergebnislose Untersuchung vom Tschiller vor ein paar Jahren.«

»Und du glaubst, dass der Tschiller und seine Leute etwas übersehen haben?«

»Nein, nicht unbedingt. Wobei das keine Frage des Glaubens ist. Ich bin sicher, unser geschätzter Herr Anwalt ist ein überaus gewitzter Bursche, und als solcher lässt er denjenigen, den er betrügen will, die Irrtümer des Verstandes begehen.«

»Geht's ein wenig genauer?«, hakte kopfschüttelnd Thomas Berger nach.

»Noch nicht, das war ein Clausewitz-Zitat. Ich stecke selbst noch mitten in den Überlegungen, und dafür bediene ich mich der Erkenntnisse jener, die schlauer waren als ich. Sie sind für mich eine Art mentaler Werkzeugkasten. Unser Anwalt ist auf der formaljuristischen Ebene sicherlich äußerst gefinkelt, und der Tschiller mag auf dieser Ebene ebenfalls recht bewandert sein, hat es aber nie geschafft, mögliche Muster oder Motive hinter Firmenkonstruktionen zu erkennen. Mit anderen Worten: Das Wissen muss ein Können werden. Aber dafür brauchen wir Zeit und werden das Glück im Tun finden.«

»Ja, Glück, das werdet ihr brauchen! Meine Experten haben sich das angesehen und keinen Ansatzpunkt gefunden. Der Herr Anwalt scheint glatt wie Teflon zu sein.«

Michael schob die Akten beiseite. »Thomas, danke für deine Unterstützung und dein Kommen. Wir dürfen uns melden, wenn uns noch etwas einfällt?«

»Sicher. Aber was meinst du mit: Ihr werdet das Glück im Tun finden?«

»Glück besteht in der Möglichkeit, selbst zu entscheiden, also in einem Tun oder Lassen. Wenn wir etwas lassen, dann lassen wir es eben. Wenn wir aber etwas tun, bewusst und entschlossen, mit voller Konzentration, dann vermittelt ein solches Tun, selbst wenn es nur banale Tätigkeiten betrifft, Glück.«

»Aristoteles?«, fragte Thomas Berger und stand auf.

»Da können Sie sich sicher sein! Uns bleibt die Askese, und da ist der Michael stur wie ein Esel«, lachte Anton Steinbach.

Donnerstag, 5.10 Uhr, Am Ölberg, Klosterneuburg

Josef Freidmann war schlecht gelaunt. Für ihn war fünf Uhr früh mitten in der Nacht. In seinen grauen Yves-Delorme-Bademantel gehüllt saß er in seiner Villa am Ölberg in Klosterneuburg vor dem Laptop. Eine Nachricht von Elias Malik hatte ihn geweckt und verhieß nichts Gutes. Elias teilte darin mit, dass er leider nicht nach Wien kommen könne, da er gestern am Abend massive Zahnschmerzen bekommen habe und noch in der Nacht zu seinem Arzt gefahren sei, der ihm einen entzündeten Zahn operativ entfernen musste. Nun sei er mit einer Naht im Oberkiefer und vollgepumpt mit Schmerzmitteln reiseunfähig. Damit war das Familientreffen geplatzt. Als Ersatztermin schlug Elias Malik Freitag kommende Woche vor.

Wenigstens eine höfliche Entschuldigung und ein Zahnproblem. Der Malik hatte wahrscheinlich Verständnis für seinen Sohn, hatte er doch selbst in jungen Jahren unter massiven Schmerzen gelitten, die erst verschwanden, nachdem er sich in Wien einer aufwendigen und langwierigen Zahnsanierung unterzogen hatte. Diese Verschiebung war kein Beinbruch, aber doch ärgerlich und bedeutete für ihn einiges an Mehrarbeit.

So musste er zahlreiche Dokumente neu datieren, denn bei dem geplanten Familientreffen waren sowohl für die Holding als auch die Stiftungen formell Beschlüsse zu fassen und zu verschriftlichen. Gleiches galt für die beiden Trusts in Gibraltar sowie seine neueste Idee, einer auf Guernsey von London aus zu gründenden Protected Cell Company.

Im Grunde war das nur lästige Bürokratie, aber eben auch ein essentieller Teil seiner Arbeit und nichts, was er delegieren konnte. Der Malik und alles, was damit zusammenhing, war off limits. Einzig allfällige Fremdenrechtsfälle sowie einfache Kauf-, Leasing- und Mietverträge durften seine Mitarbeiter übernehmen.

Andererseits hatte diese Verschiebung auch ihr Gutes. Eine Woche mehr bedeutete sieben zusätzliche Tage Abkühlphase für den Hitzkopf Gabriel und für ihn ein freies Wochenende, das er sich mit einer zwar unverschämt teuren, aber umso willigeren Begleitung in einer Suite im Kempinski, Berchtesgaden, zu versüßen gedachte.

Michael Lenhart seinerseits lag wach im Bett und beobachtete fasziniert die ruhigen Atemzüge von Sabine im Dämmerlicht des frühen Morgens. Diese Zeit des Übergangs zwischen Nacht und Tag hatte für ihn immer etwas Intimes. Ein ungestörter Kaffee, ein wenig Lektüre, dann ein Frühstück, begleitet von schöner Musik, und erst wenn er gegessen und sich so auf den Tag vorbereitet hatte, die ersten Nachrichten.

Mit Sabine an seiner Seite war alles anders. Einen solch wohligen Stich in seinem Herzen hatte er noch nie verspürt. Frauen, deren Schönheit ihn berührte, hatte er immer wieder getroffen. Auch solche, deren Stimme, Lachen oder bloßes Dasein ihn Zeit und Raum vergessen ließen, zumindest für den Augenblick. Aber dann genügte ein Blick oder ein Wort, und diese Faszination verschwand, meist schneller, als sie gekommen war. War das die Urangst des Mannes vor dem Faszinosum Frau? Die Angst, die eigene Kraft, den eigenen Willen schwinden zu spüren im animalischen Hingezogensein, das mitunter einer Hinfälligkeit glich?

Mit Sabine war es all das und doch etwas anderes. Da war neben ihrem wachen Verstand diese wilde Schönheit, die ihn verzauberte und sein Begehren weckte. Eine Schönheit, die für ihn real und irreal zugleich war. Er konnte sie lustvoll begreifen, und doch war sie flüchtig, wie ein Ausdruck des Unendlichen im Endlichen, wie ein nie vollständig erfassbares Urbild Platons, das wundersamerweise ins Leben, ausgerechnet in seines, gefunden hatte.

Weiter kam er mit seinen Gedanken nicht. Eine schlanke Hand hatte den Weg zu ihm gefunden, tief unter der Decke. Eudaimonie, zumindest für den Moment war das Leben perfekt.

Auf dem Weg ins Büro genoss Sabine Preiss mit geschlossenen Augen ein Medley von Peter Ratzenbeck. Speziell die Interpretation des berühmten Harry-Lime-Themas aus dem Film *Der dritte Mann* hatte es ihr angetan. Michael hatte es ihr auf der Fahrt nach Lech am Arlberg als ein Beispiel für über Meisterschaft hinausragende Kunst vorgespielt. Ein für die Zither mit ihren mehr als dreißig Saiten komponiertes Stück auf einer sechssaitigen Gitarre zu spielen und dabei das Klangbild und die Stimmung dieser berühmten Filmmusik zu bewahren, ja, das war auch in ihren Augen echte Kunst. Das Vibrieren ihres Mobiltelefons beendete den Musikgenuss jedoch abrupt.

»Servus Hans, schön, dich zu hören!«

»Was für ein Tag! Ein Engel, der sich über einen Anruf von mir freut!«

»Sicher freu ich mich, auch wenn ich dich bezüglich aller anderen Freuden enttäuschen muss.«

»Ich weiß, leider! Mir bleiben nur die Träume.«

»Besser als nichts! Aber ich schätze, du hast nicht angerufen, um zu träumen.«

»Nein, so verlockend diese Träume auch wären.«

»Mein kleiner Casanova. Du kannst das Süßholzraspeln anscheinend nicht lassen.«

»So bleibe ich in Übung, meine persönliche Eleven, wie in dem Film *10*.«

»Übrigens, du bist auf Lautsprecher, ich sitze mit Michael im Auto«, ließ Sabine ihn mit einem zufriedenen Grinsen wissen, woraufhin für ein paar Sekunden Stille herrschte, bevor sich Michael Lenhart an dem Gespräch beteiligte.

»Guten Morgen, Hans, alle Achtung!«

Verdutzt fragte Hans Tilly: »Warum alle Achtung?«

»Das liegt im Grunde auf der Hand. Du getraust dich mit Sabine zu flirten und antizipierst dabei bereits ihr Nein, womit du ihr Achtung und Respekt zollst. Ich vermute, es wagen nur wenige Männer, mit Sabine zu flirten, und die wenigen, die es wagen, stellen sich dabei wahrscheinlich wesentlich dümmer oder eben respektloser an.«

»Na, der Tag fängt ja gut an! Zuerst werde ich beim Flirten erwischt, und dann erklärt mir der Offizier und Philosoph, dass das ganz in Ordnung ist.«

»Nicht erwischt, Hans. Ich war nur ein unvermuteter Zuhörer, und mir scheint, auch Sabine hatte ihren Spaß an eurem Dialog.«

»Michael hat recht. Du bist ein Mann mit feiner Klinge, und so waren deine Traumfrau-Träume im Grunde ein Kompliment, das ich gerne annehme. Aber lass uns das Thema wechseln: Hast du einen Ansatzpunkt gefunden?«

»Was mein Team und mich betrifft, ja. Wie ich euch einbinden kann, ist eine andere Frage. Möglicherweise gibt es einen Weg, aber das ist etwas komplexer, und wir sollten es persönlich besprechen.«

»Gut, dann freuen wir uns auf deinen Besuch bei uns im D-Trakt. Wann willst du kommen?«

»Zuerst muss ich wegen dieser Cannabis-Geschichte in Rumänien zu einem internen Strategiemeeting mit dem Abteilungsleiter, keine Ahnung, wie lange das dauern wird. Der arme Mann hält sich für so hart wie Chuck Norris, und doch wurde er von der Direktorin nach Strich und Faden ausgebootet. Übrigens: Wisst ihr, wie Chuck Norris angelt? Er sieht ins Wasser und sagt nur: Du, du und du, rauskommen.«

Laut lachend erwiderte Sabine: »Sehr gut, den kannte ich noch nicht. Fast so gut wie: Chuck Norris hat mit nur zwei Schüssen siebenundachtzig Terroristen getroffen. Der erste war ein Warnschuss.«

Mit einem Seufzen antwortete Hans: »Was soll man da noch sagen? Einen Engel, der sogar über Chuck-Norris-Witze lachen kann, muss man einfach anbeten.«

»Selbst wenn man weiß, dass diese Gebete nicht erhört werden?«

»Ja, Michael! Und bei Sabine macht das Beten auch noch Spaß. Aber zurück zum Ernst des Lebens. Sagen wir, im Lauf des Vormittags. Wenn das bei euch passt?«

»Ja, wir sind da.«

»Na dann, hasta la vista, Baby.«

Sabine konterte mit »Oh behave!« und legte ihr Mobiltelefon weg.

»Ein Mann mit Humor, wie mir scheint«, bemerkte Michael.

»Ich schätze, das ist eine Art Ausgleich zu seiner Arbeit, vielleicht auch eine Masche, die er bei verdeckten Ermittlungen einsetzt. Auf jeden Fall mag ich ihn.«

»Bei unserem ersten Treffen war von seinem humoristischen Talent allerdings noch nichts zu sehen.«

»Da hat er dich, den gefürchteten Doktor Lenhart, auch noch nicht gekannt.«

»Ist mein Ruf tatsächlich so schlimm?«

»Nein, du bist für die meisten einfach nicht greifbar, und dein scharfer Verstand schreckt viele ab. Die einen haben Angst, sich mit dir messen zu müssen und dabei zu verlieren, und die anderen gehen einer derartigen intellektuellen Auseinandersetzung von vornherein aus dem Weg.«

»Interessant. Das scheint mir eine Entsprechung der Reaktionen deiner Geschlechtsgenossinnen zu sein, wenn sie deiner ansichtig werden. Da ist meist diese Mischung aus Bewunderung, Neid und Ablehnung in deren Augen. Mitunter gewürzt mit einem Hauch Angst und Schadenfreude.«

»Ich nenne das schlicht Stutenbissigkeit«, meinte Sabine trocken. »Aber wie kommst du auf Angst und Schadenfreude?«

»Angst, weil Schönheit eine fast mystische Kraft darstellt, und Schadenfreude, weil genau diese Kraft, gekoppelt an die Schönheit, vergänglich ist.«

»Mag sein, dabei putze ich mich nie heraus. Geschminkt habe ich mich nur beim Bundesheer, grün, braun und schwarz.«

»Ich vermute, das macht es noch schlimmer.«

»Was meinst du?«

»Ganz einfach: Stell dir vor, du bist eine normale Frau und versuchst dich schön zu machen. Du ziehst Schuhe mit hohen Absätzen an, wählst deine Kleidung mit Bedacht, kämmst dein Haar, ziehst die Lippen nach, mit anderen Worten: Du machst dich, in einem Akt der Selbstliebe, so schön wie möglich.«

»Verstehe, und dann komme ich, ungeschminkt, in Sportschuhen und ziehe alle Blicke auf mich.«

»Genau, für die meisten Männer bist du ein Engel und für viele Frauen eine Kränkung.«

»Mag sein, aber that's life.«

»Ja, aber viele tun sich mit dieser Einsicht offensichtlich schwer und reagieren mit Neid und Ablehnung.«

Sie strich Michael über den Hinterkopf und fragte: »Und in welche Kategorie gehöre ich bei dir, Engel oder Kränkung?«

»Erzengel, mindestens. So, aber genug davon, leider. Wir biegen gleich in die Herrengasse und damit in Amt und Würden ein.«

Lächelnd nahm Sabine die Hand von seinem Hinterkopf. »Zu Befehl, Herr Major.«

Im Büro erwartete die beiden bereits Anton. »Guten Morgen zusammen. Kaffee?«

»Gerne. Gibt es etwas Neues?«

»Ja, der Denk scheint bei seinen Kollegen recht beliebt gewesen zu sein. Die haben bis in die Nacht hinein gearbeitet und sich die Zahlen dieses Sozialzentrums für nordafrikanische Migranten angesehen. Da gibt es erstaunliche Parallelen.«

»Lass mich raten: Abgesehen von öffentlichen Mitteln stammen die Gelder aus den gleichen Quellen wie die Honorare der Kanzlei Freidmann«, meinte Sabine.

»Richtig. Dazu kommen noch Spenden der drei heimischen Malik-Firmen.«

»Interessant, aber nicht illegal.«

»Mag sein, Michael, aber für mich ein eindeutiges Indiz.«

»Wie hoch sind die Zuwendungen?«

»In Summe knapp fünfhunderttausend Euro, wobei zweiundvierzigtausend Euro von der Stadt kommen, zweihundertzehntausend Euro von den drei heimischen Malik-Firmen und der Rest in unterschiedlichen Höhen und meist kleineren Beträgen aus Malta, London, Brüssel, Marokko und der Schweiz.«

»Eine halbe Million, damit lässt sich einiges anstellen.«

»Ja, zum Beispiel Anwälte bezahlen. Ein nicht zu knapper Teil geht an die Kanzlei Freidmann & Partner. Ein anderer geht beispielsweise an die Najah Immobilien GmbH, deren alleiniger Eigentümer unser Malik ist.«

»Aber deinem freudigen Grinsen nach zu urteilen ist das noch nicht alles, stimmt's?«

»Nein, es wird immer besser«, freute sich Anton. »Laut den Unterlagen ist ein gewisser Rami Timoumi, geboren 1979 in Erfoud, Marokko, seit 2009 österreichischer Staatsbürger, im Vereinsvorstand, also de facto im Sozialzentrum, zusammen mit einem Herrn Kabir Cheqara, geboren 1984 in Daerah Beni Ounif, Algerien, seit 2011 österreichischer Staatsbürger. Die beiden sind im Verein mit jeweils fünftausend Euro brutto angestellt.«

»Und Rechnungsprüfer ist unser Herr Anwalt, richtig?«

»Ja, aber das ist noch nicht alles.«

»Na, da bin ich aber gespannt.«

»Die beiden sind nicht nur in diesem Verein tätig, sondern auch in den, wie soll ich sagen, sauberen Malik-Firmen. Der eine ist auch Geschäftsführer der Najah Immobilien GmbH und der andere Prokurist der Tartib Immobilienverwaltung GmbH.«

»Und die Immobilie, in der dieses Sozialzentrum untergebracht ist, gehört der Najah Immobilien GmbH, und die Hausverwaltung obliegt der Tartib Immobilienverwaltungs GmbH, wodurch ein Gutteil der Gelder wieder zurück in die Firmen des Hauses Malik fließt.«

»Erraten, Michael, natürlich abzüglich der Freidmannschen Honorare. Ansonsten arbeiten dort nur noch zwei geringfügig beschäftigte Sozialarbeiterinnen, eine Putzfrau und ein paar freiberufliche Dolmetscher auf Honorarnotenbasis. Addiert man dazu noch die Betriebskosten, kommt man auf eine Summe von rund vierzigtausend Euro. Mit anderen Worten, die externen Mitarbeiter und die Betriebskosten übernimmt der Steuerzahler, der Rest bleibt in der Familie.«

»Die beiden Mitarbeiter kommen aus Algerien und Marokko, interessant.«

»Wo willst du da eine Verbindung finden?«

Während sie den Computer hochfuhr, antwortete Sabine: »Oft hilft ein Blick auf die Landkarte. Stell dir vor, du wanderst in ein fremdes Land aus, an wen wendest du dich?«

»Jetzt verstehe ich. Die Landsleute bleiben unter sich, und wenn es um, sagen wir, sensible Bereiche geht, belässt man alles innerhalb der Familie, die im arabischen Raum durchaus etwas größer als bei uns definiert wird. Na, dann bin ich gespannt.«

Ein paar Minuten später war Sabine fündig geworden.

»Da haben wir's. Die beiden Geburtsorte liegen in einer Anfang der Sechzigerjahre umkämpften Grenzregion zwischen Algerien und Marokko. Der gleichen Gegend, aus der auch unser Malik stammt.«

Zufrieden rieb sich Anton die Hände. »Wer sagt's denn! Malik, die Schlinge um deinen Hals wird mit jedem Tag ein klein wenig enger.«

Michael Lenhart hingegen teilte den neuen Enthusiasmus seines Kollegen nicht und stand grübelnd am Fenster.

»Was ist mit dir?«, fragte Sabine.

»In bin nur in Gedanken. Ja, wir machen Fortschritte, aber im Grunde stehen wir nach wie vor mit leeren Händen da, und mir fehlt im Moment noch ein entscheidendes Argument für die Fortsetzung unserer Ermittlungen. Außerdem kommt heute noch der Sprecher der Ministerin wegen der Pressekonferenz. Auch dafür muss ich mir noch etwas überlegen.«

»Ich dachte, den Burschen rauchst du in der Pfeife?«, bemerkte Anton.

»Nein, das wäre unbedacht und überheblich. Es geht darum, ihn mir und damit uns gegenüber ein wenig freundlicher zu stimmen, und dazu muss ich mich vorbereiten.«

»Gut, dann machen wir weiter und lassen unseren Sherlock denken. Komm, Anton, verziehen wir uns in mein Büro.«

Allein im Zimmer, begann Michael, unruhig an der Fensterfront auf und ab zu gehen. Dann blieb er plötzlich stehen, ging zu seinem Schreibtisch, räumte alles fein säuberlich beiseite und setzte sich. Er musste nachdenken, diesmal nicht im Gehen.

Als Anton rund eine Stunde später am Wohnzimmer vorbeikam, saß Michael noch immer wie versteinert an seinem Tisch, wirkte aber ganz zufrieden.

Die stille Konzentration wurde erst unterbrochen, als kurz vor Mittag Hans Tilly eintraf.

»Servus, Hans!«

»Grüß Gott zusammen. Habt ihr etwas zu trinken für mich? Aber bitte keinen Kaffee. Davon habe ich in den letzten Stunden genug bekommen.«

Sabine musterte ihren Kollegen und entgegnete: »Du siehst aus, als wärst du unter einen Zug gekommen, setz dich. Bier kann ich dir zwar keines anbieten, aber einen gespritzten Apfelsaft kannst du haben.«

»Ja, danke! Du hast recht, so fühle ich mich auch. Bei uns herrscht Krieg, und wie in solchen Situationen üblich sitzen die Feldherren auf ihren Hügeln, während die Soldaten sich für Gott, Vaterland oder Erdölquellen die Köpfe einschlagen.«

»Du meinst deinen Abteilungsleiter und die Direktorin?«

»Ja, Michael. Die gute Frau hat den Chef erst nachträglich über die Geschichte in Rumänien informiert und vorab nur einen ihrer Partei zugehörigen Referatsleiter einbezogen. Das war nicht nur unfreundlich, sondern auch unprofessionell, da dadurch unsere Ermittlungen gefährdet wurden.«

»Verstehe. Man beginnt keinen Angriff, ohne die Truppen im Feld zu informieren.«

»Du sagst es, Michael! Wir haben seit vorgestern keinen Kontakt mehr zu einem von unseren verdeckten Ermittlern in der Steiermark, und das setzt den Kollegen ordentlich zu. Dazu kommt ein Chef, bei dem man nicht weiß, worüber er sich mehr aufregt: über dieses stümperhafte Vorgehen der Direktorin oder sein gekränktes Ego.«

»Nun gut, oder auch nicht. Andererseits wäre es dumm, sich über die Außenwelt zu ärgern. Sie kümmert sich nicht darum.«

»Ist das von Aristoteles?«, fragte Hans.

»Nein, von Marc Aurel.«

»Auch einer deiner alten Philosophen?«

»Alt ja, er ist vor über tausendachthundert Jahren gestorben. Aber der Mann war nicht nur ein bedeutender Vertreter der Stoa, sondern auch römischer Kaiser.«

»Scheint so, als hätten die damals besseres Führungspersonal gehabt.«

»Nicht unbedingt, neben Marc Aurel gab es im alten Rom auch weniger erfreuliche Zeitgenossen wie Caligula.«

»Mag sein, aber zurück zu unserem Thema: Ich bin mit meinem Büro in die Ermittlungen eingebunden. Der Schlüssel dazu ist der vermisste Kollege. Der Mann war gut und beliebt, dementsprechend persönlich nehmen wir das auch.«

»Bleibt die Frage, wie du uns mit einbeziehen kannst?«

»Ja, Sabine, aber da fällt uns schon noch etwas ein.«

»Zwei Fragen, Hans. Erstens: In welcher Sache hat denn euer Mann in der Steiermark ermittelt? Und zweitens: Die Razzia in Rumänien bleibt sicher nicht ohne Folgen, und die betroffenen Herrschaften werden mit Sicherheit selbst versuchen, die Tippgeber zur Rechenschaft zu ziehen. Habt ihr diesbezüglich bereits etwas bemerkt?«

»Er hat primär im Bereich gefälschter Medikamente ermittelt. Stanozolol, Oxandrolon, Nandrolon und ein paar andere einschlägige Präparate sind in letzter Zeit wieder vermehrt aufgetaucht. Gut gefälscht aus wahrscheinlich ukrainischer Hinterhofproduktion. Allerdings ist er laut seinen letzten Berichten auch auf eine Verbindung zu Amphetaminen und Cannabis gestoßen. Mein Team ist gerade dabei, die Unterlagen auszuwerten. Zu deiner zweiten Frage: Noch haben wir nichts bemerkt, aber ich gebe dir recht, niemand lässt sich einfach so Ware im Straßenwert von rund zwanzig Millionen abnehmen. Ob und wann wir hier etwas merken, kann ich dir jedoch beim besten Willen nicht sagen.«

»Und ganz allgemein: In welche Richtungen ermittelt ihr nach der Razzia?«

»Gute Frage, Anton. In Wahrheit in keine spezielle. Hier sind wir weitgehend auf die Kollegen in Rumänien angewiesen, und so wie es scheint, haben die außer dem Stoff und zwei ahnungslosen Wachleuten nichts gefunden. Das heißt, die müssen erst die dort ansässigen Firmen und deren Mitarbeiter durchleuchten, das Umfeld, den ganzen Kram eben. Bis da etwas kommt, fließt noch viel Wasser die Donau hinunter.«

»Du meinst, wenn überhaupt etwas Brauchbares kommt«, stellte Sabine fest.

»Ja. Ich vermute, die dortigen Dealer haben einen Spitzel bei den rumänischen Kollegen, konnten oder durften aber ihren Stoff nicht mehr in Sicherheit bringen.«

»Bleibt die Frage, wie wir hier offiziell ins Spiel kommen können.«

»Den einzigen Weg sehe ich in allgemeinen Ermittlungen rund um das Sozialzentrum unseres Malik, schließlich ist von hier der Tipp gekommen. Dazu die Verbindung mit dem vermissten und wahrscheinlich toten Denk auf Malta.«

»Klingt vernünftig.«

»In unseren Ohren schon. Aber ob die Direktorin das auch so sieht, ist eine andere Frage.«

»Die Antwort darauf werden wir erst bekommen, wenn wir sie stellen.«

Michael Lenhart stand auf. »Zeit fürs Mittagessen. Die Sonne scheint. Wie wäre es mit dem Palmenhaus? So können wir uns auch ein wenig die Füße vertreten.«

Während Michael mit seinen Kollegen über den Heldenplatz und den Burggarten ins Palmenhaus ging, saß Josef Freidmann einem schlecht gelaunten Malik in dessen Büro gegenüber.

»Im Namen Gottes des Allerbarmers, des Allbarmherzigen! Warum haben wir keine vernünftigen Zähne! So wie Haie. Wenn bei denen die Zähne nicht mehr richtig funktionieren, fallen sie aus, und ein neuer, ach was, eine ganze Reihe neuer Zähne rückt nach. Aber lassen wir das. Gibt es durch die Verschiebung irgendwelche Probleme?«

»Nein, allerdings sind zahlreiche Dokumente neu zu datieren, und die Gründung der PCC auf Guernsey verzögert sich. Ich muss umbuchen.«

Mit einer Handbewegung wischte der Malik diesen Einwand vom Tisch. »Mich interessieren keine Nebensächlichkeiten und ich hasse Abkürzungen. Was hat es mit dieser PPC auf sich?«

Du selbstgefälliger alter Esel, dachte sich Josef Freidmann. Was eine PCC ist, habe ich dir schon vor Wochen erklärt. Es wird wirklich Zeit, dass Gabriel das Ruder übernimmt. Allein schon, um mir diese Nachhilfestunden in Sachen Unternehmens- und Steuerrecht zu ersparen.

Aber bitte, der Alte zahlt, und freundlich wie immer erklärte Freidmann: »PCC steht für Protected Cell Company. Das ist eine Rechtskonstruktion, die ursprünglich primär für Versicherungen geschaffen wurde. Guernsey hat diese Konstruktion erweitert, und nun bietet sich diese Protected Cell Company auch für uns als ideale Ergänzung an. Die wichtigsten Eigenschaften sind: keine Besteuerung, die Namen der Anteilseigener oder wirtschaftlich Berechtigten stehen nicht in öffentlichen Unterlagen, es gibt kein Mindestkapital, keine Audits, keine Sitzungen, und sollten sich Risiken ergeben, sind diese durch die separaten Zellen begrenzt.«

»Gut, das gefällt mir. Und Guernsey ist eine dieser britischen Kanalinseln, richtig?«

»Korrekt, Herr Malik.«

»Und da kann auch nicht die britische Regierung oder die Europäische Union herumpfuschen und uns das Leben schwer machen?«

»Nein, Herr Malik. Guernsey ist zwar britisch, aber weder Teil des Vereinigten Königreiches noch eine Kronkolonie. Guernsey ist vielmehr Kronbesitz und dadurch direkt der britischen Krone unterstellt. Damit ist sie ein gesondertes Rechtssubjekt. Die EU und die OECD machen zwar symbolisch immer wieder Druck, aber Big Money und die Krone lassen sich nicht in die Karten schauen und die Bürokraten abblitzen. Und ganz unter uns, in Wahrheit geht die Politik gegen diese Steueroasen nur zum Schein vor. Schließlich sind solche Offshore-Plätze auch für sie äußerst praktisch.«

Der Malik blätterte mit zusammengekniffenen Augen in seinem Notizbuch, bevor er aufblickte. »Wie hat Gabriel auf die Verschiebung reagiert?«

»Sachlich, mit einer Mail. Er wünscht Elias gute Besserung und ist mit der Verschiebung einverstanden.«

»Gut. Was macht die Politik?«

»Sie meinen, hier in Wien, wegen Ihres Tipps?«

»Worum sollte es mir denn sonst gehen?«, stieß der Malik gereizt hervor.

»Nun, wie ich Ihnen bereits mitteilte, die Razzia war erfolgreich, hat aber, die Ware ausgenommen, bis jetzt keine weiteren Ergebnisse gebracht.«

Zufrieden lehnte sich der Malik in seinem Sessel zurück. »Das war auch zu erwarten. Die haben die dortige Polizei sicherlich längst in der Tasche. Mir kann es egal sein. Hauptsache, es dient meinen Zielen.«

Vorsichtig fragte Freidmann nach: »Und wie sehen diese Ziele genau aus, wenn ich fragen darf?«

Mit gönnerhafter Miene erwiderte der Malik: »Freidmann, Sie können fragen, müssen aber nicht auf alles eine Antwort bekommen.«

»Allerdings sollten wir mit gewissen Reaktionen seitens der Geschädigten rechnen, und es dürfte dort bekannt sein, dass der Tipp aus Wien gekommen ist. So gesehen wäre es klug, wenn ich mehr darüber wüsste.«

Der Malik musterte seinen Anwalt, und mit unverhohlener Verachtung erwiderte er: »Was klug ist und was nicht, entscheide immer noch ich. Sie, Freidmann, sind mein Paragrafenreiter, darin sind Sie talentiert und dafür bezahle ich Sie. Vom Geschäft, von *meinem* Geschäft, verstehen Sie jedoch nichts, nach wie vor nicht.« Und mit einem zynischen Lächeln ergänzte er: »Außerdem scheinen mir Ihre Informanten im Ministerium doch nicht so gut zu sein, wie Sie mir immer weiszumachen versuchen.«

Dieser blasierte alte Knacker! Aber Freidmann dachte an das Wochenende im Kempinski und ließ sich nicht aus der Fassung bringen. Er versuchte vielmehr zu erahnen, was denn der Malik mit der Kritik an seinen Kontakten in der Bundespolizeidirektion meinen könnte. Dann fiel es ihm wie Schuppen von den Augen. »Der verdeckte Ermittler. Sie haben ihn verschwinden lassen?!«

Immer noch gönnerhaft erwiderte der Malik: »Nun, mein lieber Freund, wenigstens das haben Sie erkannt. Außerdem musste ich einen meiner Mitarbeiter in Graz disziplinieren, auch als Lektion für alle anderen. Sehen Sie, es ist wie bei einer Herde Schafe, da muss man hin und wieder ebenfalls ein wenig Angst verbreiten und das eine oder andere Tier, das sich von der Herde entfernt hat, opfern. So bleiben die anderen Schafe gehorsam. Zwei Finger dieses Polizisten sind an meine Leute dort gegangen, und ich habe dafür gesorgt, dass auch unsere Konkurrenten davon erfahren. Andere Finger haben die hiesigen sowie die Münchner Affen bekommen.«

Josef Freidmann musste sich eingestehen, dass dieser kaltblütige Schachzug des alten Malik durchaus etwas Geniales hatte. Damit legte er nicht nur für die Polizei, sondern auch für allfällige Gegner aus Rumänien eine falsche Fährte. Gleichzeitig wurde er zunehmend neugierig. »Eine Straf- und Täuschungsaktion, ich verstehe. Aber warum mussten Sie einen Ihrer Mitarbeiter derart bestrafen? Doch sicher nicht nur zur Disziplinierung der Herde.«

»Sie haben recht. Nicht nur. Obwohl, der Mann hat entgegen meinem ausdrücklichen Befehl selbst Geschäfte gemacht, noch dazu mit Waren, die ich nicht dulde, und damit sein Todesurteil unterschrieben. So gesehen war es Selbstmord«, erklärte der Malik, um dann das Thema zu wechseln: »Genug davon. Was ist mit Malta?«

»Nichts, Herr Malik. Die österreichischen Behörden überlassen der dortigen Polizei nach wie vor die Ermittlungen. Das ist ein totes Ende.«

Zufrieden stand der Malik auf, ging zur Kommode und bereitete sich einen frischen Pfefferminztee. Ohne sich umzudrehen, erklärte er: »Das war's für heute, Freidmann, Sie können gehen.«

Als Michael Lenhart mit seinen Kollegen vom Mittagessen zurück in die Herrengasse kam, wartete dort, das unvermeidliche Mobiltelefon in der Hand, bereits Pressesprecher Mag. Christian Lang vor der Tür.

»Nun, Herr Magister Lang, was kann ich für Sie tun?«

Kühl und auf den nächsten Angriff lauernd, erwiderte der Pressesprecher vorsichtig: »Die Ministerin wünscht, dass ich die Pressekonferenz mit Ihnen im Voraus abstimme und Sie diese leiten. Dieser Anweisung komme ich hiermit nach.«

Sieh an, der Herr Pressesprecher ist anscheinend noch ein wenig gekränkt. Aber vorerst wollte Michael ihn weiterhin zappeln lassen. »Herr Magister Lang, wenn die Ministerin es so möchte, dann sollten wir diesem Wunsch nachkommen. Ich nehme an, Sie haben dafür bereits ein gewohnt professionelles Konzept erstellt.«

Während er ein paar gefaltete Papiere aus der Innentasche seines Sakkos zog, antwortete der Pressesprecher: »Ja, hier ist der Vorschlag meiner Abteilung.« Und in beleidigtem Ton fügte er hinzu: »Aber wie gesagt, es ist Ihre Show.«

Michael nahm die Papiere, las sie aufmerksam durch und reichte sie dem Pressesprecher zurück. »Ausgezeichnet, Herr Magister Lang, allerdings scheinen mir bei diesem Konzept das Denken und das Sein vom Widerspruch bestimmt. Aber das lässt sich sicherlich lösen.«

Entgeistert erwiderte Christian Lang: »Ich verstehe nicht ganz, Herr Lenhart. Was meinen Sie damit?«

»Ganz einfach: Ihr Plan, wenn Sie so wollen, das Denken, steht im Widerspruch zum Sein, den handelnden Personen.«

Nach wie vor verwirrt fragte Christian Lang: »Verzeihen Sie meine Begriffsstutzigkeit, aber für mich ist Ihre Aussage nach wie vor rätselhaft.«

Michael nahm einen Schluck Kaffee, bevor er ausnehmend freundlich begann: »Dann wollen wir das Rätsel lösen. Ihr Plan sieht vor, dass ich am Podium, also im Mittelpunkt, stehe. Das steht im Widerspruch zu meinem Können. Im Umgang mit Ihren Kollegen von der Presse bin ich denkbar ungeeignet, im Gegensatz zu Ihnen. Daher sollten Sie an meiner Stelle neben der Ministerin stehen.«

Erstaunt musterte Christan Lang sein Gegenüber. »Sie wollen tatsächlich nicht vor die Kameras, Herr Lenhart?«

»Solange man mich nicht mit vorgehaltener Waffe dazu zwingt, nein.«

»Und in welcher Funktion wollen Sie dann in Erscheinung treten, Herr Lenhart?«

»Ganz ehrlich, lieber Herr Magister, in gar keiner.«

Als Christian Lang ihn ungläubig und doch sichtbar erleichtert musterte, fuhr Michael fort: Hier sind Sie der Profi, und ich wäre Ihnen dankbar, wenn Sie mir diese Last abnehmen könnten, zumal es für meine polizeiliche

Tätigkeit von Vorteil ist, wenn ich so wenig wie möglich im Blitzlichtgewitter stehe.«

Sichtlich entspannt antwortete Christian Lang: »Nun, wenn Sie es vorziehen, nicht in Erscheinung zu treten, dann werde wohl oder übel ich den Part an der Seite der Ministerin übernehmen müssen.«

»Das wäre ganz ausgezeichnet, Herr Magister.«

Nach kurzem Nachdenken meinte Christian Lang beiläufig: »Allerdings wäre es, von einem rein dramaturgischen Blickwinkel aus betrachtet, eventuell zielführend, wenn wenigstens Ihre Kollegin an der Pressekonferenz teilnehmen könnte. Dadurch wären wir auch imstande, einen positiven Beitrag zum Themenkomplex Frauen in der Exekutive zu leisten.«

Schau einer an, der Herr Pressesprecher möchte sich an der Seite von Sabine sonnen.

»Ein interessanter Vorschlag, Herr Magister! Mir gefällt, wie Sie unterschiedliche Themen dramaturgisch zu verbinden wissen. Allerdings ist das eine Frage, die ich nicht entscheiden kann.«

»Aber Sie sind doch der Vorgesetzte von Frau Preiss?«, entgegnete Christian Lang erstaunt.

»Mag sein, Herr Magister, aber ich ziehe es vor, wenn meine Kollegen in solchen Fragen selbst die Entscheidung treffen.« Sagte er und bat Sabine, zu ihm ins Büro zu kommen.

Während Michael sich lächelnd zurücklehnte, war dem Pressesprecher die hoffnungsgeladene Anspannung deutlich anzusehen.

Mit einem »Was gibt's?« kam Sabine ins Zimmer, setzte sich und legte wie selbstverständlich die Füße auf den Tisch.

»Nun, ich bespreche mit Herrn Mag. Lang gerade die anstehende Pressekonferenz, und er übernimmt dabei dankenswerterweise meinen Part, allerdings meinte er, dass es aus dramaturgischen Gründen eventuell gut wäre, wenn du an seiner Seite ebenfalls teilnimmst.«

Sabine sah zuerst für einen Augenblick Michael in die Augen und musterte anschließend den Pressesprecher, der zunehmend an Farbe gewann. »Und wie haben Sie sich das vorgestellt, Herr Pressesprecher? In Repräsentationsuniform oder vielleicht doch, dem Kontext entsprechend, im Einsatz-Overall? Zivil scheint mir ja für so einen Anlass eher unpassend.«

Sichtlich erleichtert antwortete Christian Lang mit frischem Selbstbewusstsein: »Nun, das können wir mit meinem Stab abklären, und selbstverständlich würde ich Sie auch noch persönlich briefen, Sie können also ganz beruhigt sein ...« Weiter kam Christian Lang nicht.

Sabine Preiss gebot ihm mit einer Handbewegung zu schweigen und fragte ganz sachlich: »Kennen Sie den Film *Three Kings*, Herr Pressesprecher?«

Verunsichert erwiderte Christian Lang: »Nein, nicht wirklich, warum? Ich meine, was hat das mit Ihrem Auftritt bei der Pressekonferenz zu tun?«

»Nun, Herr Pressesprecher, in diesem Film gibt es einen Satz, den ich mir gemerkt habe. Er lautet: Wenn es anfängt, nach Scheiße zu riechen, ist man der Wahrheit nahe. Verstehen Sie, was ich meine?«

»Nein, Frau Magister Preiss, nicht wirklich.«

»Dann werde ich den Satz für Sie übersetzen: Ein Auftritt vor den Medienfritzen steht auf meiner Wunschliste deutlich unter einer Wurzelbehandlung ohne Lokalanästhesie. Und ganz unter uns, Herr Pressesprecher:

Ihr Versuch, mit mir anzubandeln, war suboptimal, aber vielleicht können Sie Ihren Stab zu einem Brainstorming überreden, damit er Ihnen ein passendes Manual für ein Briefing erstellt.«

Während der Pressesprecher am liebsten vor Scham im Boden versunken wäre, stand Sabine auf und wandte sich freundlich an Michael: »Brauchst du sonst noch etwas von mir?«

»Danke, Sabine, nein. Ich denke, der Herr Magister wird mit deiner Entscheidung leben müssen.«

Nachdem Michael den Pressesprecher zur Tür begleitet hatte, kam Sabine nochmals zu ihm ins Zimmer. »Sorry, ich war wohl zu direkt.«

»Nein, meine Artemis. Der Fehler lag bei ihm. Er hat den Kontext gewechselt und gemeint, dich mit einer Pressekonferenz, seinem Stab und einem persönlichen Briefing beeindrucken zu können. Er hat mit seiner Position und nicht mit seiner Person um dich geworben. Eine Strategie, die bei einer Frau wie dir unweigerlich nach hinten losgeht. Ich schätze, der Herr Pressesprecher wird seine Niederlage schnell verschmerzen, zumal nach unseren Absagen die Bühne wieder ihm allein gehört und außer mir niemand Zeuge seiner Niederlage war.«

»Soll mir recht sein, Sherlock. Dann also weiter an die Arbeit?«

»Du sagst es.«

In dem Moment klingelte sein Telefon.

»Liebe Frau Wolf, wie schön, Sie zu hören.«

»Na, i was net, ob des so schen is. Für gewöhnlich bring i kane guatn Nachrichtn.«

»Das ist immer eine Frage des Blickwinkels, liebe Frau Wolf.«

»Mag sein, auf jeden Fall hat eich die Chefin wegen der Malik-Gschicht am Wickl.«

»Woher weiß die Frau Direktor, dass wir uns in der Sache Denk für den Herrn Malik interessieren?«

»Wos waß i? Aber des Ministerium is ja wi a Nudelsieb. Auf jeden Fall hat sie ka Freud mit de Ermittlungen und den Altn ordentlich zsammengstaucht.«

»Nun, ich schätze, der Herr Brigadier hat einen breiten Rücken.«

»Scho, oba ihr habt's ja nix in der Hand, und der Vorsteher vom achten Hieb hat a scho beim Altn interveniert.«

»Sieh einer an. So viel zum Thema Amtsverschwiegenheit. Und wann müssen wir Ihrer Meinung nach mit einem Generalangriff seitens der Frau Direktor rechnen?«

»Des is di guate Nachricht, net vor Dienstag.«

»Sehr schön, dann haben wir ja noch ein wenig Zeit. Aber warum erst am Dienstag?«

»Na, ganz anfach. Morgen is die feine Frau Direktor den ganzen Tag mit die Bedenknträga von der Boston Consulting Group unterwegs. Wisst's eh, des san die Typen, die imma im Dreiteiler aufmarschiern. Echte Wortakrobatn, kann i euch sagn. De habn an Auftrag zur … wart, des muss i eich vorlesen: zur Leistungsevaluierung und Impact-Optimierung des Bundeskriminalamtes unter besonderer Berücksichtigung der Budget-Effizienz und gendersensiblen Gleichbehandlung. A so a Schmarn. Also, des wa morgn. Und am Montag hat sie am Vormittag a Treffen mit ana Delegation aus Island und nachm Mittagessn mit de Gäst a Sitzung mit ana Agentur wegen an Redesign vom Corporate Design. Ganz unta uns, habt's ihr gwusst, dass des Bundeskriminalamt a Coorporation is? Egal! Auf jedn Fall kann sich die feine Chefin erst am Dienstag mit eich befassn.«

»Na dann, Frau Wolf, vielen Dank für die Information. Wir werden uns vorzubereiten wissen.«

»Nix zu dankn, mia miassn ja zammenhaltn.«

»Noch eines, liebe Frau Wolf. Wie sieht es mit dem Herrn Brigadier und der Ministerin aus?«

»Da Alte is beim Botschafta von de Schweizer zum Kaffee wegn da morgigen Pressegschicht, und die Ministarin hat da feinen Frau Direktor gsagt, Sie soll eich in Ruha euern Job erledign lassen. Ja, von da habt's nix zu befürchtn. Aber passt's auf den Vorstand vom achten Hieb auf. Der führt was im Schilde, des sag i euch. Is nua so a Gfühl, aber des täuscht mi nie.«

»Danke für den Hinweis, liebe Frau Wolf. Im Moment halten wir uns jedoch im Zusammenhang mit dem verehrten Herrn Bezirksvorsteher an die Weisheit des Siddhartha Gautama.«

»Ha! Bei dem Namen is des ka Einheimischer! Des is wieder ana von de Philosophen, stimmt's?«

»Mehr als das, Frau Wolf, bekannt wurde er als Buddha und Begründer des Buddhismus.«

»Und was hat der gsagt, der Buddha?«

»Wenn du ein Problem hast, versuche es zu lösen. Kannst du es nicht lösen, dann mache kein Problem daraus.«

»Versteh, des gfallt ma! Des sollt ma den Figurn von der Boston Consulting Group hinter die Ohrn schreiben. Die machen es genau umgekehrt: Wenn du ka Problem hast, dann erfindn mia ans, am bestn ans, des du net lösn kannst, weil's eigentlich kans is.«

»Nun, liebe Frau Wolf, dem ist, glaube ich, nichts hinzuzufügen. Auf jeden Fall danke für die stille Post.«

»Nix zu danken, mach i gern. Also, haltets di Ohrn steif.«

»Machen wir.«

An Sabine gewandt meinte Michael zufrieden: »Was täten wir ohne unsere Frau Wolf.«

»Du hast recht. Die Frau und ihr Netzwerk sind besser und schneller als jeder Geheimdienst. Aber wie machen wir nun weiter?«

»Mit einem frischen Kaffee, dem Anton und im Verborgenen, zumindest weitgehend. Bring du Anton auf den letzten Stand, ich kümmere mich um unser leibliches Wohl.« Damit stand er auf und ging in die Küche.

Wenig später saßen die drei wieder im Wohnzimmer.

»Ich habe mich weiter in die Unterlagen zu diesem Sozialzentrum eingearbeitet und in allen möglichen und unmöglichen Archiven nachgesehen. Dieses Zentrum gibt es bereits seit über zehn Jahren. Zuerst war es im achten Bezirk und ist dann vor vier Jahren in die Thaliastraße im sechzehnten Bezirk übergesiedelt, angeblich weil die alten Räumlichkeiten zu klein geworden waren. Der wahre Grund dürfte aber darin liegen, dass die Najah GmbH unseres Herrn Malik das Gebäude im achten Bezirk damals generalsaniert und in exklusive Wohnungen umgewandelt hat. Parallel dazu haben sie drei alte Zinshäuser mit meist leerstehenden Geschäftsflächen im Erdgeschoss in der Thaliastraße erworben, und das Sozialzentrum war praktischerweise der erste neue Mieter. Tja, und wie es der Zufall so will, wurden die Umbauarbeiten sowohl im achten Bezirk als auch im sechzehnten von der Kahliq Bau GmbH durchgeführt, der dritten Malik-Firma.«

»Sehr gut, Anton. Die Puzzleteile fügen sich immer mehr zusammen.«

»Das ist noch nicht alles. Ich habe auch die Polizeiberichte durchforstet und bin auf einen interessanten Umstand gestoßen.«

»Lass mich raten. Es gibt nichts. Das Sozialzentrum ist polizeilich nie auffällig geworden, richtig?«, fragte Sabine.

»Genau. Es gibt nichts, weder eine Beschwerde wegen Lärmbelästigung noch Drogen, Raufhandel oder vermüllte Hauseingänge.«

»Nun, wie es scheint, führen die Mitarbeiter des Herrn Malik ein sehr strenges Regime«, bemerkte Michael.

»Das kannst du laut sagen. Ich habe sicherheitshalber überprüft, wie es mit den anderen Sozialzentren aussieht, sowohl den öffentlichen als auch den privaten, und da zeigt sich teilweise ein ganz anders Bild, glaube mir.«

»Und die anderen Mieter in diesem Gebäude?«

»Die habe ich mir ebenfalls angesehen. Auch in den beiden Zinshäusern links und rechts vom Sozialzentrum. Im einen ist ein Tabakgeschäft und im anderen ein Handyshop. Früher war dort ein Wettcafé, aber dessen Mietvertrag wurde mit dem Kauf des Hauses gekündigt. In den insgesamt neunundzwanzig Wohnungen gibt es keine Altmieter mehr. Alle Mieter sind in den letzten vier Jahren eingezogen, und jetzt kommt's: Ein Großteil der Mieter arbeitet in einer der Malik-Firmen, die anderen stammen, wie auch die meisten Mitarbeiter, durch die Bank aus Algerien, Marokko und Mauretanien. Allerdings sind einige bereits österreichische Staatsbürger.«

»Gute Arbeit, Anton. Der Malik scheint ein ausgesprochen schlauer und konsequenter Bursche zu sein. Abhängigkeit schafft Loyalität.«

»Ja, zumal wenn du aus einem anderen Land und Kulturkreis in eine fremde Stadt kommst. Das scheint mir eine fast feudale, lehnsartige Hierarchie zu sein«, meinte Sabine.

»Du hast recht. Es sieht so aus, als hätten wir hier eine kleine, aber straff organisierte Parallelwelt.«

»Die es geschafft hat, sich in unserem Gleichheits- und Paragrafendschungel unbemerkt und steuergeldgefördert einzunisten.«

»So scheint es zumindest, Anton. Aber noch ist es nur ein Verdacht, selbst wenn sich die Indizien mehren.«

»Schon klar. Soll ich noch weitergraben?«

»Ja, aber nicht heute.«

Verdutzt sah Anton auf seine Uhr. »Du willst schon Feierabend machen?«

»Nein, Michael steht der Sinn nach einem nicht mehr ganz so verborgenen Spaziergang in der Thaliastraße, habe ich recht?«

»Wie könnte es auch anderes sein.«

Freitag, 10.45 Uhr, Autobahn A1, Höhe St. Pölten

Josef Freidmann nutzte die Hundertdreißiger-Zone, beschleunigte seinen Audi A8 auf hundertneununddreißig Stundenkilometer und aktivierte den Tempomat. Schließlich wurde, typisch Österreich, eine knapp zehnprozentige Überschreitung des Tempolimits toleriert. Die Schweiz war in diesen Fragen deutlich restriktiver, dort bedeuteten hundert Stundenkilometer genau das, hundert Stundenkilometer, und keinen mehr. Von einem grundsätzlich rechtsphilosophischen Standpunkt aus betrachtet, gefiel Freidmann die Schweizer Konsequenz, als Anwalt und Autofahrer schätzte er die heimische Laxheit, vor allem wenn er es, so wie heute, eilig hatte.

Seine Begleiterin hatte ihn überaus freundlich in Wien begrüßt und, nachdem er ihr die vereinbarten neuntausend Euro für das All-inclusive-Wochenende in bar gegeben hatte, bis zum Stadtrand Wiens noch höflich Konversation betrieben. Auf der Autobahnanschlussstelle Auhof erklärte sie mit einem angedeuteten Kuss, für das bevorstehende Abenteuer Kraft tanken zu müssen, setzte einen Kopfhörer auf und schloss die Augen.

Josef Freidmann war das egal, nein, wenn er es genau betrachtete, war es ihm sogar recht. Er hatte die Begleitung nicht als Diskussionspartnerin engagiert, sondern als willige Vollstreckerin seiner Wünsche. Über geheucheltes Interesse und falsche Komplimente war er längst hinaus.

Andererseits hatte er sie für drei Tage bezahlt und wollte schon jetzt ein wenig auf seine Kosten kommen. Mit einem Griff an die Brust weckte er seine Begleiterin aus ihrem akustischen Exil und wies sie an, ihre Unterwäsche auszuziehen. Mit einem Schulterzucken, begleitet von einem einstudierten Lächeln, schob diese ihren Rock hoch und entledigte sich ihres Slips. Anschließend knüpfte sie betont langsam ihre Bluse ein wenig weiter auf als unbedingt notwendig und legte mit routinierter Geschicklichkeit ihren trägerlosen Büstenhalter ab. Freidmann musterte zufrieden, was er sah. Ihr Schritt war bis auf eine dünne, an eine überflüssige Leitlinie erinnernde dunkelbraune Haarspur rasiert und die Brust allem Anschein nach von einem geübten Chirurgen auf Körbchengröße D vergrößert. Gewöhnlich vermied er chirurgisch bearbeitete Dienstleisterinnen, aber hier schien alles gut gemacht und nicht allzu übertrieben. Vor allem das Gesicht wies keine Silikon- oder Botox-Spuren auf. Maskengesichter und Ballonlippen waren ihm zuwider, egal wie willig oder akrobatisch deren Eigentümerinnen sie auch einzusetzen bereit waren.

Für einen Augenblick wollte er seine rechte Hand in ihren Schritt legen, wurde aber von einem eingehenden Anruf abgelenkt. Ein Blick auf die Mittelkonsole zeigte ihm die bekannte Nummer. Kurz überlegte er, den Anruf zu ignorieren, bestätigte dann aber doch die Verbindung, nachdem er seine Begleiterin angewiesen hatte, sich die Kopfhörer wieder aufzusetzen und die Musik lauter zu drehen.

»Mein lieber Herr Bezirksvorsteher, was verschafft mir das Vergnügen Ihres Anrufs? Gefällt Ihnen der Teppich doch nicht? Wollen Sie ihn zurückgeben und den Kauf rückabwickeln?«

»Aber wo denken Sie hin, Herr Freidmann! Der Teppich ist wunderschön und schmückt den Besprechungsbereich meines Büros.«

Freidmann musste lächelnd an das Urteil des Malik denken. Anscheinend war der Herr Bezirksvorsteher mindestens so naiv wie ehrgeizig. Ein solcher Teppich, egal ob privat bezahlt oder nicht, für alle sichtbar im Büro, war wie eine Einladung für Neid, Missgunst, Verdächtigungen und Mutmaßungen. Ja, entweder war sich der Herr Vorsteher seiner Position überaus sicher oder eben, im Sinne des Malik, dumm. »Nun, mein Lieber, wenn es nicht um Ihren Teppich geht, was kann ich sonst für Sie tun?«

»Es geht um die Ermittlungen in dieser Rauschgiftsache. So wie es aussieht, gibt es hier neue Entwicklungen, die mir, ehrlich gesagt, nicht gefallen und mit denen ich auch nicht gerechnet habe.«

»Nun, mein Lieber, da wissen Sie mehr als ich. Ich war in dieser Sache nur eine Art Vermittler, mehr nicht.«

»Ich weiß, und dafür bin ich Ihnen, zusammen mit der Frau Direktorin, auch überaus dankbar. Allerdings hat die Sache Staub aufgewirbelt, und nun wird anscheinend auch im Zusammenhang mit dem Sozialzentrum im sechzehnten Bezirk ermittelt und, ob Sie es glauben oder nicht, ebenfalls mit dem Herrn Malik und Ihnen.«

Bevor er antwortete, dachte Freidmann einige Sekunden nach. Waren diese Ermittlungen nur Routine, weil der Tipp aus dem Sozialzentrum kam, oder steckte mehr dahinter? Hatte die Polizei doch einen Zusammenhang zwischen diesem lästigen Zwischenfall in Malta und dem Malik hergestellt? Gleichzeitig schien der Bezirksvorsteher über interessante Quellen bei der Polizei zu verfügen.

»Nun, ich nehme an, es ist die Aufgabe der Exekutive, bei einer so großen Geschichte auch das Umfeld in Augenschein zu nehmen. Außerdem ist es schließlich kein Geheimnis, dass Herr Malik seit Jahren sozial engagiert ist und meine Kanzlei sich nebenbei aus staatsbürgerlicher Pflicht in der Beratung von Flüchtlingen engagiert. So gesehen betrachte ich diese Ermittlungen als reine Routine und ein Zeichen für die gründliche und professionelle Vorgehensweise unserer Behörden.«

»Hoffen wir es. Allerdings habe ich so meine Erfahrungen mit der Polizei und traue ihr nicht über den Weg. Es gibt dort überdurchschnittlich viele Rechte, und deren fremdenfeindliche Tendenzen sind ja hinreichend bekannt.«

Erleichtert und fast ein wenig amüsiert meinte der Anwalt: »Nun, ich kann dazu nichts sagen, will aber Ihren sicherlich gut fundierten Ausführungen nicht widersprechen …« Und einer plötzlichen Intuition folgend ergänzte er: »Vermuten Sie gar einen fremdenfeindlichen Komplott gegen meinen Klienten?«

Aufgeregt antwortete der Bezirksvorsteher: »So weit will ich im Moment nicht gehen, aber wie ich erfahren habe, gibt es alle möglichen Datenabrufe.«

Sieh an, da ist einer wahrlich gut vernetzt, dachte sich Freidmann. Jeder Datenabruf, ob Finanz- oder Strafregister, wurde protokolliert und konnte einem Benutzer zugeordnet werden. Wer immer Zugriff auf diese Protokolle hatte, saß entweder in der IT oder sehr weit oben in der Hierarchie, das könnte sich in Zukunft als nützlich erweisen.

Den rechtschaffenen Anwalt mimend fragte er: »Nun, dann sollte sich die Sache ja schnell klären lassen. Allerdings muss ich schon sagen, Sie sind ausgesprochen gut informiert, Herr Bezirksvorsteher.«

Mit hörbarem Stolz antwortete dieser: »Das muss ich auch sein! Ich will Sie hier nicht mit meiner politischen Arbeit langweilen, aber in Zeiten wie diesen ist es unabdingbar, über die Machenschaften von rechts informiert zu sein, um unsere westliche Wertegemeinschaft einer offenen, multikulturellen Gesellschaft im Allgemeinen und die Demokratie im Speziellen zu schützen.«

»In der Tat, das ist sehr lobenswert. Aber zurück zu diesen Abfragen: Halten Sie tatsächlich ein Komplott für möglich, und konnten Sie diese Datenanfragen einer bestimmten Person zuordnen?«

»Ich kann hier leider nicht ins Detail gehen, und vielleicht ist es tatsächlich nur eine Routineabfrage im Zusammenhang mit der Razzia in Rumänien, aber das Erstaunliche, um nicht zu sagen Besorgniserregende ist der Umstand, dass sich diese Abfragen eben nicht einer Person oder Abteilung zuordnen lassen. Laut meinen Informationen kamen die Anfragen von einer oder mehreren nicht identifizierten Stellen direkt im Ministerium.«

»Nun, mein Lieber, ich danke Ihnen auf jeden Fall für diese Information, halte sie aber nicht für wirklich beunruhigend. Mein Mandant, von meiner Wenigkeit ganz zu schweigen, hat eine blütenreine Weste, und er hat sich, wie Sie wissen, um die Stadt sowie die Integration seit Jahren verdient gemacht. Ich gehe eher davon aus, dass es sich hier um Routineabfragen handelt und jemand im Ministerium mit einer Art Background-Check beauftragt wurde anlässlich der Nominierung für die Verleihung des Großen Goldenen Ehrenzeichens für Verdienste um das Land Wien mit dem Stern.« Und beiläufig fügte er hinzu: »Oder haben Sie noch andere, weitergehende Informationen bekommen?«

»Nein, Herr Freidmann. So gesehen haben Sie wahrscheinlich recht, zumal die Ministerin die hervorragende Arbeit unserer Frau Direktor nicht zu würdigen weiß.«

»Auf jeden Fall danke ich Ihnen für Ihren Anruf, Herr Bezirksvorsteher.«

»Gern geschehen, Herr Freidmann. Sollte sich in dieser Sache oder auch wegen der Nominierung etwas Neues ergeben, melde ich mich bei Ihnen.«

»Das wäre sehr freundlich, vielen Dank und ein schönes Wochenende.«

»Ihnen auch, Herr Freidmann.«

Josef Freidmann ließ in Gedanken das Gespräch noch einmal Revue passieren. Hatte die Wiener Polizei einen Zusammenhang mit Malta hergestellt, zumal der Malik in Graz auch einen verdeckten Ermittler hatte verschwinden lassen, oder waren die Untersuchungen in Wien tatsächlich reine Routine? Sicherheitshalber rief er Gabriel Malik in London an. Vielleicht wusste der mehr über den aktuellen Stand in Malta. Nach dem dritten Läuten kam er nur auf die Mailbox, verzichtete aber darauf, eine Nachricht zu hinterlassen. Wahrscheinlich nutzte auch Gabriel das unerwartet freie Wochenende, um einer Shopping-Laune zu frönen, im KX-Life mit seiner dominikanischen Personal Trainerin zu schwitzen und anschließend im Blagclub oder McQueen die Nacht zum Tag zu machen.

Für einen Moment spielte er mit dem Gedanken, den alten Malik anzurufen, verwarf dieses Vorhaben aber nach einem Blick auf seine halb nackte Begleiterin. Dieses Wochenende konnte er auf dessen bissige Kommentare verzichten. Genüsslich tastete er nach seiner silbernen Pillendose in der Hosentasche. Die kleinen blauen Helferlein waren da, und er gedachte an diesem Wochenende reichlich Gebrauch davon zu machen.

Ganz anders sah es in der Abteilung für Sonderfälle aus. Hier glich Anton Steinbach einem Jagdhund, der eine Fährte aufgenommen hat. Konzentriert und ehrgeizig durchforstete er seit gut zwei Stunden zig Datenbanken, vom Einwohnermeldeamt bis hin zum zentralen Waffenregister. Sabine sah nur einmal kurz in sein Büro, um ihm einen Kaffee zu bringen, verzog sich aber wieder, da Anton, ohne aufzublicken, nur ein »Danke« murmelte und unablässig weiter in die Tasten hämmerte.

Michael seinerseits las einen Bericht von der Abteilung Suchtmittelkriminalität über den vermissten Ermittler in Graz. Dieser war allerdings nur sehr dürftig, zumal die Zuständigkeiten noch nicht geklärt waren, nachdem auch das Referat 3.1.6., Arzneimittelkriminalität, den Fall für sich reklamierte. Ein Anruf bei Hans Tilly brachte ihn ebenfalls nicht weiter. So wie es aussah, waren diese Abteilungen im Moment primär mit sich selbst beschäftigt. Also ging Michael Lenhart an die frische Luft, um nachzudenken. Auf dem Weg Richtung Heldenplatz betrachtete er im Vorbeigehen nachdenklich die sogenannten Anti-Terror-Poller am Ballhausplatz.

Die Zeiten hatten sich offensichtlich geändert. Bis vor wenigen Jahren war es nicht ungewöhnlich gewesen, den

Bundeskanzler zu Fuß durch die Wiener Innenstadt spazieren zu sehen. Jetzt waren die Gebäude hermetisch abgeschirmt, und die Regierungsmitglieder konnte man meist nur noch schemenhaft hinter den getönten Scheiben ihrer gepanzerten Limousinen erkennen, schöne neue Welt.

Beim äußeren Burgtor überquerte er den Ring, setzte sich im Park zwischen dem Natur- und dem Kunsthistorischen Museum auf eine Bank und betrachtete scheinbar gedankenverloren das Maria-Theresien-Denkmal.

Nach dem Tod ihres Mannes, Franz I. Stephan, 1765 regierte sie zwar offiziell mit ihrem Sohn Joseph II. als Mitregenten, de facto jedoch bis zu ihrem Tod weitgehend allein. Dazu hatte sie sich auch noch um insgesamt sechzehn Kinder zu kümmern. Eine bemerkenswerte Frau, zumal ihr Gatte zu Lebzeiten nicht nur im ehelichen Bett aktiv war.

Andererseits war dieser Kaiser Initiator der ersten Wiener Medizinischen Schule und erwarb sich große Verdienste um die Wissenschaft. Ob der große Brennspiegel, mit dem Franz I. Stephan der Legende nach versuchte, die Natur von Diamanten zu ergründen, noch immer auf der Prunktreppe des Naturhistorischen Museums ausgestellt war?

Irgendetwas ließ Michael bei diesem Gedanken an den Spiegel verweilen. Franz I. Stephan blieb das Geheimnis der Diamanten verborgen, egal wie viele dieser teuren Steine er auch mittels seines Spiegels verbrannte. Würde ihm das Geheimnis des Malik verborgen bleiben, egal wie viele Indizien sie auch noch zutage förderten? Unbewusst schüttelte Michael den Kopf. Nein, das durfte nicht sein. Er war sich sicher, der Schlüssel zu diesem Fall lag zum Greifen nah, er konnte ihn nur noch nicht sehen.

Nachdenklich stand er auf und machte sich über den Universitätsring und die Minoritenkirche auf den Weg zurück in die Herrengasse, als sein Mobiltelefon läutete. Brigadier Fritsch war am Apparat, offensichtlich war die ministerielle Pressekonferenz zu Ende.

»Herr Brigadier, schön, Sie zu hören! Wie ist es gelaufen?«

»Gut, ein voller Erfolg, denke ich. Allerdings sahen die Journalisten ein wenig blass aus, als sie in unsere Rolle schlüpften und plötzlich in die Läufe automatischer Waffen starrten.«

»Verständlich, ich sehe auch lieber über Kimme und Korn als umgekehrt. Und wie haben die Damen und Herrn von der Stadtzeitung reagiert?«

»Verschnupft. Sie haben den Botschafter zweimal nach den Hintergründen der Ermittlungen gefragt. Anschließend sind sie mit stolzgeschwellter Brust abgezogen.«

»Und die Ministerin?«

»War souverän. Sie ist Ihrem Rat gefolgt und hat das Absolute nicht infrage gestellt, sondern die Wichtigkeit der internationalen Kooperation und Rechtsstaatlichkeit betont.«

»Das klingt alles recht erfreulich, Herr Brigadier.«

»Ja, ich schätze, damit ist diese Sache, zumindest was die Presse betrifft, erledigt. Anders sieht es mit Ihrem aktuellen Fall aus.«

»Die Frau Direktor macht Ihnen deswegen Druck?«

»Ja, und nicht nur sie. Auch der Bezirksvorsteher aus dem Achten hat interveniert, und heute früh bekam ich einen Anruf des Bürgermeisters. Aber der ist wenigstens schlau und hat nicht interveniert, sondern sich nur nach dem Stand der Ermittlungen erkundigt.«

»Wo man weniger weiß, argwöhnt man am meisten.«

»Geht's ein wenig klarer, Lenhart?«

»Ja, Herr Brigadier. Abgesehen von dem bemerkenswerten Umstand, dass anscheinend halb Wien von unseren allgemeinen Vorerhebungen weiß, beruhigt es mich zu wissen, dass unsere Freunde in Bezirk und Politik nichts wissen.« Gut gelaunt fügte er hinzu: »Was, wie Sie wissen, Wissen ist.«

Ungewohnt geduldig erwiderte Brigadier Fritsch: »Ein auf den Kopf gestelltes ›Ich weiß, dass ich nichts weiß‹ von Sokrates. Mag sein, Lenhart, aber der Druck steigt. Am Dienstag wird sich die Frau Direktor persönlich der Sache annehmen, und bis dahin sollten Sie besser Beweise haben, die ihrem kritischen Blick standhalten und für die Vorlage beim Staatsanwalt ausreichen. Wenn nicht, wird sie diesen Fall begraben, indem sie ihn den Siebenern, der Wirtschaftskriminalität, überträgt.«

»Wir tun, was wir können, Herr Brigadier. Allerdings wäre es gut zu wissen, wie Sie in diesem Fall die politische Lage einschätzen.«

»Seit wann interessieren Sie sich für Politik, Lenhart?«

»Der Not geschuldet, seit ich denke. Aber Sie haben recht, wo immer möglich, gehe ich ihr aus dem Weg.«

»In meinen Augen ist die Situation ganz einfach: Die Frau Direktor ist weder von der Ministerin noch von der Abteilung für Sonderfälle übermäßig begeistert. Gleichzeitig glaubt sie, dank der Razzia in Rumänien Oberwasser zu haben. Als geschickte Taktikerin wird sie daher nicht Sie direkt angreifen, sondern Ihre Ermittlungsergebnisse prüfen, für unzureichend erachten und den Fall, wie gesagt, der Siebener-Abteilung übertragen. Wenn ihr das gelingt, hat sie der Ministerin eins ausgewischt, die Abteilung der Sonderfälle bloßgestellt und sich bei ihren Parteifreunden in Wien Lorbeeren verdient.«

»Dann sollten wir uns an die Arbeit machen und den Preis ein wenig erhöhen.«

»Was auch immer Sie mit Preis meinen, Lenhart. Am Dienstag geht's um alles oder nichts.«

»So sieht es aus, Herr Brigadier. Auf jeden Fall danke für die Warnung.«

Gut gelaunt ging Michael Lenhart über die Wallnerstraße auf den Kohlmarkt und besorgte beim Meinl am Graben ein kleines Mittagessen.

Zurück im D-Trakt, wurde er von einem erstaunten Anton begrüßt: »Ein Mittagessen vom Meinl? Hast du im Lotto gewonnen?«

»Nein, aber bekanntlich ist der Mensch, was er isst. Hol doch bitte schon mal Teller und Gläser.«

Das ließ sich Anton nicht zweimal sagen, und zusammen mit Sabine hatte er den Tisch rasch gedeckt.

»Nun, Michael, war dein Denkgang erfolgreich?«, erkundigte sich Sabine.

»Das wird sich noch herausstellen. Auf jeden Fall scheint mir unserer Herr Brigadier ein wenig sorgenvoll.«

»Er hat dich angerufen?«

»Ja, und die Warnung von Frau Wolf wiederholt.«

»Ist das jetzt gut oder schlecht?«

»Gut, schließlich warnt man in so einer Situation nur diejenigen, zu denen man sich zugehörig fühlt oder die man mag. Aber jetzt lasst uns essen, Mahlzeit.«

Mit Kaffee versorgt setzten sich die drei Ermittler ins Wohnzimmer, Sabine wie gewohnt mit ihren Füßen auf dem Tisch.

»Nun, Anton, wenn ich mich nicht täusche, bist du fündig geworden.«

»Ja, aber nicht nur ich, auch Sabine. Aber ich fange gerne an. Da sind einmal die alten Mieter. Wie wir wissen, sind alle innerhalb eines halben Jahres ausgezogen, angeblich wegen der anstehenden Umbauarbeiten. Also habe ich mir deren Meldedaten und noch ein paar andere besorgt, zum Beispiel jene des zentralen Waffenregisters, und siehe da, drei der ehemaligen Mieter haben, just nachdem der Malik die Häuser übernommen hat, eine Waffenbesitzkarte angemeldet. Da scheint die Angst umgegangen zu sein.«

»Interessant, hast du auch mit einigen von ihnen sprechen können?«

»Ich nicht, aber Sabine. Sie hat sogar einen ehemaligen Mieter besucht. Er ist in Pension und wohnt jetzt in der Bäckerstraße gleich bei der alten Universität.«

»Sehr gut. Und wie sieht dein Fazit aus, Anton?«

»Der Malik hat nach außen hin den großzügigen Vermieter gespielt und gleichzeitig Druck gemacht. Eine geschickte Mischung aus einer Prämie von drei Bruttomieten, wenn die Mieter binnen sechs Monaten ausziehen, Hilfe bei der Wohnungssuche und Übersiedlung, Hinweise auf massive Beeinträchtigungen durch längerfristige Bautätigkeiten inklusive der befristeten Abschaltung von Strom, Wasser und Gas sowie die Unterbringung von einigen düsteren Gestalten in vier damals leerstehenden Wohnungen. Nach außen großzügig und hilfsbereit, verbirgt sich hinter dieser netten Fassade eine knallharte Drohung.«

»Gute Arbeit, Anton.«

Und an Sabine gerichtet: »Und dein ehemaliger Mieter bestätigt diese Informationen?«

»Ja, mehr als das. Zuerst wollte er mit der Polizei nicht reden. Bei Anton hat er kurz zugehört und dann mit den Worten »Jahre zu spät« aufgelegt. Also bin ich zu ihm in die Bäckerstraße und habe einfach geläutet.«

»Deinem Charme kann offensichtlich niemand widerstehen.«

Lächelnd erklärte Sabine: »Nicht ganz, mein Lieber. Zuerst war er auch bei mir ein wenig bockig. Bis ich ihn vor die Alternative gestellt habe: Entweder er spricht mit mir, oder ich läute bei jedem Einzelnen seiner Nachbarn und brülle Herr Speckbacher, Polizei, sofort aufmachen!«

»Nicht gerade freundlich, aber wirksam.«

»Ja, freundlich war ich erst, als er die Tür aufmachte. Anfangs meinte er noch ein wenig beleidigt, meine Vorgehensweise würde an Erpressung grenzen, aber dann bat er mich doch herein und war letztendlich dankbar, dass ihm jemand zuhörte. Ein echter Gentleman und für uns ein Glückstreffer. Der Herr Andreas Speckbacher ist pensionierter Logopäde, sehr akribisch und hat über alles genau Buch geführt. Schau es dir selbst an. Er hat mir die alten Unterlagen mitgegeben.«

Während Michael Lenhart in dem mit gestochen scharfer Handschrift geführten und mit zahlreichen eingeklebten Fotos versehenen Notizbuch blätterte, fragte er: »Es tut zwar nichts zur Sache, aber wie kommt unser Logopäde vom vergleichsweise günstigen sechzehnten Bezirk in den exklusiven Ersten?«

»Die Wohnung im Ersten hatte er geerbt und die Mieteinnahmen als Zusatzpension genutzt. Jetzt bewohnt er diese Wohnung, um seine Fixkosten zu minimieren und näher bei Gott zu sein. Um es mit seinen Worten auszudrücken: Den Glauben an den Rechtsstaat habe ich verloren, jenen an Gott noch nicht. Von der Bäckerstraße hat er es nicht weit zur Jesuitenkirche.«

»Er hat sich also damals an die Behörden gewandt?«

»Ja, aber ohne Erfolg.«

»Er ist übrigens einer jener ehemaligen Mieter, die sich eine legale Waffe besorgt haben«, ergänzte Anton.

Nachdenklich stand Michael auf und fing wieder an, im Raum auf und ab zu gehen, das Notizbuch von Andreas Speckbacher in der Hand. »Was ist dein Eindruck, Sabine?«

»Perfide, kaltblütig und gerissen. Der Malik versteht es, nach außen hin großzügig und lammfromm zu erscheinen, während er gleichzeitig seine Gegner in Angst und Schrecken versetzt. Sieh dir die Details an. Da brennen plötzlich die Mistkübel im Hof, und die Malik'sche Hausverwaltung informiert die Polizei, entschuldigt sich für die Unannehmlichkeiten und montiert Feuermelder sowie eine neue Gegensprechanlage an der Haustüre. Und weil Herr Speckbacher als letzter Altmieter nicht ausziehen will, findet er in der Früh einen blutigen Schafskopf vor seiner Tür. Die Reaktion der Hausverwaltung: Wieder eine Anzeige bei der Polizei und ein neues Sicherheitsschloss für das Haustor.«

»Tote Gegner kann man nicht manipulieren, also ist es besser, sie zu besitzen«, bemerkte Michael.

»Nein, keiner der ehemaligen Mieter musste über die Klinge springen. Da hast du anscheinend etwas falsch verstanden.«

»Langsam, Anton. Unser Sherlock ist am Denken, und dazu nutzt er seine Zitate und Metaphern. Aber ich bin sicher, wenn seine grauen Zellen fertig sind, wird er uns an seinen Erkenntnissen teilhaben lassen.«

»Ja, Artemis, aber bei diesem Thema bist du eindeutig kompetenter. Mein diesbezügliches Wissen ist nur theoretischer Natur.«

Zunächst sah Sabine ihren Partner fragend an, dann verstand sie, worauf Michael hinauswollte. »Die Strategie der Assassinen. Die stille, aber allgegenwärtige Angst vor Attentaten. Ja, damit haben wir uns beim Jagdkommando ebenfalls beschäftigt. Meist mit der Abwehr, aber nicht nur.«

Frustriert war nun Anton aufgestanden und hatte angefangen in Lenhart'scher Manier auf und ab zu gehen. »Schön, und jetzt wäre ich dankbar, wenn ihr beiden Schlaumeier mich netterweise an eurem geistigen Puzzlespiel teilnehmen lasst.«

»Gern. Die Assassinen waren im Mittelalter eine Sekte, die ungefähr im Bereich des heutigen Syrien lebte. Ihr Markenzeichen waren Attentate, wobei sie vielmehr Meister der Drohung waren. Eine dieser Geschichten hat uns unser Ausbilder im Rahmen einer Feldübung, sagen wir, sehr praxisnah demonstriert. Anfang des zwölften Jahrhunderts wachte ein Sultan, den Namen habe ich vergessen, kurz nach der Thronbesteigung auf, und neben seinem Bett steckte ein Dolch im Boden. Angeblich hing an diesem Dolch ein Brief, in dem ihm mitgeteilt wurde, dass ein Dolch im harten Boden einem ebensolchen im weichen Fleisch doch sicherlich vorzuziehen sei. Zuvor hatte der Sultan die Unterhändler der Assassinen brüskiert, und so waren sie zu Phase zwei übergegangen. Die Botschaft hinter dem Dolch: Dein Leben ist in unserer Hand, aber solange du tust, was wir wollen, passiert dir nichts. Das meinte Michael vorhin mit den toten Gegnern.«

»Alles klar. Darum gibt es auch keine verbalen Drohungen oder anonyme Brief, die bringen nichts. Ganz im Gegenteil, die machen nur Probleme, hinterlassen eine Spur. Schrift ist Gift. Unser Malik macht's wie die Assassinen. Nicht reden, das ist etwas für Schwächliche und zeugt von Unsicherheit oder Kompromissbereitschaft, sondern gleich zuschlagen.«

Sabine schüttelte frustriert den Kopf: »Das muss man dem Malik lassen, auf den ersten Blick, oder sagen wir, bei einer formalen Prüfung, ergibt sich ein vollkommen anderes, sauberes Bild. Selbst die Renovierung der Häuser hat termingerecht und ohne Beanstandungen seitens der Baubehörde stattgefunden.«

»Auf jeden Fall habt ihr tolle Arbeit geleistet.« Mit einem Blick auf seine Uhr meinte Michael: »Lassen wir es für heut genug sein.«

Verärgert meinte Anton: »Ausgerechnet aus deinem Mund klingt das fast wie aufgeben.«

»Nein, ganz im Gegenteil. In uns mag ein Gefühl von Ärger und Frustration aufkommen, ja, da gebe ich dir recht. Aber wir geben nicht auf. Allerdings müssen wir wieder Kraft tanken, Ruhe finden, und wenn wir diese Ruhe nicht in uns finden, ist es sinnlos, sie anderorts zu suchen.«

»Und womit willst du der Direktorin am Dienstag kommen? Die sagt doch sofort, die Suppe sei zu dünn und uns rennt die Zeit davon.«

»Keine Sorge, Anton. Ich weiß zwar noch nicht, wie wir es anstellen, aber ein Antigone-Schicksal wird uns erspart bleiben.«

»Was auch immer das schon wieder heißt. Deine Nerven möchte ich haben!«

Nach wie vor gelassen antwortete Michael: »Wir können uns unseres Mutes nicht sicher sein, solange wir uns nicht in Gefahr befunden haben.«

»Das mag sein, aber ich gehe lieber gut gerüstet in die Schlacht.«

»Du hast vollkommen recht, Anton. Aber deine erste Verpflichtung besteht gegenüber deinen Kindern und deiner Frau. Also ab nach Hause mit dir, und am Montag nehmen wir uns die beiden Vorstände des Sozialzentrums vor.«

Widerwillig stimmte Anton zu und begann die verstreuten Unterlagen zusammenzuräumen, während sich Michael still lächelnd um das Kaffeegeschirr kümmerte. »Okay, aber dann geht ihr beide auch nach Hause.«

»Nicht ganz«, entgegnete Sabine.

»Wir haben noch ein Date in neun Millimetern.«

Wieder gut gelaunt, meinte Anton: »Du wagst dich mit Sabine auf den Schießstand, Michael?«

»Ja, meine erste Runde im dynamischen Pistolenschießen. Netterweise mit einer ausgezeichneten und hoffentlich langmütigen Lehrerin.«

»Ob ich langmütig bin, hängt ganz von dir ab, Sherlock.«

»Du siehst, Anton, Mut ist, wenn man Todesangst hat und sich trotzdem in den Sattel schwingt.«

Das dynamische Schießtraining mit beweglichen, plötzlich auf- oder abtauchenden Zielen, bei denen man blitzschnell zwischen Freund und Feind unterscheiden musste, um dann aus den unterschiedlichsten Stellungen, von einhändig liegend bis beidhändig stehend, zu schießen, war für Michael neu. Als kleine Hilfe bekam er vom

Platzwart eine für Wettkämpfe getunte Glock im gewohnten Kaliber mit Kompensator, Leuchtpunktvisier und verlängertem Lauf. Derart aufgerüstet, hoffte Michael Lenhart vielleicht doch noch den Hauch einer Chance zu haben. Sabine Preiss blieb bei ihrer gewohnten 19er-Glock, ihrer Dienstwaffe.

Nach einer ausführlichen Einweisung inklusive der obligatorischen Sicherheitshinweise schoss Michael zwei Durchgänge ohne Zeitnahme und bei voller Beleuchtung, während Sabine nur ihre Waffe überprüfte und sich trotz des Schusslärms mit geschlossenen Augen vollkommen entspannt im Startbereich auf eine alte Couch setzte.

Nach diesen beiden Durchgängen und einigen Tipps des Platzwartes ging Michael als Erster an den Start. Etwas mehr als drei Minuten und fünfundvierzig Schuss später kam er verschwitzt und außer Atem ins Ziel.

Das Ergebnis war durchwachsen, wie der Platzwart freundlich meinte. »Sie haben nur sieben Mal das Ziel verfehlt und dreiundzwanzig Treffer in der Kernzone. Das ist nicht schlecht, aber zwei Ihrer Treffer haben Sie auf Freundscheiben erzielt, *friendly fire* nennt man das beim Militär, und für uns heißt das durchgefallen. Andererseits war es Ihr erstes Mal, und in Summe liegen Sie deutlich über dem Schnitt.«

»Da heißt es wohl üben.«

»Ja, bei Ihren Vorkenntnissen schätze ich, dass Sie nach rund zehntausend Schuss ganz passabel abschneiden könnten.«

»Und wie sieht es mit meiner Zeit aus?«, wollte Michael wissen.

»Die war sogar im oberen Mittelfeld. Wie gesagt, Sie sind kein schlechter Schütze. Ihnen fehlt nur die richtige

Übung. Es ist eben ein Unterschied, ob man in Ruhe auf unbewegliche Scheiben schießt oder, so wie hier, bei wechselndem Licht auf bewegliche Ziele.«

Michael wischte sich den Schweiß von der Stirn: »Na, dann wollen wir mal sehen, wie es Sabine ergeht.«

Der Platzwart lachte und wandte sich dem Steuerungspult zu. »Machen Sie sich auf etwas gefasst!«

Als die Hallenbeleuchtung ausging und nur noch einzelne Lampen ein flackerndes Licht warfen, stand Sabine Preiss auf, lockerte die Schultern und nickte leicht in Richtung Ziel- und Überwachungsraum. Was dann folgte, hatte für Michael etwas Surreales. Jede ihrer Bewegungen war von einer ruhigen Geschmeidigkeit. Ob sie schoss, sich bewegte oder nachlud, bei ihr gab es keinerlei Hektik, alles war wie im Fluss. So hast du das natürlich nicht gemeint, Heraklit, aber wenn du Sabine jetzt sehen könntest, würdest du mir womöglich zustimmen, *panta rhei*, dachte Michael Lenhart.

Zwei Minuten, sieben Sekunden später stand Sabine im Ziel, entlud vorschriftsmäßig ihre Waffe und legte sie beiseite. Sie war kaum außer Atem und warf nur einen fragenden Blick in Richtung Trefferanzeige.

»Vierundvierzig von fünfundvierzig, aber vier Sekunden über deiner Bestmarke«, sagte der Platzwart.

»Wo habe ich danebengeschossen?«, fragte Sabine.

»Ausgerechnet beim Leichtesten, dem Achten, beidhändiger Anschlag, zwölf Meter, da hast du die Kernzone knapp nach links verfehlt. Vielleicht zwei bis drei Zentimeter.«

»Aber du hast das Ziel doch getroffen, wenn auch nicht in der Kernzone. Also müsste es fünfundvierzig von fünfundvierzig heißen?«, meinte Michael.

»Sicher, bei jedem anderen, aber Sabine zählt nur die Kerntreffer«, antwortete der Platzwart.

»Verstehe, du willst fünfundvierzig von fünfundvierzig in unter zwei Minuten?«

»Gut erkannt, Sherlock.«

»Sabine hat dem Rest der Welt zwölf Sekunden und vier Treffer voraus«, ergänzte der Platzwart. »Allerdings bauen wir den Parcours regelmäßig um. Dadurch sind die Zeiten nicht wirklich vergleichbar. Aber das spielt keine Rolle, sie ist ohnehin eine Klasse für sich.«

Aus dem Augenwinkel sah Michael, wie Sabine währenddessen eine imaginäre Pistole zog, in den beidhändigen Anschlag ging und das achte Ziel nachstellte. Wieder und wieder.

Mit einem Nicken in Richtung Sabine meinte der Platzwart: »Das macht sie immer. Sie kommt mindestens zweimal die Woche, schießt drei bis vier Durchgänge und geht jeden Fehlschuss nachher nochmals im Kopf durch, so wie Skifahrer einen Riesenslalom.«

»Aber der Wechsel zwischen Freund- und Feindscheiben ist doch jedes Mal anders«, meinte Michael verblüfft.

»Ja, das macht es auch kniffliger als Stangenfahren«, antwortete der Platzwart grinsend.

»Und wer kommt Sabine am nächsten?«

»Abgesehen von den wenigen echten Topschützen in Uniform, ein Anwalt. Der trainiert ebenfalls unablässig, und das seit Jahren.«

»Und einsam an der Spitze Sabine. Ein Hidden Champion.«

»Wenn Sie damit meinen, dass sie im Verborgenen wirkt, haben Sie recht. Bis jetzt ist es noch niemanden gelungen, sie zu einer Wettkampfteilnahme zu überreden.«

»Das wird auch so bleiben«, mischte sich Sabine in das Gespräch ein. »Meinen letzten Wettkampf habe ich beim Bundesheer geschossen. Wegen einer verlorenen Wette.«

»Ich habe den Eindruck, für dich hat der Kampfsport, egal ob bewaffnet oder unbewaffnet, eher etwas Meditatives. Wie beim japanischen Kyudo.«

»Gut erkannt, Michael. Um zu treffen, musst du fokussiert und vollkommen ruhig sein.« Auf ihren Kopf deutend fügte sie hinzu: »Selbst beim Thai-Boxen oder Krav Maga entscheidet sich hier Sieg oder Niederlage, zumindest ab einem gewissen Niveau.«

Ein wenig nachdenklich und gleichzeitig fasziniert musterte Michael seine Partnerin, ehe er unvermittelt die Augenbrauen hob und meinte: »So ganz stimmt das mit deiner Wettkampfallergie allerdings nicht. Unser kleines Fernduell vorhin, das war doch auch eine Art Wettkampf.«

Mit vor der Brust verschränkten Armen lachte Sabine: »Bei aller Liebe, Sherlock, ist das dein Ernst?«

Ein wenig verlegen meinte Michael: »Auch ein Rennen zwischen Gepard und Hauskatze könnte man als Wettkampf bezeichnen, wenn auch als ungleichen.«

»Na dann, mein Kater, gib dem Platzwart die Leihwaffe zurück und lass uns gehen. Ich habe Hunger.«

Sonntag, 20.10 Uhr, Ukkel, Avenue Blücher, Brüssel

Elias Malik rieb sich die Augen und schob seinen Laptop beiseite. Der Kiefer schmerzte zwar noch, aber die Schwellung war bereits deutlich zurückgegangen. Er empfand die Operation in erster Linie als lästig, mehr nicht. Außerdem kam ihm die Verschiebung gelegen. Sie gab ihm mehr Zeit für weitere Vorbereitungen.

Am Vormittag hatte er mit seinem kleinen Sohn noch ein wenig im Garten gespielt und mit der Landschaftsarchitektin den geplanten Abenteuerspielplatz inklusive Baumhaus, Rutsche und Klettergerüst besprochen. Seit einem Nickerchen nach dem Mittagessen hatte Elias Malik jedoch seinen Schreibtisch im Arbeitszimmer nur für den Gang zur Toilette verlassen und war konzentriert alle Unterlagen, Pläne und Kalkulationen durchgegangen.

Mit dem Ergebnis war er zufrieden. Sehr zufrieden sogar. Alles lief wie gewünscht. Er überlegte, ob es Zeit für einen Cognac wäre, und kam zu dem befriedigenden Entschluss, dass die Heilung seines Kiefers ohnehin gut verlief und er sich diese Belohnung nach dem arbeitsreichen Nachmittag verdient hatte.

Für einen Augenblick schwankte er zwischen einem Hennessy Paradis Impérial und einem Courvoisier L'Essence de Courvoisier und griff schlussendlich zu Letzterem, der eleganten Flasche wegen.

Zufrieden dachte er an den tadelnden Blick seines Vaters, als dieser ihn zum ersten Mal besucht und die gut sortierte Hausbar im Herrenzimmer entdeckt hatte. Ebenso an dessen verschmitztes Lächeln, als ihn Elias auf die stets griffbereite Flasche Arak im nicht ganz so geheimen Fach des väterlichen Schreibtisches hinwies. Schlussendlich hatte er damals zusammen mit seinem Vater einen Drink genossen. Der Abu den gewohnten Arak, er selbst einen Single Malt. Aber das war Jahre her, und damals war der Abu noch deutlich rüstiger gewesen.

Mit dem Cognac in der Hand ging Elias Malik ins angrenzende Wohnzimmer, legte ein Buchenscheit in die Glut des offenen Kamins und genoss das wärmende Gefühl des ersten Schlucks. Mit einem gewissen Stolz ließ er den Blick über seine Handschriftensammlung an der Längsseite des Wohnzimmers gleiten. Nach einem kurzen Zögern griff er sich eine dünne Ledermappe mit seiner letzten Eroberung. Eine Briefsammlung von Zar Alexander II. und dessen junger Geliebten Katja aus dem neunzehnten Jahrhundert.

Diese Briefe waren vor einiger Zeit versteigert worden, und der neue Eigentümer wollte sich ursprünglich nicht wieder davon trennen. Schlussendlich überzeugten ihn zwei Mitarbeiter von Elias Malik nachdrücklich von der Notwendigkeit eines Verkaufs zum Rufpreis. Womit wiederum bewiesen war, dass Angst und Schmerz die Prioritäten mitunter schlagartig ändern. »*Ta chère lettre de ce matin m'est parvenue à l'heure ordinaire, en me remplissant de soleil, mais je n'ai pas pu me remettre de suite à t'écrire, chère*«, las Elias Malik laut und in akzentfreiem Französisch die ersten Zeilen, bevor er plötzlich innehielt und die Mappe beiseitelegte.

Ihm war die Lösung für seine Ideen die Holding betreffend eingefallen. Zurück an seinem Schreibtisch, ging er die Unterlagen sicherheitshalber noch einmal durch, machte sich ein paar Notizen und griff zum Telefon.

»Nun, Bruderherz, hast du deinen Junior ins Bett gebracht?«, erkundigte sich ein offensichtlich gut gelaunter Gabriel Malik.

»Nein, ich habe den Kleinen mit seiner Mutter und dem Kindermädchen in die Stadtwohnung geschickt. Außer der Haushälterin ist niemand da. Ich wollte am Nachmittag ungestört arbeiten. Wie sieht's bei dir aus?«

»Mein Wochenende war arbeitsfrei und für einen Single, sagen wir, standesgemäß.«

»Eine neue Eroberung?«

»Ja, meine Privattrainerin hat mich die Feinheiten ihres perfekt trainierten Beckenbodens spüren lassen.«

»Du scheinst ja ganz begeistert zu sein. Zum Schluss wird vielleicht doch noch ein Familienmensch aus dir.«

»No way, Bruderherz. Da muss ich dich enttäuschen. Die Kleine ist zwar biegsam wie eine Schlange und überaus willig, aber bereits Geschichte.«

»So schnell?«

»Leider ja. Sie hat mich nach ein paar Nummern Liebling genannt. Das kann ich nicht tolerieren.«

Kopfschüttelnd bemerkte Elias: »Na, dann werden dich bei deinem nächsten Training aber zwei böse Augen verfolgen.«

»Sicher nicht! Wofür hältst du mich?«

»Du wirst doch wegen dieser Affäre nicht das Center wechseln?«

»So weit kommt's noch! Die Kleine ist weg vom Fenster, auch wenn sie es selbst noch nicht weiß. Ich habe mit dem Clubmanager telefoniert und ihm mitgeteilt, dass ich seit dem letzten Training mit ihr einen Wertgegenstand vermisse. Die ist schon so gut wie gefeuert und wird keinen der besseren Clubs mehr von innen sehen.«

»Nicht gerade nett.«

»Wir haben es nicht so weit gebracht, weil wir nett sind.«

»Dass ausgerechnet du unseren Abu zitierst.«

»Warum nicht, manchmal hat auch der Alte recht. Aber ich vermute, du hast nicht angerufen, um über meine Bettgeschichten zu plaudern.«

»Nein, ich habe mir die Unterlagen, speziell den Vorschlag von Freidmann, die PCC auf Guernsey betreffend, angesehen. Vater ist einverstanden, und mir scheint diese Kombination aus Anonymität und dem Verzicht auf jegliche Berichtspflicht ideal.«

»Ja, das muss man dem Wiener Paragrafenreiter lassen, die Lösung ist gut. Aber worauf willst du hinaus?«

»Ich versuche, die durch meine Zahnoperation verlorene Zeit aufzuholen. Der Papierkram inklusive aller Verträge ist fertig und ich will mich kommende Woche bei unserem Treffen nicht mit administrativen Dingen aufhalten. Speziell wenn ich daran denke, wie ungeduldig unser Abu in letzter Zeit geworden ist. Freidmann soll alles stehen und liegen lassen, sich morgen in den Flieger setzen, erst zu mir nach Brüssel, anschließend zu dir in die City kommen und alles abwickeln. Dann brauchen wir uns am Freitag nicht mehr damit zu beschäftigen.«

»Gute Idee, Bruderherz, und wenn ich an das leidende Gesicht vom Freidmann denke, umso mehr.«

Elias Malik nahm einen Schluck Cognac und meinte trocken: »Der soll sich nicht beschweren, wenn er ein bisschen herumfliegen muss. Schließlich ist er mit uns reich geworden.«

»Wie ich schon sagte, wir haben es nicht so weit gebracht, weil wir nett sind. Aber die Planänderung musst du unserem Abu verkaufen. Ich will mir nicht den Abend verderben.«

»Kein Problem. Das mache ich schon.« Und einer Intuition folgend fügte er hinzu: »Hast du dir schon etwas wegen der Entschuldigung überlegt?«

Erstaunlich ruhig antwortete der sonst so jähzornige Gabriel: »Einen alten Esel kann man nicht mehr ändern. Was soll's, die Zeit arbeitet ohnehin für uns. Ich werde den braven Sohn mimen, um Verzeihung bitten und die Minuten zählen, bis ich wieder im Flieger zurück nach London sitze. Außerdem habe ich am Samstag ein Date mit einer jungen Analystin von FM-Global, ein paar Stockwerke unter mir. Sagenhaft, Beine bis in den Himmel! Dieser Gedanke wird mich die Predigt unseres Abu leichter ertragen lassen.«

»Du bist unverbesserlich!«, gab Elias zurück.

»Ach was, ich bin Single und genieße das Leben. Solltest du auch wieder einmal ausprobieren, Bruderherz.«

»Danke, das habe ich hinter mir, Gabriel. Dann bis Freitag.«

»Ja, aber wir werden uns vorher sicher noch ein paarmal hören. Ich rufe dich voraussichtlich Mitte der Woche wegen des Greentech21-Projekts in Algerien an.«

»So schnell?«, wunderte sich Elias. »Ist das die Neuauflage der Green Tomorrow Solutions?«

»Ja, es ist schneller gegangen als gedacht. Ich habe so gut wie alles zusammen. Von den Zertifikaten über die Förderzusagen und Haftungen bis hin zur Abwicklung, um nicht zu sagen Abfackelung durch unsere lokalen Freunde.«

»Sehr gut, dann haben wir auch ein Thema, bei dem sich unser Abu mit seinen alten Geschichten aus der Heimat austoben kann.«

»So ist es, see you!«

Wer hätte das gedacht?! Besser konnte es für ihn im Grunde nicht laufen. Zufrieden gönnte er sich einen zweiten Cognac.

Montag, 6.15 Uhr, Felix-Dahn-Straße, Wien

Das stille Ritual zweier Körper, die, im Schlaf getrennt, sich am Morgen nochmals beschnuppernd umarmen, fiel aus. Das Bett an seiner Seite war leer. Doch die Enttäuschung währte nur kurz. Sabine stand nackt in der Tür, im Gegenlicht des frühen Morgens, in der Linken zwei Tassen Kaffee, in der Rechten ein Tablet.

»Schon munter, Sherlock?«

»Nein, ich bin noch gefangen in Morpheus' Armen. Du kommst darin vor. Diesmal als Aphrodite mit einem Computer anstelle des goldenen Apfels.«

»Dann träume weiter und hör zu«, erwiderte Sabine mit einem triumphierenden Lächeln, reichte Michael einen Kaffee und legte sich zu ihm ins Bett.

»Ich habe den Schlüssel zu unserem Fall gefunden.«

»Ich bin ganz Ohr.«

»Die Idee kam mir vorhin auf der Toilette. Ich bin zurück zum Anfang gegangen, und das war in meinem Fall das Telefonat mit dem maltesischen Gegenstück unseres vermissten Walter Denk, Antonio Casar. Der Mann hatte Angst und sprach immer nur von einem allgemeinen Kontakt im Rahmen einer Konferenz in Frankfurt. Aber warum hat er ausgerechnet Frankfurt immer wieder erwähnt? Seit ein paar Minuten weiß ich es: nicht etwa, weil die sich dort regelmäßig treffen, sondern weil die nächste Konferenz der EU-Finanzfahnder in Frankfurt stattfindet.«

»Ein versteckter Hinweis auf eine unverfängliche Kontaktaufnahme. Du bist ein Genie, Sabine!«

»Danke für die Blumen, Sherlock. Sieht so aus, als hätte der gute Antonio etwas für uns.«

»Ja, wann fährst du?«

»Du willst, dass *ich* mit ihm rede?«

»Selbstverständlich! *Dein* Kontakt, *dein* Geistesblitz. Also: Wann fährst du?«

»Morgen, die erste Maschine geht um sieben Uhr zehn.«

»Schon morgen?«

»Ja, aber jetzt kommt der mühsame Teil. Frankfurt ist eine Auslandreise. Allein die Anträge dafür sind ein Fulltime-Job und werden im Ministerium die Runde machen.«

»Nicht unbedingt.« Mit ernster Miene fuhr Michael fort: »Als dein Vorgesetzter bin ich über einen derartig kurzfristigen Urlaubsantrag nicht erfreut, nehme ihn aber zur Kenntnis. Viel Vergnügen und gute Reise. Praktisch, oder?«

»Ich soll also alles privat bezahlen?«

»Ja, für den Moment, und anschließend abrechnen. Ich bin sicher, Anton wird dir mit Vergnügen bei der Bürokratie helfen. Außerdem ist es besser, wenn du fährst und nicht fliegst.«

»Die Datenspur, ich verstehe. Leihst du mir dein Auto, oder soll ich einen Mietwagen nehmen?«

»Du kannst gerne meinen Wagen haben. Kilometerstand mitschreiben sollte genügen.«

»Und was wird die Frau Direktor sagen, wenn ich bei ihrem Inquisitionsgericht durch Abwesenheit glänze?«

»Keine Ahnung, ich erzähle es dir nach deiner Rückkehr. Außerdem werde ich noch mit Thomas Berger vom Finanzministerium reden. Ich habe eine Idee, wie wir Antonio in Malta unauffällig über dein Kommen informieren können. So, und jetzt lass uns frühstücken!«

Während die beiden gut gelaunt ihr Frühstück genossen, saß Josef Freidmann missmutig am Wiener Flughafen und fragte sich wieder einmal, ob er sich diese Arbeit als Laufbusche tatsächlich noch länger antun sollte. Bis Mitternacht hatte er alle Unterlagen auf den letzten Stand gebracht und war bereits um fünf Uhr früh wieder aufgestanden, um den Flug nach Brüssel um sieben Uhr fünf zu erwischen. Wenigstens blieb ihm als Businessclass-Reisender die Genugtuung des neidvollen Defiliermarsches der Holzklassenpassagiere.

Dafür, dass er so plötzlich schon wieder umbuchen musste, gönnte er sich auf Kosten des Malik in Brüssel eine Suite im Hotel Manos Premier. Nach London zu Gabriel Malik wollte er am Dienstag fliegen, es sich im London Edition in Soho gemütlich machen und erst am Mittwoch die Heimreise nach Wien antreten. Wenn die Maliks ihn schon dermaßen herumscheuchten, hatte er sich in seinen Augen ein wenig zusätzlichen Luxus durchaus verdient.

Im D-Trakt erwartete Michael Lenhart und Sabine Preiss ein hoch motivierter Anton Steinbach.

»Hallo zusammen, und danke für die tolle Nachricht! Jetzt haben wir tatsächlich eine Spur. Außerdem habe ich dir bereits ein Zimmer in Frankfurt gebucht.«

»Danke, Anton, du bist ein Schatz! Aber bevor ich mich nach dem Mittagessen auf die Reise mache, muss ich mich noch vorbereiten. Die Zeit ist ohnehin knapp.«

»Aber wir haben doch alles, oder auch nichts, je nachdem wie man es nimmt. Wie willst du dich da vorbereiten?«, wollte Anton wissen.

»Sabine nimmt sich ein Beispiel am vermissten Walter Denk und macht sich noch in Bezug auf ihren Gesprächspartner Antonio Casar ein wenig schlau.«

»Verstehe, und wie machen wir weiter, Michael?«

»Mit den beiden Vereinsvorständen.«

Sich die Hände reibend erwiderte Anton: »Sehr gut! Das habe ich mir schon gedacht und bereits angefangen, im zentralen Personenstandsregister zu wühlen. Aber weit bin ich noch nicht gekommen.«

Während sich Sabine in ihr Zimmer zurückzog, meinte Michael kopfschüttelnd: »Staunen ist der erste Grund der Philosophie.« Auf den fragenden Blick von Anton hin erklärte er: »Dein Eifer ist bewundernswert und macht mich staunen. Mehr wollte ich damit nicht sagen.«

»Und um das zu sagen, brauchst du deine Philosophen?«

»Eine schlechte Angewohnheit, bitte verzeih. So, und jetzt an die Arbeit. Willst du auch einen Kaffee?«

»Gern! Wenn man vom eigenen Chef bedient wird, macht die Arbeit gleich noch mehr Spaß!«

Die nächsten Stunden wühlten sich die beiden durch alle möglichen Listen und Akten. Vom zentralen Personenstandsregister, das entgegen den Jubelmeldungen alles andere als komplett war, über das ebenfalls nur dem Namen nach zentrale Melderegister bis hin zu den Einreise-, Einbürgerungs- und sonstigen Akten der beiden Malik-Mitarbeiter im Außen-, Innen und Verteidigungsministerium.

Sabine schaute gegen zwölf Uhr bei ihren Kollegen vorbei und sah die beiden nach wie vor gut gelaunt und in die Arbeit vertieft. Sie küsste Michael auf den Kopf, drückte Anton die Schulter und verabschiedete sich mit: »Hunt and gather. Bin in einer halben Stunde zurück. Ihr könnt schon mal den Tisch decken und ausgiebig lüften.«

Anton sah ihr zufrieden grinsend nach, öffnete den nächsten Aktendeckel und erstarrte. »Ich will verdammt sein! Langsam, aber sicher haben wir dich bei den Eiern, Malik!«

»Bist du auf eine Goldader gestoßen?«

»Ja. Du wirst es nicht glauben, aber ich habe hier vor mir die Korrespondenz zwischen unserem Außenministerium und der marokkanischen Botschaft aus dem Jahre Schnee. Daraus geht eindeutig hervor, dass unser Rami Timoumi ursprünglich Amir Malik hieß und der Sohn von Maliks jüngster Schwester ist. Unser Malik ist also sein Onkel.«

»Sehr schön, *family business*! Vermute, beim zweiten im Bunde, dem Herrn Kabir Cheqara, dürften wir ebenfalls auf eine Namensänderung und ein Verwandtschaftsverhältnis stoßen.«

»Sieht so aus. Jetzt, wo ich weiß, wonach ich suchen muss, geht's ruckzuck, lass mich nur machen.«

Ein paar Minuten später wurde Anton auch hier fündig. »So, da haben wir es schwarz auf weiß: Kabir Cheqara hieß früher Ibrar Malik und ist ebenfalls ein Neffe des Malik. Diesmal ist es ein Sohn seiner älteren Schwester.«

»Sehr gut, Anton! So, und jetzt sorgen wir befehlsgemäß für frische Luft und richten alles für das Mittagessen her.«

Sabine kam fast auf die Minute genau nach einer halben Stunde zurück und freute sich über frische Luft und einen schön gedeckten Tisch. Selbst ein Tischtuch hatten die beiden Männer nicht vergessen.

Als sie ihr beim Auspacken halfen, meinte Michael erstaunt: »Ich wusste nicht, dass das Buxbaum auch auf Catering eingestellt ist.«

»Sind sie auch nicht, außer man kennt den Chef. Und nachdem ich nicht weiß, was mich kulinarisch in Frankfurt erwartet, vielleicht, Gott behüte, ein Wienerschnitzel mit Tunke, habe ich beschlossen, uns heute ein wenig zu verwöhnen. Als Vorspeise gibt es geflämmte Lachsforelle oder Beef Tatar und als Hauptspeise ein Risotto mit Petersilienwurzel und Graumohn oder ein Buxbaum-Reisfleisch mit Pimentos und Lauch.«

Beim Kaffee musterte Sabine ihre Kollegen. »Ihr beide habt doch etwas zu verbergen? Seid ihr fündig geworden?«

»Ja. Die beiden Vereinsvorstände und Vertrauten des Malik sind in Wahrheit seine Neffen. Sie haben bei der Einreise beziehungsweise Einbürgerung ihre Namen geändert. Kabir Cheqara hieß ursprünglich Ibrar Malik und Rami Timoumi Amir mit Vornamen.«

Sabine lachte: »Amir, das ist schon fast hölzernes Holz.«

»Inwiefern?«

»Amir bedeutet auf Arabisch Befehlshaber, auf Persisch Prinz und auf Hebräisch Baumwipfel. Ein Möchtegernverehrer an der Universität hielt sich für einen Märchenprinzen und wollte mir seinen persönlichen Wipfel zeigen, daher kenne ich den Namen und seine Bedeutung.«

»Und?«, wollte Michael lächelnd wissen.

»Kein und. Ich habe ihm gesagt, wenn sein Wipfel in meiner Gegenwart aus der Hose springt, braucht er für den Rest seines Lebens einen künstlichen Harnausgang.«

»Nicht gerade charmant, meine Liebe.«

»Mag sein, wirksam war es dafür allemal. Ich kann dumme Anmachsprüche nicht ausstehen. Sie sind entwürdigend. Für mich und für die Männer, aber Letztere scheinen das meist nicht zu erkennen. So, jetzt muss ich mich aber auf den Weg machen. Wien–Frankfurt im Auto ist kein Katzensprung.«

Wie auf Kommando eilte Anton Steinbach in sein Zimmer und kam mit einer Handvoll Papiere zurück. »Ich schätze, die alte Kiste von Michael hat kein Navi. Ich habe dir die Route, einen Übersichtsplan von Frankfurt und die Hotelreservierung ausgedruckt. Hier, bitte. Gute Fahrt.«

»Du bist ein Goldstück, danke!«, erwiderte Sabine und griff nach ihrer Pistole.

Anton zuckte zusammen und wurde schlagartig weiß im Gesicht, bevor er sich ebenso schnell wieder entspannte. »Für einen Augenblick hatte ich ehrlich Angst.«

»Tut mir leid. Das war nicht meine Absicht. Hier, leg meine 19er und das Reservemagazin in den Tresor. Ich will in Deutschland keine Diskussionen.«

Während sich Sabine Preiss auf den Weg machte, sichteten ihre beiden Kollegen die Unterlagen und fingen an, eine Zusammenfassung der Ermittlungsergebnisse für das morgige Stelldichein mit der Direktorin zu erstellen.

»Michael, was meinst du, wird uns die Chefin in ihr Büro zitieren oder plötzlich bei uns vor der Türe stehen?«

Michael Lenhart strich sich über das Kinn: »Nachdem die Frau Direktor meint, uns zu überraschen, wird sie uns samt ihrem Gefolge mit einem Besuch beehren. So würde ich es auf jeden Fall machen.«

»Verstehe, damit wir uns nicht vorbereiten können. Und wie, meinst du, sieht ihr Gefolge aus?«

»Gute Frage. Meines Wissens hat unsere Chefin, wie du sie nennst, vergleichende Literaturwissenschaft und Psychologie studiert, ist also keine ausgewiesene Juristin. Daher dürfen wir davon ausgehen, dass sie als erfahrene Politikerin einen solchen mitbringt. Ich tippe auf ihren Büroleiter. Der scheint mir über alle notwendigen Qualifikationen zu verfügen: Er hat Rechtswissenschaften studiert, wurde von ihr persönlich auf diesen Posten gesetzt, und sein Parteibuch hat dieselbe Farbe wie ihres. Dazu noch eine Assistenz für das Protokoll und ein Fahrer. Weil der beim Wagen bleibt, schätze ich also, wir sollten uns auf ein Triumvirat einstellen.«

»Also drei.«

»Davon dürfen wir wohl ausgehen, ja.« Nach einem Blick auf seinen Laptop ergänzte Lenhart: »Thomas hat gerade geschrieben. Mal sehen, wie und wo er den Hinweis auf Sabines Besuch in Frankfurt versteckt hat.«

Er öffnete die Mail:

Dear colleagues,

as Walter Denk cannot attend the conference in Frankfurt this week, I shall take part in his place. We are looking forward to a productive meeting and a lively exchange of ideas.

With best regards

Dr. Thomas Berger
Sektionsleiter
Bundesministerium für Finanzen
Republik Österreich

Zufrieden druckte Michael Lenhart die Mail aus und legte sie zu den Denk-Akten. Woraufhin Anton sie nahm und nochmals genau durchlas. »Mein Englisch ist zwar nicht perfekt, aber wenn ich die Mail richtig übersetze, ist der Hinweis auf Sabines Kommen in dem Wörtchen ›wir‹ versteckt, habe ich recht?«

»Ja, eine kurze Nachricht in einfachem Englisch mit einem kleinen Fehler. Und wie du am Verteiler sehen kannst, ist die Mail nicht nur an Antonio Casar auf Malta gegangen, sondern an alle Teilnehmer der Konferenz. Was für die einen eine höfliche Ankündigung ist, ist für den anderen ein Wink. Hoffen wir, dass unser unbekannter Freund auf Malta ihn versteht.«

»Wird er schon«, meinte Anton, »schließlich wartet der ja nur auf ein Signal unsererseits. Aber nun weiter im Text. Wann kommt Hans von der Suchtmittelkriminalität?«

Michael warf einen Blick auf die Uhr: »In rund einer Stunde. Wir haben also noch Zeit für einen Spaziergang.«

Mit flotten Schritten gingen die beiden über den Kohlmarkt und den Graben in Richtung Stephansplatz, schummelten sich an den Horden kostümierter Kartenverkäufer vorbei und marschierten über die Wollzeile zum Stadtpark.

Dankbar, einen Zuhörer zu haben, erzählte Anton mit Stolz vom ersten Gitarrenkonzert seines achtjährigen

Sohnes und den Diskussionen beim Elternabend, ob denn Schulwandertage angesichts all der Pollen und Zecken nicht zu gefährlich wären.

»Scheint so, als fürchteten die Lehrer verklagt zu werden, wenn sich ein Kind die Knie aufschürft oder niesen muss?«

»Genau, Michael! Die haben Angst vor amerikanischen Zuständen. Ich warte ja nur noch darauf, dass auch bei uns Waschmaschinen mit dem Warnhinweis ›Nur für Wäsche, nicht für Kinder und Haustiere geeignet‹ ausgeliefert werden. Wenn du mich fragst, die Welt wird immer verrückter.«

Wie immer gut gelaunt, meinte Michael: »Das scheint mir eine menschliche Konstante zu sein, Anton. Der Irrsinn ist bei Einzelnen etwas Seltenes, aber bei Gruppen, Parteien und Zeiten die Regel.«

»Mag ja sein«, erwiderte Anton, »aber ich habe mich mit diesem Irrsinn hier und heute herumzuschlagen. Ich meine, das müsste sich doch alles irgendwie regeln lassen.«

»Ich fürchte, nein. Regeln würden alles nur noch schlimmer machen. Sie sind meist zu komplex, realitätsfremd und verantwortungslos. Bei ihnen fehlt fast immer *the skin in the game,* die persönlich zu tragende Konsequenz, nicht nur bei jenen, die sich nicht an diese Regeln halten, sondern auch für jene, die diese Regeln erfinden. Aber gegen eine moderne Form des Codex Hammurapi hätte ich nichts einzuwenden.«

»Bei den Regeln stimme ich dir zu, aber zu diesem Kodex hätte ich gerne eine kurze Vorlesung, Herr Professor.«

Gemütlich weiterschlendernd erklärte Michael: »Der Kodex hat seinen Namen von einem babylonischen König und stammt, wenn ich mich richtig erinnere, aus dem achtzehnten Jahrhundert vor Christus. Er besteht aus einem theologischen, einem politisch-historischen und einem ethisch-moralischen Teil und umfasst rund achttausend Worte. Wenn du einmal nach Paris kommst, schau ihn dir an, der Kodex ist in Form einer fast viertausend Jahre alten steinernen Stele im Louvre ausgestellt.«

Lachend erwiderte Anton: »Na super, und jetzt stell dir einmal vor, die EU wollte so einen Text erstellen. Die bräuchten schon für die Zusammenstellung der Auswahlkommission mindestens ein Jahrhundert, und allein das Vorwort hätte nicht achttausend Wörter, sondern achttausend Seiten, pro Sprache wohlgemerkt.«

»Da kann ich dir nicht widersprechen, aber wir sollten uns wieder auf den Rückweg machen. Ich will nicht, dass Hans unnötig warten muss.«

Zurück im D-Trakt, hatten die beiden gerade noch genug Zeit, den Mail-Eingang zu überprüfen, als auch schon Hans Tilly vor der Tür stand.

»Nun, Hans, wie sieht es bei euch aus? Gibt es Neuigkeiten?«

»Ja, aber wo habt ihr meinen Engel gelassen?«

»Deine Traumfrau hat ein Date. Du wirst heute mit uns vorliebnehmen müssen.«

»Na, hoffentlich ist es ein dienstliches und kein privates Date.«

»Rein dienstlich.«

»Sehr gut, dann kann ich ja weiterträumen und hoffen.«

»Die Hoffnung ist ein Wachtraum, Hans.«

Mit frischem Kaffee aus der Küche kommend unterbrach Anton den Vorzimmerdialog der beiden: »Servus, Hans, wollt ihr hier an der Tür Wurzeln schlagen?«

Im Wohnzimmer kamen die drei schnell zum Thema.

»Die Sache mit der Razzia hat wie erwartet hohe Wellen geschlagen, und die ersten Ausläufer davon sind auch bei uns angekommen. Möglicherweise hängt auch die Ermordung unseres verdeckten Ermittlers in Graz damit zusammen.«

»Bist du sicher, dass er ermordet wurde?«

»Ja. Du weißt selbst, wenn sich Verdeckte dreimal nicht zum vereinbarten Zeitpunkt melden, muss man vom Schlimmsten ausgehen. Aber es kommt noch dicker: Es sind zwei Finger von ihm aufgetaucht, und ich nehme nicht an, dass er die freiwillig hergegeben hat.«

»Sind euch die Finger zugespielt worden?«, fragte Michael.

»Nein, wir haben keine blutige Post bekommen, falls du das meinst. Die Finger sind in Graz aufgetaucht. Ein Informant hat uns einen Tipp gegeben. Einer unserer nordafrikanischen Kunden hat sie eines Morgens in seinem Briefkasten gefunden, schweigt aber ansonsten wie ein Grab. Wir können ihm nichts nachweisen. Aber das ist noch nicht alles. In der Szene herrscht ziemliche Unruhe. Ein anderer Marokkaner ist seit ein paar Tagen spurlos verschwunden, und in Wien und München sind ebenfalls Finger aufgetaucht, allerdings stammen diese nicht alle von unserem Kollegen, sondern der Pigmentierung nach auch von einem Herrn aus Zentralafrika.«

»An wen sind diese Finger gegangen? Weiß die Münchner Polizei mehr?«

»Ja, dieselbe Handschrift, allerdings mit anderen Adressaten. Diesmal waren die Empfänger Nigerianer, sowohl in München als auch bei uns in Wien.« Frustriert fügte Hans hinzu: »Wenigstens bekommen wir im Moment ziemlich viele Tipps. Wie es aussieht, macht Angst gesprächig. Aber das hilft uns im Moment nicht weiter.«

»Gibt es sonst noch Auffälligkeiten?«, hakte Anton nach.

»Schwer zu sagen. Im Moment ziehen alle die Köpfe ein, und von den Kollegen in Rumänien haben wir noch nichts bekommen. Es heißt, die Tatortermittlungen wären noch nicht abgeschlossen. Dafür ist den Ungarn, dank Kommissar Zufall, ein Fisch ins Netz gegangen. Auf der Autobahn M1 Richtung Wien fiel einer Zivilstreife ein rumänischer Kleinlaster auf, dessen Insassen für einen gestrandeten Mercedes-S-Klasse-Fahrer den Reifenwechsel übernahmen. Sie riefen Verstärkung, durchsuchten die Autos und fanden ein nettes Arsenal an illegalen Waffen, Bargeld und gefälschten Kreditkarten. Eine Abfrage bei Interpol ergab, dass alle einschlägig vorbestraft waren, unter anderem wegen Cannabis. So viel zur noch laufenden Tatortermittlung in Timisoara und der Unterstützung aus Rumänien.«

»Scheint so, als wäre die Rachemission der Rumänen an einem Autoreifen geplatzt«, stellte Anton fest.

»Zumindest sieht es im Moment so aus.«

»Und die Finger in Graz sprechen im Grunde gegen eine Beteiligung des Malik. Ich meine, warum sollte er seine eigenen Leute in Angst und Schrecken versetzen?«

»Stimmt. Die Frau Direktor meint in all ihrer Weisheit, dass Tschetschenen hinter der ganzen Sache stecken, um den gesamten Cannabis-Markt mit Gewalt an sich zu reißen. Sie will eine eigene EU-weite Task Force dazu ins Leben rufen.«

»Und wie siehst du die Sache?«, wollte Anton wissen.

Hans rieb sich die Nase und meinte: »Die Tschetschenen-Nummer können wir getrost unter der Rubrik Profilierungsneurose oder politischer Ehrgeiz, gepaart mit mangelnder Sachkenntnis, abhaken. Ganz ehrlich: Wir wissen noch zu wenig. Alles, was ich weiß, ist, dass wir diese Bastarde aus dem Verkehr ziehen werden. Die haben einen von uns ermordet, und das nehmen wir persönlich. Für alles andere ist es noch zu früh.«

In der plötzlich eingetretenen Stille wandten sich die beiden an Michael Lenhart, der bisher nur zugehört hatte. »Was ist mit dir? So schweigsam bin ich dich nicht gewohnt.«

»Ich habe euch zugehört und dabei an etwas gedacht, was Sabine einmal sagte: Ein wenig Angst schärft die Sinne. Und ich bin mir sicher, sie hatte damit recht.«

Verdutzt schauten die beiden Michael an, der wieder angefangen hatte, vor der Glasfront auf und ab zu gehen, die Hände in den Hosentaschen. »Angst muss nicht immer Schrecken heißen. Angst ist seit jeher auch ein Mittel, um die eigenen Leute zu disziplinieren. Schließlich können die nicht einfach sagen: Ich mag nicht mehr und bewerbe mich um einen anderen Job. So gesehen ist klug dosierte Angst ein Mittel der Kontrolle und Disziplinierung. Die Chinesen führen uns das staatlicherseits mit ihrem Social Engineering bereits vor, und unsere europäische Politik geht in dieselbe Richtung. Aber lassen wir das. Ihr habt recht, die unterschiedlichen Adressaten sprechen gegen eine Urheberschaft unseres Malik, zumindest auf den ersten Blick.«

»Und auf den zweiten?«, fragte Anton, neugierig geworden.

»Auf den zweiten Blick passt alles zu unserem Malik. Versucht einmal, ein paar Schritte in seinen Schuhen zu laufen, im übertragenen Sinn natürlich. Du hast erwähnt, dass euer verdeckter und leider verstorbener Kollege ursprünglich wegen illegaler Medikamente, primär Anabolika, ermittelte und erst dadurch auf Cannabis gestoßen ist. Ich habe mir die Berichte angesehen. Für mich sieht es so aus, als hätte einer von den Leuten des Malik versucht, das Geschäftsfeld ohne dessen Zustimmung zu erweitern, und wurde dafür zur Rechenschaft gezogen, samt unserem Kollegen.«

Hans nickte: »Das könnte passen. Die Schwarzafrikaner verkaufen fast ausschließlich Stoff aus Pakistan und haben seit der Razzia ein Lieferproblem ...«

»Und für den Malik sind sie ohnehin nur lästige Affen, denen man eine Lektion erteilen musste«, fiel ihm Anton ins Wort. »Damit hat er gleich mehrere Fliegen auf einmal erwischt. Den Ermittler, seinen ungehorsamen Untergebenen und die Konkurrenz.«

»Ja, so sieht es aus, und bei der Konkurrenz haben wir für ihn die Arbeit erledigt. Aber selbst wenn wir recht haben, wovon ich überzeugt bin, wir haben keinerlei Beweise, und bei den kleineren Dealern und Laufburschen stoßen wir auf eine Mauer des Schweigens. Sofern die uns überhaupt weiterhelfen könnten, was ich bezweifle.«

Frustriert raufte sich Anton die Haare: »Dieser verdammte Scheißkerl lacht uns aus! Wie kann es sein, dass wir an den nicht herankommen?«

Weiterhin vollkommen ruhig antwortete Michael: »Wäre er kein so schlauer Fuchs, säße er längst hinter

Gittern oder als Mindestpensionist in einem Altersheim. Ja, der Mann ist auf seine Art fast ein Genie, auf jeden Fall überdurchschnittlich intelligent und gerissen.«

»Und was willst du jetzt tun? Darauf bauen, dass unser maltesischer Kollege Sabine den Stein der Weisen übergibt?«

»Interessante Wortwahl, Anton. Ein Lapis philosophorum wäre in unserem Fall ein Opus Magnum, in Hollywood-Kategorien gedacht: ein rauchender Colt, aber ich fürchte, so einen werden wir nicht bekommen. Höchstens einen weiteren kleinen Puzzlestein. Wie gut auch immer unsere Kollegen in Malta gearbeitet haben, derartige Firmennetzwerke wurden geschaffen, um mehr oder weniger legal Steuern zu minimieren, Eigentümerschaften zu verschleiern und bei Bedarf auch Gelder zu waschen. Mach dir also keine zu großen Hoffnungen. Ich bezweifle, dass uns Sabine etwas liefern kann, was für den Staatsanwalt reicht, von der verehrten Frau Direktor ganz zu schweigen.«

»Aber die haben in Malta immerhin unseren Walter Denk über die Klinge springen lassen. Das macht man doch nur, wenn tatsächlich die sprichwörtliche Kacke am Dampfen ist!«

»Nicht ganz, Anton. Für dich oder mich ist der Tod eines Menschen nur als Akt der Notwehr zulässig. Für unsere Gegner ist er einfach ein Mittel zum Zweck. Die beschäftigen sich nicht primär mit der Frage des Ob, sondern nur mit derjenigen des Wie, und bei der Beantwortung dieser Frage scheint unserer Malik viel Erfahrung und professionelle Unterstützung zu haben.«

Frustriert meinte Hans: »Ganz ehrlich, ich verstehe nicht, wie du da so ruhig bleiben kannst.«

»Nun, das ist eine Frage der Übung und – ebenfalls ganz ehrlich – des Gehens. Ja, das Herumgehen hilft mir beim Denken, und ich nehme an, meine Beine bauen durch das Gehen die eigene Unruhe ab.«

Wie auf ein Kommando standen auch Anton Steinbach und Hans Tilly auf und folgten Michael Lenhart beim Rundgang durch das weitläufige Wohnzimmer des D-Trakts. Allerdings wollte sich bei den beiden keine Ruhe einstellen.

»Michael, ich meine, ohne einen rauchenden Colt aus Malta habe ich keine Idee, wie wir den Malik schnappen können.«

»Das macht nichts, Anton. Im Moment haben andere Dinge Vorrang.«

Verärgert blieb Hans stehen. »Habt ihr noch weitere Fälle, von denen ihr mir nichts gesagt habt? Ist die Malik-Geschichte für euch nur ein Nebenschauplatz?«

»Nein, wir haben keinen anderen Fall. Es ist vielmehr wie beim Bergsteigen: Wenn du zum Gipfel willst, schau nicht immer auf das Gipfelkreuz, achte auf den nächsten Schritt.«

Beruhigt erwiderte Hans: »Gut, und wie sieht euer nächster Schritt aus?«

»Unser nächster Schritt besteht darin, den Malik-Fall zu behalten, woran uns die verehrte Frau Direktor, neben einigen anderen, hindern will.«

»Super, die eiserne Lady. Bei deren Ego wird es schwer, zumal eure Ermittlungen, ja die schiere Existenz dieser Abteilung ihre Kreise stören.«

Abrupt blieb Michael stehen und musterte Hans für einige Sekunden. »Du hast recht, Hans! Das scheint mir ein lohnender Weg zu sein.«

»Und was in Gottes Namen ist das für ein Weg, Michael?«, wollte Anton wissen.

»Die Erwähnung des Egos unserer Direktorin hat mich auf die Lösung gebracht. Der heilige Thomas von Aquin meinte: Jegliche Furcht rührt daher, dass wir etwas lieben. Ich weiß zwar im Moment noch nicht genau, wie ich die Furcht unserer Frau Direktor wecken kann, aber das wird mir noch einfallen, verlasst euch darauf.« Lächelnd rieb er sich die Hände und fuhr fort: »Genug für heute. Hans, danke für dein Kommen und deine Unterstützung. Wir geben dir Bescheid, sobald wir mehr wissen oder von Sabine Neuigkeiten bekommen.«

»Okay, aber eines würde ich dich gerne noch fragen: Warum zitierst du immer nur alte, längst verstorbene Denker und keine aktuellen?«

»Weil ich trotz aller Neugierde beim Denken gerne auf Nummer sicher gehe. Ich halte mich an den Lindy-Effekt: Was seit Jahrhunderten funktioniert hat, kann nicht ganz falsch sein, während sich neue Ideen erst beweisen müssen. Bei den Naturwissenschaften sind diese Probephasen kürzer, aber bei allem Menschlichen scheinen mir die bewährten Altvorderen meist wesentlich klüger und zuverlässiger als die Aktuellen.«

Auf den verwunderten Blick von Hans Tilly hin ergänzte Michael Lenhart gut gelaunt: »Es ist ganz einfach: Aristoteles, Laotse, Shakespeare oder Goethe beispielsweise wird man auch in hundert Jahren noch lesen und Bach, Beethoven, Mozart oder Miles Davis auch in hundert Jahren noch hören. Bei Habermas, Menasse oder Neuwirth habe ich da so meine hoffnungsvollen Zweifel.«

»Verstehe, na dann, schönen Abend.«

Während Anton Steinbach abends zu Hause mit seinem Sohn Rechenaufgaben übte und sich im Stillen über den pädagogischen Neusprech mit Zehnerstangen sowie Zahlenräumen – was hatten Zahlen mit Räumen zu tun? – ärgerte und bei Abkürzungen wie ZR1000 unweigerlich an das gleichnamige Motorrad dachte, schwitzte Michael Lenhart im Fitnesscenter. Bei ihm war Montag *leg-day*, mit tiefen Frontkniebeugen und Ausfallschritten.

Ganz anders sah der Tag bei Josef Freidmann in Brüssel aus. Zuerst hatte der Flug Verspätung, dann herrschten Turbulenzen, die ihm fast das Frühstück wieder hochkommen ließen, und nachdem er gegen zehn Uhr dreißig endlich im Büro von Elias Malik angekommen war, ließ ihn dieser fast eine Stunde warten.

Als sich dessen Bürotür endlich öffnete, kam ihm ein freundlicher Herr mit einer Mappe der Firma Vinum entgegen. Das darf doch nicht wahr sein! Der lässt mich warten, weil er sich seinen Weinlieferanten ins Büro bestellt hat!, dachte Freidmann. Während er seine Wut hinunterschluckte, hatte Elias Malik ihn überaus freundlich begrüßt, sich für die Verzögerung entschuldigt und versprochen, ihm als Ausgleich zwei Flaschen aus dem Hause Vinum zukommen zu lassen. Einen La Favorite Cuvée de la Flibuste 26, ein exzellenter Rum aus Martinique, sowie einen dreißig Jahre alten Bas Armagnac aus dem Château de Lacquy.

Als ihm nun der Kellner im hoteleigenen Restaurant Le Kolya nachschenkte und die leere Weinflasche unauffällig verschwinden ließ, beschloss Freidmann, nicht mehr darüber nachzudenken. Schließlich war Elias noch der mit Abstand freundlichste Malik und die beiden versprochenen Spirituosen mit Sicherheit nicht nur unverschämt teuer, sondern auch von erlesenem Geschmack.

Außerdem war der Tag in Summe zwar mühsam, aber erfolgreich verlaufen. Selbst der so penible Elias Malik hatte nicht den kleinsten Fehler, nicht einmal einen Tippfehler, in seinen Verträgen gefunden und ihn ausdrücklich, ja geradezu überschwänglich gelobt. Zufrieden griff Freidmann erneut zur Speisekarte. Seiner Meinung nach hatte er sich heute eindeutig eine Nachspeise verdient, begleitet von einem Digestif.

Gegen zweiundzwanzig Uhr rief Sabine Michael auf seinem Mobiltelefon an. »Servus, Sherlock, noch wach?«

»Selbstverständlich, Artemis. Ich wollte nicht zu Bett gehen, ohne deine Stimme gehört zu haben.«

»Hast du bei Hans Tilly Nachhilfestunden im Süßholzraspeln genommen?«

»Nein, Montaignes Essays genügen.«

»Das ist dieses große blaue Buch, richtig?«

»Korrekt. Aber ich nehme an, du hast nicht angerufen, um über die Einbandfarbe von Büchern zu sprechen.«

»Nein, ich hatte vorhin ein interessantes Treffen mit Antonio Casar.«

»Ich bin ganz Ohr.«

»Er hatte unseren Wink verstanden, sich bereits mit Thomas, deinem Freund von der Finanz, unterhalten und uns einen Stick mit rund zwei Megabyte an Daten gegeben. Für dich als analogen Menschen zur Info: Das entspricht rund tausend A4-Seiten, aber da auch Grafiken und Tabellen dabei sind, dürften es weniger sein. Wie auch immer, die Kollegen in Malta waren fleißig und haben über Monate still und heimlich ein ganzes Netzwerk entdeckt, das allem Anschein nach seit Jahren der Geldwäsche und dem Finanzbetrug dient.«

»Sehr gut, aber wie sind sie dem Malik und seinen Söhnen auf die Spur gekommen? Gibt es eine Art Webfehler in diesem Netz?«

»Nein, mein Lieber, und das ist die schlechte Nachricht. Das Netz scheint sehr gut gewebt zu sein. Gabriel Malik sind sie vor über einem Jahr durch einen Zahlendreher auf die Spur gekommen. Er hat sich bei einer Überweisung vertippt und eine falsche, nicht existente Kontonummer eingegeben. Dadurch ist ein Millionenbetrag übers Wochenende von der angewiesenen Bank automatisch auf ein Zwischenkonto für vagabundierende Gelder, das heißt tatsächlich so, gutgeschrieben worden. Am Montag wurde der Fehler bemerkt, und die Gelder landeten beim richtigen Empfänger. Aber dieses Wochenende hat genügt, da so hohe Beträge auffallen und die Banken täglich den Stand der vagabundierenden Gelder an die Finanzaufsicht melden.«

»Sehr gut. Und wie geht es nun weiter?«

»Thomas will sich noch heute Nacht die Daten genauer ansehen und dann in Wien eine eigene Gruppe darauf ansetzen. Antonio wird mit mir morgen noch einmal reden, will aber dann mit der Sache nichts mehr zu tun haben, und wir sollen ihn auch nicht mehr kontaktieren, solange die Maliks nicht gesiebte Luft atmen. Der Mann hat zu Recht Angst. Vor Walter Denk ist bereits einer seiner Kollegen ermordet worden, er wurde auf dem Weg zur Arbeit vor seinem Haus von einem vorbeifahrenden Motorrad aus erschossen. Die Tatwaffe, eine MP5 mit leerem Dreißig-Schuss-Magazin, hat man ein paar

Meter neben der Leiche gefunden. Der Schütze hatte sie einfach weggeworfen.«

»Verstehe. Wir haben also einen Haufen Papier, aber nichts für den Staatsanwalt, richtig?«

»Ja, Sherlock. So sieht es aus. Zumindest hat sich in Malta kein Staatsanwalt gefunden, und die beiden Morde sind nie geklärt worden.«

»Auch des Feindes Auge wird mit der Zeit blind.«

»Hm. Du weißt noch nicht genau, wie du vorgehen willst und bist noch in der Phase des Denkens.«

»Ja. So wie es scheint, haben wir nur eine kleine Chance, also sollten wir erst recht zuerst denken, bevor wir handeln.«

»Schon eine Idee?«

»Nur vage. Vielleicht wird es Zeit, dass Hermes und Ares gemeinsam die Bühne betreten.«

»Das ist mir zu hoch, mein Lieber. Denk du nach, ich gehe jetzt schlafen.«

»Gute Nacht, meine Liebe, schlaf gut.«

Michael Lenhart streckte sich, legte die Essays von Montaigne beiseite und beschloss, es Sabine Preiss gleichzutun.

Dienstag, 7.35 Uhr, D-Trakt, Herrengasse, Wien

»Servus Anton, frisch und munter?«

»Ja, danke der Nachfrage. Hast du etwas von Sabine gehört?«

»Allerdings, ich erzähle es dir, aber lass uns zuerst noch einen Kaffee holen.«

Wenig später saßen die beiden Männer gut versorgt im Wohnzimmer, und Michael setzte Anton über das ins Bild, was Sabine berichtet hatte. Anton war keineswegs begeistert, blieb aber erstaunlich ruhig. »Trotzdem, wir kommen dem Malik jeden Tag ein kleines Stück näher. Der geht uns nicht durch die Lappen.«

»Schön, dass du es so optimistisch siehst.«

»Es ist wie ein Puzzle. Je mehr Teile man hat, desto komplizierter ist es. Aber die Freude, wenn man es geschafft hat, ist umso größer.« Und mit einem Zwinkern fügte er hinzu: »Außerdem habe ich heute bei der Fahrt ins Büro beschlossen, mich nicht mehr zu ärgern, und bis jetzt ist es mir weitgehend gelungen.«

»Dann wollen wir weiter Puzzleteile sammeln. Glaubst du, lässt sich wenigstens ein grobes Reise- und Bewegungsprofil unserer Gegner erstellen?«

»Bei den Flugreisen ja, zumindest was unsere Maliks betrifft. Bei den Söhnen hinterlässt eine solche Abfrage Spuren, ausgenommen bei den Flügen nach Österreich.«

»Dann lass uns mit unserem Malik, seinen Neffen und dem Anwalt beginnen. Mal sehen, was dabei herauskommt.«

Kaum hatten sie mit der Recherche begonnen, läutete das Telefon.

»Liebe Frau Wolf, einen wunderschönen guten Morgen.«

»Danke, ob der schen is, bezweifl i. De Frau Direktor is im Anmarsch. I hab's grad ghört. Eigentlich wollt der Alte, i man, der Brigadier, a dabei sein, ab de feine Frau Direktor hat drauf bestandn, der Abteilung für Sonderfälle allein einen Besuch abzustatten, wia sie gmant hat.«

»Danke für die Warnung, Frau Wolf. Wir freuen uns auf den Besuch.«

»Was soll des für a Freud sein? Oda is des Galgnhumor? Aber bei dir kennt ma si ja nie so genau aus, Herr Major. Wi a immer, haltest di Ohrn steif!«

»Machen wir, und nochmals danke für die Warnung. Ich nehme an, wir sollen Sie nach dem Besuch kurz über dessen Verlauf informieren.«

»Sicha, a schnelles debriefing warad guat.«

»Liebe Frau Wolf, Sie erstaunen mich immer wieder aufs Neue.«

»Geh, da schaust, Herr Major! Debriefing, des habn de Kleiderstända von der Boston Consulting no lieba als die vorhergehenden Briefings. Je länga des Gschwafln, desto höha des Honorar. So, aba jetzt muaß i Schluss machn!«

An Anton Steinbach gewandt meinte Michael Lenhart: »Du hast es gehört, die Frau Direktor beehrt uns mit ihrem Besuch.«

»Gut so, je früher sie kommt, desto schneller sind wir sie wieder los«, erwiderte Anton und hämmerte weiter in die Tasten seines Computers.

Während sich die beiden ihrem polizeilichen Puzzle widmeten, hielt eine neutrale Limousine mit polizeilichem Kennzeichen am Schlesingerplatz im achten Wiener Bezirk, und der Bezirksvorsteher, Mag. Martin Proda, stieg ein. Frau Dr. Claudia Schaffenegger, die Direktorin des Bundeskriminalamts, grüßte ihn kurz mit einem Nicken, bevor sie sich zum Schein wieder den auf ihrem Schoß liegenden Akten widmete. Ursprünglich wollte sie den Bezirksvorsteher keinesfalls bei diesem Treffen dabeihaben, andererseits war der Tipp für den Rauschgiftfund über ihn gekommen, und er hatte geradezu darauf bestanden. Rein formal gab es für die Anwesenheit des Bezirksvorstehers keinen Grund und auch keine Berechtigung, doch nachdem auch ihr Besuch eher informativen Charakter hatte, sah Frau Dr. Schaffenegger darin kein Problem. Wer weiß, vielleicht würde sich die Anwesenheit des Bezirksvorstehers sogar als nützlich erweisen.

Freundlich lächelnd drehte sie sich zu ihm um: »Martin, du weißt, dass das ein informeller Besuch ist?«

»Keine Sorge, Claudia. Ich werde schon keine Staatsgeheimnisse herauskitzeln.«

»Kennst du den Lenhart, den Chef dieser Abteilung für Sonderfälle? Ich habe dir gestern noch eine Mail mit ein paar Hintergrundinformationen und einem Presseartikel geschickt.«

»Nein, ich war untertags im Institut und den ganzen Abend in der Sektion bei einer Grundsatzdiskussion zum Thema Gendergerechtigkeit und Chancengleichheit. Aber mach dir keine Sorgen, mit Polizisten kenn ich mich aus. Kennst du einen, kennst du alle. Das sind meist einfach strukturierte Menschen mit einem fatalen Hang zu Hierarchien und politisch rechten Ausrichtungen.«

Frau Dr. Schaffenegger wollte schon etwas erwidern, verkniff sich jedoch eine Bemerkung. Allerdings sah sie, wie ihr Fahrer, selbst ein Polizist, missbilligend den Kopf schüttelte.

Ja, der Bezirksvorsteher war zwar überaus umtriebig, konnte aber anscheinend seine Zunge nicht im Zaum halten. Als sie in die Herrengasse einbogen, erinnerte Frau Dr. Schaffenegger den Bezirksvorsteher nochmals daran, dass er nur als Gast dabei war und sich dementsprechend zurückhalten sollte.

Kurz darauf stand Michael Lenhart der Direktorin an der Tür gegenüber. »Guten Morgen, Frau Dr. Schaffenegger, willkommen im D-Trakt. Darf ich vorstellen, mein Partner, Gruppeninspektor Anton Steinbach.«

Skeptisch musterte die Direktorin des Bundeskriminalamts ihr Gegenüber. »Guten Morgen, Lenhart. Sieht so aus, als hätten Sie meinen Besuch erwartet?«

»Ja, angesichts der Umstände war es nur eine Frage der Zeit. Wenn Sie bitte weiterkommen und so freundlich wären, uns auch die anderen Gäste vorzustellen.«

»Gern, Mag. Alfred Schieder, mein Büroleiter, Frau Revierinspektor Ursula Bergmann und Herr Mag. Martin Proda, Bezirksvorsteher im achten Bezirk.«

Nach einem flüchtigen Händedruck ging Martin Proda unaufgefordert weiter in das große Wohnzimmer und sah sich kurz um. »Sie müssen bei der Ministerin ja einen besonders großen Stein im Brett haben, Lenhart, dass Sie derart luxuriös an dieser feinen Adresse untergebracht sind.«

»Da muss ich Sie korrigieren, Herr Magister. Der D-Trakt, in der Kollegenschaft die Seufzerbrücke Wiens genannt, wurde vom Vorgänger unserer Ministerin, einem Parteikollegen von Ihnen, in Auftrag gegeben und war ursprünglich als Dienstwohnung für hochrangige Vertreter der EU gedacht. Allerdings führen die großzügig bemessenen Glasflächen von April bis Oktober zu einer Art Sauna-Effekt, und Ihre Kollegen aus Brüssel ziehen es vor, weiterhin die Ringstraßenhotels zu frequentieren. Daher blieb der D-Trakt leer, bis man vor wenigen Wochen uns hierherversetzte.«

Wieder an die Frau Direktor gewandt: »Frau Dr. Schaffenegger, bitte nehmen Sie Platz. Dürfen wir Ihnen etwas anbieten?«

Während Anton Steinbach sich um den Kaffee kümmerte, erzählte Michael Lenhart noch ein paar Details zur Vorgeschichte des D-Traktes und musterte die Direktorin, wurde aber nicht wirklich schlau aus ihr. Er meinte jedoch zu merken, dass die Anwesenheit des Bezirksvorstehers auch ihr nicht ganz recht zu sein schien.

Dieser sah ihn mit offener Herablassung an und legte auch schon los: »Genug geplaudert, Lenhart. Wie weit sind Sie mit Ihren Ermittlungen? Wir erwarten einen ausführlichen Bericht. Legen Sie die Karten auf den Tisch, und zwar vollständig, keine Ausflüchte.«

Michael Lenhart registrierte zufrieden den missbilligenden Blick der Direktorin, lehnte sich zurück und sah den Bezirksvorsteher direkt an. »Diesen Wunsch, Herr Mag. Proda, kann ich Ihnen nicht erfüllen. Aber das ist …« Weiter kam Michael Lenhart nicht.

Der Bezirksvorsteher fiel ihm ins Wort. »Hören Sie mir mit irgendwelchen Zuständigkeiten oder Ausreden auf. Ich kann mich nicht mit juristischer Haarspalterei aufhalten. Dafür ist meine Zeit zu kostbar und meine

Arbeit für eine sozial gerechtere Demokratie zu wichtig. Ich sage es rundheraus: Sie sind dabei, aus welch niedrigen Motiven auch immer, gegen einen verdienten Mitbürger zu intrigieren. Einen Mitbürger, der sich seit Jahren um die Integration verdient gemacht hat und dem wir einen entscheidenden Hinweis für einen der größten Rauschgiftfunde der letzten Jahre zu verdanken haben. Aber eines kann ich Ihnen garantieren: Das werde ich nicht zulassen.«

Michael Lenhart blieb ruhig sitzen, schwieg und konnte sich eine gewisse Bewunderung für das politische Geschick der Direktorin nicht verkneifen. Ohne es selbst zu bemerken, diente ihr der Bezirksvorsteher als eine Art Wadenbeißer, während sie sich im Hintergrund hielt. Zeit, den Bezirksvorsteher noch ein wenig zu provozieren.

»Dann will ich Sie nicht länger von Ihrer wertvollen politischen Beschäftigung, fast hätte ich gesagt, Arbeit, abhalten.«

Wie erwartet schluckte der Bezirksvorsteher den Köder. »So kommen Sie mir nicht davon, Lenhart! Ich kenne Sie und Ihresgleichen. Vorurteilszerfressen hacken Sie auf Randgruppen herum, anstatt sich um die tatsächlichen Probleme unserer Gesellschaft zu kümmern. Wenn Sie mit kriminalpolizeilichen Ermittlungen geistig überfordert sind, geben Sie es doch einfach zu! Es wird sich sicher ein Ihrem Niveau entsprechender Arbeitsplatz in einem Archiv oder im Streifendienst finden.«

Weiterhin gelassen antwortete Michael Lenhart: »Sie haben eine sehr offene Art, Ihre Meinung kundzutun, Herr Magister.«

»So ist es! Und ich bin stolz darauf, dass ich vorurteilsfrei und offen auf die Menschen zugehe. Wir sind uns also einig. Sie hören sofort auf, dem Herrn Malik hinterherzuspionieren und kümmern sich wieder um Ihren Job.«

»Herr Magister, mein Job ist nicht die Spionage, sondern die Ermittlung.«

»Dann ermitteln Sie endlich! Aber dort, wo es sich lohnt, wenn Sie schon nicht Streife gehen wollen. Den Herrn Malik werden Sie mir auf jeden Fall nicht in Misskredit bringen, das kann ich Ihnen garantieren!«

»Herr Magister, zu unseren Ermittlungen werde ich Ihnen keine Auskunft geben, aber ich danke Ihnen auf jeden Fall für Ihren Besuch.«

Wütend stand der Bezirksvorsteher auf und ignorierte die beschwichtigende Geste der Direktorin. »Nein, Claudia, ich werde mich nicht beruhigen! Ich lasse mir meine Integrationsarbeit nicht von einem dahergelaufenen Polizisten, der seinen Job nicht versteht, kaputt machen. Ich kämpfe tagtäglich für eine offene Gesellschaft ganz im Sinne von Adorno und habe beim besten Willen keine Zeit, deinen unterbelichteten Leuten die Wichtigkeit einer vorurteilsfreien und sozial gerechten Vorgehensweise zu erklären.«

»Herr Magister, der Begriff der offenen Gesellschaft stammt von Henri Bergson, einem französischen Schriftsteller und Philosophen, nicht von Theodor Adorno. Karl Popper kommt allerdings das Verdienst zu, diesen Begriff populär gemacht zu haben. Ich bin sicher, beide würden sich dagegen verwehren, der Frankfurter Schule zugerechnet zu werden. Zumal die kritische Theorie der Frankfurter zwar versucht, auf Hegel, Marx und Freud aufzubauen, für sich aber keine philosophische Richtung oder Denkschule darstellt. Man kann eben nicht beliebig Zutaten mischen und andere weglassen. Es ist eher eine zweifelhafte soziologische beziehungsweise psychologische Methode, alles und jedes dialektisch zu zerlegen. Dekonstruiert à la Frankfurt erhält man dann ein Oxymoron wie den demokratischen Sozialismus.«

Bevor der verdatterte Bezirksvorsteher etwas erwidern konnte, stand Michael Lenhart auf und wies in Richtung Tür: »Ich halte mich an die Gewaltenteilung sowie meinen Amtseid und betrachte Ihren Besuch hiermit als beendet. Auf Wiedersehen, Herr Magister Proda.«

Nach einer Schrecksekunde wollte der Bezirksvorsteher zur nächsten Triade ansetzen, aber da ergriff die Direktorin die Initiative: »Martin, Schluss jetzt! Ich habe deinem Wunsch nach einem informellen Kennenlernen unter der Prämisse der Zurückhaltung stattgegeben und nicht, damit du hier meine Mitarbeiter beschimpfst.« Und mit einer gewissen Genugtuung fügte sie hinzu: »Außerdem hättest du dir diese Peinlichkeit gegenüber Herrn *Doktor* Lenhart ersparen können, wenn du meine Mail gelesen hättest.«

Verdutzt sah Martin Proda die Direktorin an, dann stand er auf und stürmte grußlos zur Tür hinaus.

»Dieser Auftritt des Bezirksvorstehers war nicht gewollt. Ich hoffe, Sie sehen darin kein schlechtes Vorzeichen für meinen Besuch.«

»Keine Sorge, Frau Dr. Schaffenegger. Ich bin kein Anhänger der Sippenhaft. Wenngleich ich den Eindruck habe, dass Sie mit der Abteilung für Sonderfälle keine große Freude haben.«

»Da will ich Ihnen nicht widersprechen, Lenhart, aber das ist keine persönliche Animosität Ihnen gegenüber, sondern primär eine organisatorische Frage.«

»Das verstehe ich, zumal wir, anstatt strafweise alte Fälle zu bearbeiten, zuerst auf die Organmafia gestoßen sind und nun, wie es der Zufall will, wieder in einem Mordfall ermitteln.«

»Wenn es denn tatsächlich ein Mordfall ist?«

»Davon müssen wir leider ausgehen.«

»Dann wäre das ein Fall für die Mordkommission.«

»Die in Malta nicht tätig werden kann, und vice versa.«

»Sie gehen also von mehreren Morden aus?«

»Mindestens vier, drei davon waren Kollegen von uns.«

Nachdenklich musterte die Direktorin Michael Lenhart. »Wo ist übrigens die Mag. Preiss?«

»Auswärts, aber sie sollte spätestens morgen im Lauf des Tages wieder zu uns stoßen.«

»Warum werde ich das Gefühl nicht los, dass Sie mir nicht über den Weg trauen?«

»Dann, Frau Doktor, sollten Sie sich fragen, was dieses Gefühl speisen mag, zumal es mir weniger eine Frage des Gefühls, der Emotion zu sein scheint, als vielmehr eine des Eindrucks und damit der Ratio.«

»Wie Sie meinen, Lenhart. Dann ganz rational: Warum weichen Sie jeder meiner Fragen aus oder kontern mit einer Gegenfrage?«

»Weil Sie sicherlich nicht ohne Grund mit Ihrer Mannschaft zu diesem, wie Sie es genannt haben, informellen Besuch gekommen sind, anstatt einfach schriftlich einen Statusbericht zu den laufenden Ermittlungen anzufordern.«

»Wäre Ihnen denn ein schriftlicher Auftrag lieber?«

»Ich habe diesbezüglich keinerlei Präferenzen, finde es aber bemerkenswert, dass Sie den Weg in die Herrengasse vorgezogen haben.«

»Und Sie? Sie gehen einer Konfrontation nicht aus dem Weg?«

»Den unvermeidlichen nicht.«

»Ihnen ist aber durchaus bewusst, dass Sie sich auf sehr dünnem Eis bewegen.«

»Wo die Not drängt, da wird Tollkühnheit zur Klugheit.«

»Ist die Not denn so groß?«

»Sie wird mit jedem Tag geringer.«

»Ehre, wem Ehre gebührt?«

»Selbstverständlich, wenn sie ihm denn gebührt.«

»Zweifeln Sie denn daran?«

»Durchaus, ich würde sogar sagen, es ist nicht weise, das zu verteidigen, was man ohnehin aufgeben muss.«

Nachdenklich wiegte die Direktorin den Kopf, bevor sie mit einem Ruck aufstand. »Nun, Herr Doktor, ich danke Ihnen, dass Sie sich Zeit für unseren spontanen Kennenlernbesuch genommen haben, und wünsche Ihnen für Ihre Arbeit alles Gute.«

Lächelnd stand auch Michael Lenhart auf, begleitete die Direktorin zur Tür und verabschiedete sich mit einem angedeuteten Handkuss: »Frau Doktor Schaffenegger, es war mir ein außerordentliches Vergnügen.«

Zurück im Wohnzimmer, starrte ihn Anton Steinbach staunend an. »Was war denn das eben für ein Schauspiel? Zuerst der Wahnsinnige aus dem achten Bezirk und dann dein Wortgefecht mit der Direktorin. Das versteht doch kein Mensch!«

»Oh doch! Die Frau Direktor ist nicht nur eine gewiefte Strategin, sondern auch eine Frau von hoher Intelligenz und sprachlicher Kompetenz.«

»Mag sein, aber was hatte das alles zu bedeuten?«

»Ganz einfach, nach dem Auftritt des Herrn Bezirksvorstehers konnte diese Visite nur noch informellen Charakter haben, eben den eines Besuchs zum Kennenlernen. Gleichzeitig wollte sie wissen, ob an der Sache mit dem Malik etwas dran ist, ohne sich direkt in unsere Ermittlungen einzumischen.«

»Ah, darum dieses Gequassel von wegen Ehre wem Ehre gebührt«, unterbrach ihn Anton.

»Exakt. Es wäre doch zu peinlich, wenn ihre Partei den Malik für eine hohe Wiener Auszeichnung vorschlägt und dann feststellen muss, dass es sich bei diesem Herrn um einen Schwerverbrecher handelt. Davor hat sie Angst, denn es würde ihren Ruf als oberste Polizistin des Landes ruinieren.«

»Jetzt verstehe ich auch das dünne Eis und ihren Hinweis, dass alles eine Frage der Organisation wäre.«

»Ja. Die Botschaft lautet: Sollte an der Malik-Geschichte etwas dran sein, gut. Wenn nicht und wir bauen Mist, dann ist die Abteilung für Sonderfälle Geschichte.«

»Und die Frau Direktor wäscht ihre Hände in Unschuld, verstehe. So, und jetzt wird erst mal gelüftet, und dann frisch ans Werk!«

»Ja! Kümmere du dich bitte um das Bewegungsprofil, ich muss noch unserer Frau Wolf Bescheid geben.«

Während Michael Lenhart mit Frau Wolf telefonierte, hatte er eine Idee. Kaum war das Gespräch beendet, setzte er sich an den Computer und hielt plötzlich inne. Jemand anders war darin viel geschickter als er.

»Anton, angenommen, unser Malik zieht seine Clan-Strategie auf möglichst allen Ebenen durch, dann müsste er doch auch in seinen alten Heimatländern Verwandte an den Schlüsselstellen eingesetzt haben?«

»Sicher, aber ich glaube nicht, dass wir seine Cannabis-Produktion über Google und Co. finden.«

»Die meine ich auch nicht. Aber all das über die Jahre eingenommene Geld muss nach dem Waschen wieder investiert werden. Ich finde, einen Versuch ist es wert. Wir haben die Namen von seinen Schwestern, also sollten wir einmal schauen, wie viele Neffen und Nichten unser Malik denn noch hat und was die so treiben.«

»Ich nehme an, die Suche soll still und leise vonstattengehen?«

»Ja, lassen wir vorerst alle öffentlichen Stellen in den betreffenden Ländern außen vor. Nachdem der Malik in Malta seine Spitzel hat, müssen wir davon ausgehen, dass er in Nordafrika erst recht über sehr gute Verbindungen verfügt.«

»Hast du eine Idee, wo beziehungsweise wie er das gewaschene Geld wieder reinvestiert haben könnte?«

»Ist das Geld erst einmal gewaschen, kann es im Grunde überall sein. Zum Waschen selbst eignen sich nicht nur die seit Al Capone namensgebenden Salons, sondern so gut wie jedes Geschäft mit hoher Endkundenfrequenz.«

»Also Ferienimmobilien, Imbissstände, Freizeitparks und dergleichen?«

»Ja, dazu kommen noch Spielbanken, Pferderennen, Wechselstuben, das Baugewerbe oder auch der Ankauf von Vermögensgegenständen wie Wertpapieren, Kunstwerken oder Luxusartikeln. Im Grunde sind der Fantasie da keine Grenzen gesetzt.«

»Verstehe, na, dann mache ich mich mal auf die Suche.«

Schon im Hinausgehen, drehte sich Anton nochmals um: »Michael, was glaubst du, wie lange haben wir noch Galgenfrist?«

»Du hast recht. Wir sind dem Herrn Bezirksvorsteher geradezu zu Dank verpflichtet.«

»Du meinst, wenn der nicht so einen Aufstand gemacht hätte, wären wir den Fall los?«

»Nicht unbedingt, aber so haben wir noch ein klein wenig mehr Freiraum, denn die Frau Direktor wird sich wie gesagt hüten, dem Malik eine Nelke ans Revers zu heften, solange nicht alle Verdachtsmomente restlos ausgeräumt sind.«

»Mag sein, auf jeden Fall ist das ein Grund, warum ich nie einer Partei beigetreten bin oder via Politik Karriere machen wollte.«

»Du meinst das Taktieren?«

»Das war schon mehr ein Täuschen und Tarnen.«

»Das gehört allem Anschein nach leider zum Wesen der Politik. Nicht umsonst gilt in Wien der Parteifreund mitunter als ultimative Steigerungsform des Todfeindes.«

»Aber du kommst damit anscheinend sehr gut zurecht?«

»Wenn du die Spielregeln verstanden hast, ist es nicht schwer. Aber mir geht es wie dir, ich versuche, möglichst am Rand zu bleiben. Nicht unbedingt aus grundsätzlichen Überlegungen heraus, sondern mehr aus arbeitstechnischen und persönlichen.«

»Ich vermute, wir sind die wahrscheinlich einzige parteibuchfreie Abteilung in Wien, oder ist Sabine in einer Partei?«

»Meines Wissens nein.«

»Ich kann es mir auch nicht vorstellen. So, genug geplaudert. Die Spinne sitzt in Wien, schauen wir mal, wohin uns die familiären Fäden des Malik führen.«

Während sich Anton Steinbach an die Recherche machte und Michael Lenhart in die von Sabine Preiss geschickten Malta-Unterlagen vertieft war, saß Josef Freidmann im Taxi auf dem Weg in seine Partnerkanzlei in der Cannon Street, unweit der Saint Paul's Cathedral. Sein vorangegangener Termin bei Gabriel Malik war reibungslos verlaufen. Gabriel hatte alle Unterlagen mit der Bemerkung »Nachdem Elias sich bereits alles angesehen hat, kann ich mir ja die Details sparen« unterschrieben und war dann, am Handy weiterflirtend, grußlos in seinem Büro verschwunden. Wenigstens hatte er ihn nicht warten oder einen Zornausbruch wegen eines angeblich falsch gesetzten Absatzes oder einer anderen Nichtigkeit erdulden lassen.

In dieser Hinsicht war Gabriel Malik eindeutig der Sohn seines Vaters. Der alte Malik war hart, gerissen, unerbittlich und, aus seinem persönlichen Erfolg gespeist, überheblich. Gabriel als Mitglied der zweiten Generation betrachtete seinen Status als quasi gottgegeben und war im Grunde doch nur ein neureicher Schnösel, wenn auch ein überaus ehrgeiziger und skrupelloser.

Nach diesem Malik-Termin kam die lästige Routine. Für die neue Firmenkonstruktion der PCC galt es Bevollmächtigte, Treuhänder und formale Geschäftsführer einzusetzen, Bankkonten zu eröffnen und Urkunden zu hinterlegen. Lästig, aber gegen ein fürstliches Honorar waren die auf derartige Konstruktionen spezialisierten Kanzleien gerne bereit, alles mit professioneller Routine geräuschlos zu erledigen.

Bis circa fünfzehn Uhr sollte alles geschafft sein. Den restlichen Nachmittag gedachte Freidmann in der Oxford Street mit Einkäufen zu verbringen, bevor er mit einem der Anwälte um neunzehn Uhr im Le Gavroche zum Essen verabredet war. Beste Hotels, exklusive Restaurants, und all das auf Kosten Dritter. Ja, Freidmann fand, so ließ es sich ganz gut leben.

Ein Blick auf sein Mobiltelefon zeigte ihm einen verpassten Anruf des Bezirksvorstehers. Der Mann wurde langsam, aber sicher lästig. Wenn es wirklich wichtig ist, würde er eine Nachricht schicken oder schreiben. Bis dahin gedachte Freidmann ihn zu ignorieren.

Gegen siebzehn Uhr läutete bei Elias Malik in Brüssel das Telefon. »Hallo, Bruderherz, na, was macht der Kiefer?«

»Danke der Nachfrage. Es wird mit jedem Tag besser, seit heute brauche ich keine Schmerzmittel mehr. Aber ich nehme an, du rufst wegen der greentech21 an?«

»Ja, übrigens war am Vormittag der Freidmann bei mir, und ganz ehrlich: dessen selbstgefällige Überheblichkeit, gepaart mit seiner Leidensmiene, geht mir allmählich auf die Nerven. Der Typ mag ja gut sein, aber er ist auch nicht mehr der Jüngste, und je schneller wir ihn ersetzen, desto besser.«

»Das verstehe ich, aber Vater vertraut ihm und so ohne Weiteres können wir ihn nicht in Pension schicken. Ganz abgesehen davon: Der Mann weiß gefährlich viel.«

»Das ist mir klar, Bruderherz. Mit ›ersetzen‹ meinte ich auch einen blitzartigen Übergang vom aktiven Arbeitsleben in den ewigen Ruhestand.«

Nachdenklich erwiderte Elias: »Ich kann mir nicht vorstellen, dass Vater dem so einfach zustimmen wird.«

»Dann sollten wir ihm einen Grund liefern, meinst du nicht auch?«

»Und was könnte das sein?«, wollte Elias wissen. So wie er seinen Bruder kannte, hatte dieser bereits einen konkreten Plan.

»Der Mann gibt sich mit Nutten ab. Das ist ein Risiko und verstößt gegen unsere Regeln.«

»Und wird von unserem Vater verachtet, ich weiß, aber der Freidmann gehört nicht zur Familie. Ein paar Nutten reichen da nicht.«

»Das klingt so, als wärst du nicht grundsätzlich dagegen, Bruderherz?«

»Nein, aber solange du Vater keinen triftigen Grund nennst, ist das eine rein akademische Diskussion.«

»Lass die Gründe meine Sorge sein«, erwiderte Gabriel kryptisch.

»Na, dann bin ich einmal gespannt. Und an wen hast du als Ersatz gedacht?«

»Demming, Chaucer & Partner.«

»Interessant, eine alteingesessene Anwaltsdynastie aus der City, noch nobler geht's nicht. Aber wer soll dann Vater die Hand halten und ihm das juristische Einmaleins erklären, und zwar auf Deutsch?«

»Die haben unter anderem Niederlassungen in Brüssel, Berlin, Paris und Wien, können also auch den Babysitter spielen. Außerdem ist Albert Demming Queen's Counsel, also Kronanwalt, und beide Namensgeber sind Mitglied in der uralten Anwaltskammer Inner Temple.«

»Vater wird das als Machtverschiebung nach London verstehen. Das geht nur über seine Leiche, keine Chance, Gabriel.«

Trocken antwortete der: »Wart's ab.«

Elias wechselte das Thema: »Lass uns zurück zur greentech21 kommen.«

»Du hast recht, Bruderherz. Wie gesagt spielen wir diesmal in Algerien. Das Projekt liegt in der Nähe von Daerah Beni Ounif, einem Kaff in der Wüste im Nordwesten. Die aktualisierten Unterlagen sollten schon bei dir sein, ich habe sie vorhin geschickt. Es ist alles fertig, bis hin zu den Optionen.«

»Läuft wieder alles *plain vanilla*?«

»Ja, ganz klassisch, nach der Standardformel einfach und elegant. Ich habe alles unter Dach und Fach.«

Elias Malik öffnete die Mail seines Bruders und überflog die Unterlagen sowie die angefügte Excel-Datei mit der Überblickskalkulation und dem Management Summary.

»Sieht gut aus. Wie hast du diesmal unseren Exit organisiert?«

»Darum kümmert sich unser Freund von der Gendarmerie Nationale. Der Herr General hält sich für massiv unterbezahlt, will angesichts der allgemeinen Wirren seine Schäfchen ins Trockene bringen und gleichzeitig seine Position festigen. Tja, wie soll ich sagen, traurigerweise ist die Groupe Islamique Armé wiederauferstanden und wird sich der greentech21 annehmen, mit Bomben und Granaten.«

In den Unterlagen blätternd erwiderte Elias Malik: »Wie ich sehe, will der Herr General seine Million in bar. Das ist nicht gut.«

»Ich weiß. Mir wäre es auch lieber, wenn wir eine Schleimspur hätten, aber er ist selbst uns gegenüber vorsichtig und will sich nicht leicht erpressbar machen. Andererseits hat es auch sein Gutes: Wir müssen weniger von dem verdammten Cannabisgeld waschen.«

»Stimmt, Gabriel. So gesehen, ist es ein Vorteil. Was brauchst du von mir?«

»Nur noch den *letter of intent* für die Lieferung der Panels. Dann habe ich alles.«

»Gut, dann machen wir es so. Ich schicke ihn dir sofort.«

»Moment, Bruderherz! Nimm nicht die Solar Solutions, sondern die durable énergie in der Schweiz. Die ist seit heute, dank der britischen Krone, über unsere neue PCC-Spielweise gut versteckt und abgesichert.«

Verwundert erwiderte Elias Malik: »Aber steigen dann nicht die Deutschen mit ihrer Exportförderung aus?«

»Die brauchen wir nicht. Ich habe eine noch bessere Lösung gefunden! Ich kombiniere die Initiative für Klima und Umweltschutz der deutschen KfW mit dem Marschallplan für Afrika des Bundesministeriums für wirtschaftliche Zusammenarbeit und Entwicklung. Das war das letzte Detail, das ich noch einbauen wollte, und ich habe es geschafft. Die Finanzierungszusage ist vor einer Stunde gekommen. Wie ich das gedreht habe, siehst du auf Seite sieben.«

Elias sah sich das betreffende Diagramm an und musste zugeben: Die Lösung war schlichtweg brillant. »Du übertrifft dich selbst, Gabriel. Wenn ich das richtig verstehe, zahlen die Deutschen das ganze Projekt fast doppelt.«

»Ja, Bruderherz, so ist es! Wenn die Idioten in Berlin CO_2, Wind, Solar und Entwicklungshilfe hören, brennen bei denen alle Sicherungen durch.«

»Gut, dann kommt der *letter* von der durable énergie. Aber noch eine Frage: Vater will mit uns am Freitag alles durchgehen. Wenn er sieht, was wir allein mit greentech21 einstreichen, wird er vor Eifersucht platzen und ein Haar in der Suppe suchen.«

»Verdammt, Elias! Der Greis muss endlich kapieren, dass sich die Welt weiterdreht, und seine Segel streichen! Wir leben im einundzwanzigsten Jahrhundert! Ich habe die Schnauze voll von seinen Vorwürfen und seinen steinzeitlichen Geschäften. Fehlt nur noch, dass der Alte Shisha-Bars eröffnen will. Wir machen mit unseren Ideen und Methoden mehr, als er mit seinem verdammten Cannabis, seinen Immobilien und all den anderen Zweigen zusammen!« Plötzlich wieder ruhiger und mit zynischem Unterton wechselte er das Thema: »Unser General ist der Sohn eines alten Freundes von ihm. Ich habe alles bedacht. Wenn er will, kann Vater bei dieser Nebensächlichkeit wieder seinen pathostriefenden Vortrag über Familie und Freunde halten, während ich geistig auf Durchzug schalte. Es gibt kein Haar in der Suppe.«

»Hoffen wir es. Ich schicke dir auf jeden Fall jetzt den *letter*. Ciao.«

Nachdenklich legte Elias Malik das Telefon weg. Lange würde er seinen Bruder nicht mehr im Zaum halten können. Zuerst die Bemerkung über Freidmann und jetzt dieser Ausbruch gegenüber ihrem Vater.

Mittwoch, 9.00 Uhr, Finanzministerium, Johannesgasse 5, 1010 Wien

»Du siehst müde aus, Thomas.«

»Danke, Michael, gleichfalls. Ich nehme an, du hast dir die Unterlagen unserer maltesischen Kollegen angesehen. Was ist dein Eindruck?«

Michael Lenhart legte seine Aktenmappe beiseite und streckte sich, bevor er antwortete. »Wenn ich meinen Eindruck in einem Wort zusammenfassen wollte, würde ich sagen, perfekt – und zwar in zweifacher Hinsicht.«

»Na, dann bin ich aber neugierig und gehe davon aus, dass du dem perfekt noch eine kleine Erläuterung hinzufügst.«

»Perfekt, da ich trotz einiger Erfahrung noch nie eine derart geschickt verschachtelte Firmenkonstruktion gesehen habe, immer vorausgesetzt, Antonio Casar hat recht. Zweitens, weil die Arbeit unserer Kollegen in Malta wirklich vorbildlich ist. Da stecken unzählige Stunden Arbeit von ausnehmend klugen Köpfen dahinter.«

»Verstehe, manchmal scheint mir dein Sarkasmus leider mehr als nur zutreffend.«

»Das war nicht sarkastisch gemeint, Thomas! Ganz im Gegenteil. Ich halte diese Firmen-, Stiftungs- und Beteiligungskonstruktion tatsächlich für perfekt, zumindest aus Sicht jener, die wir dahinter vermuten. Sie wechseln unglaublich geschickt Länder, Unternehmensformen,

Rechtssysteme, Zuständigkeiten, Berichtspflichten und Offenlegungsvorschriften. Wer auch immer hier versucht, diesen organisatorischen Panzer zu knacken, scheitert letztendlich an einem schlecht gelaunten Chronos.«

»Michael, bitte! Für deine Methapern bin ich heute zu müde und, ehrlich gesagt, auch zu frustriert.«

»Tut mir leid. Ich meinte die Zeit. Stell dir vor, wir bekämen tatsächlich internationale Amtshilfe und könnten, sagen wir, der Stiftung auf Malta ein wenig auf den Zahn fühlen, die Gelder wären bis dahin längst verschwunden. Ganz abgesehen davon, ich bin zwar kein Jurist, aber meine Erfahrung sagt mir, dass dieses Gewebe so geschickt geknüpft wurde, dass wir es nicht Masche für Masche auftrennen können. Es reicht nicht, wenn wir den Faden aufnehmen und daran ziehen.«

Frustriert rieb sich Thomas Berger die Augen. »Deine Einschätzung ist leider richtig. Ich habe unsere besten Leute darauf angesetzt, und sie kommen zu dem gleichen Schluss. Wir haben in Wahrheit keinerlei Handhabe. Es gibt nicht den geringsten Beweis, dass dein Malik oder seine Söhne dahinterstecken. Selbst der Umstand, dass die halbe Sippe in der einen oder anderen Firma auftaucht, reicht nicht. Erstens, weil es nicht verboten ist, seine Neffen mit Jobs zu versorgen, und zweitens, weil wir nicht einmal nachweisen können, dass es tatsächlich so ist. Weder der Malik noch seine Söhne sind hier irgendwo angeführt. Auf dem Papier haben die alle nur ihre sauberen Geschäfte hier in Wien oder eben in London und Brüssel. Die Fehlüberweisung allein reicht nicht.«

»Richtig, Thomas. Wir haben gestern ebenfalls begonnen, die Clan-Struktur zu durchforsten, und sind auf die gleiche Spur wie die Malteser gestoßen. Unser Malik scheint vollkommen sauber, trotzdem mussten drei Kollegen dafür ihr Leben lassen.«

»Ja, und genau deshalb arbeiten wir hier bis in die Nacht hinein und zermartern uns den Kopf.«

»Du befürchtest, wir oder die Malteser könnten etwas übersehen haben?«

»So ist es! Polizisten oder Finanzfahnder werden nur umgebracht, wenn sie einem tatsächlich gefährlich werden. Mit wem auch immer wir es hier zu tun haben, das sind keine verbohrten Extremisten oder benebelten Junkies, das sind kühl berechnende und überdurchschnittlich intelligente Menschen. Die wissen genau, dass wir uns, allein schon aus Loyalität unseren Kollegen gegenüber, in so einen Fall verbeißen und alle Hebel in Bewegung setzen. Wenn die, oder sagen wir der Malik so ein Risiko eingeht, dann müssen wir ihm gefährlich nahe gekommen sein. Das ist die einzige Erklärung, die Sinn ergibt.«

»Sabine teilt deine Einschätzung. Ich habe auf der Fahrt zu dir mit ihr telefoniert. Ich ehrlich gesagt nicht.«

»Nein? Und warum nicht?«

»Im Arabischen gibt es ein Sprichwort, das lautet: Nur Gott ist perfekt. Abgesehen davon ist es zu kompliziert. Es muss also eine einfachere Erklärung geben.«

»Aber wenn du sagst ›Nur Gott ist perfekt‹, dann heißt das ja, dass es einen Fehler geben muss, den wir bisher nicht entdeckt haben.

»Nicht unbedingt, Thomas. Der Fehler kann auch in unserem Denken, in unseren Schlüssen liegen.«

Nachdenklich bewegte Thomas Berger den Kopf hin und her. »Verstehe. Und wie sieht dann deine Erklärung aus?«

»Die einfachste Erklärung ist: Wir ziehen die falschen Schlüsse. Wir vermuten, aufgrund der drei Morde etwas übersehen zu haben. Aber was ist, wenn wir nichts übersehen haben und unseren Gegner und dessen Denken falsch einschätzen?«

»Du meinst also, dass die Firmenkonstruktion des Malik tatsächlich wasserdicht ist, gut. Aber inwiefern schätzen wir ihn dann falsch ein?«

»In unserer Wahrnehmung ist der Tod, das Töten die Ultima Ratio. Was, wenn es sich beim Malik anders verhält? Wenn für ihn schon der Umstand einer Ermittlung ein Tabubruch, eine Art Majestätsbeleidigung ist?«

»Aber damit geht er ein verdammt großes Risiko ein. Er kann doch nicht wegen jeder Kleinigkeit gleich jemanden über die Klinge springen lassen?«

»Warum nicht?«

»Weil das Risiko für ihn zu groß wäre. Wenn er so klug ist, wie wir vermuten, dann wird er dieses Risiko nicht eingehen. Nein, Michael, ich glaube, du irrst dich. Es gibt einen Fehler, einen Schwachpunkt, direkt vor unserer Nase, und wir sehen ihn nur nicht.«

»Das dachte ich ursprünglich auch. Die Wahrscheinlichkeit, dass die besten Köpfe auf Malta und bei uns einen solchen Schwachpunkt übersehen haben, ist aber einfach zu gering. Die höchste Form der Kriegsführung ist die Zerstörung des Willens seines Feindes, um so allen Angriffen vorzubeugen.«

»Das klingt gut, aber er hat unseren Willen nicht zerstört.«

»Bist du dir da sicher, Thomas? Auf Malta ist es ihm gelungen. Dort traut sich keiner mehr, auch nur genauer hinzusehen. Selbst unser Freund Antonio Casar will nichts mehr damit zu tun haben. Dort hat man die Botschaft Wer auch immer uns auf die Finger sieht, stirbt!, verstanden. Das scheint mir doch eine recht gute Entsprechung für die Zerstörung des Willens zu sein.«

»Aber wir sitzen noch hier, und unser Wille ist nicht zerstört.«

»Richtig. Wir haben auch noch gar nicht richtig angefangen. Bis jetzt sind wir am Anfang eines Anfangsverdachts, höchstens. Alles, was wir haben, sind Mutmaßungen, die beim Staatsanwalt nicht einmal für den Papierkorb reichen. So gesehen hat der Malik kaum eine Veranlassung, unseren Willen zu zerstören.«

Frustriert erwiderte Thomas Berger: »Okay, und was nun?«

»Das kann ich dir noch nicht sagen.« Und gut gelaunt fügte er hinzu: »Bis jetzt dachte ich an eine Kombination aus Ares und Hermes, aber inzwischen scheinen mir die beiden als Vorbild nicht mehr ganz so sinnvoll.«

»Michael, sorry, bei aller Wertschätzung, du hast gewaltig einen an der Waffel.«

»Da will ich dir nicht widersprechen«, erwiderte Michael und stand auf. »Wenn ich meine Gedanken geordnet habe und zu einem vernünftigen Schluss gekommen bin, gebe ich dir Bescheid. Aber jetzt muss ich zurück in den D-Trakt.«

Eine müde Sabine Preiss und ein wütender Anton Steinbach erwarteten ihn schon.

»Servus zusammen. Sabine, schön, dass du wieder da bist. Wie war die Fahrt?«

»Ermüdend, und wie war dein Treffen mit Thomas von der Finanz?«

»Ob ihr es glaubt oder nicht, erhellend.«

»Sag schon! Haben die einen Schwachpunkt im Firmenpanzer des Malik gefunden?«, fragte Anton neugierig.

»Nein, ganz im Gegenteil, dessen Firmenkonstruktion ist tatsächlich geradezu perfekt. Aber davon später mehr. Wie weit bist du mit dem Bewegungsprofil der Maliks und der Spurensuche in dessen Verwandtschaft?«

»Das ist interessant und wie erwartet. Zum Family-Business: Mag sein, dass sich derartige Clans für gewöhnlich mit Kebab-Ständen, Sozialhilfebetrug, Erpressung und Ähnlichem beschäftigen, beim Malik ist es ganz anders. Der spielt in einer eigenen Liga. Ein Neffe ist Geschäftsführer eines Fünf-Sterne-all-inclusive-Hotels in Marrakesch und ein zweiter leitet ein Luxushotel in Agadir. Beide Hotels gehören anscheinend einer Mina Real Estate Inc., registriert in London, die wiederum einem Trust namens Kamar auf Zypern zugeordnet werden kann. Ab da verliert sich die Spur. Daneben habe ich noch eine Baufirma unter der Leitung eines Großneffen des Malik mit Niederlassungen in Algerien, Marokko und Tunesien. Weiter bin ich noch nicht gekommen. Da sieht man, was sich aus ein wenig Cannabis alles machen lässt.

Nun zur Reisetätigkeit der Maliks: Der feine Herr Anwalt ist am Montag nach Brüssel geflogen, gestern weiter nach London und sollte heute wieder in Wien landen. Die beiden Söhne hatten für letzte Woche einen Hin- und Rückflug nach Wien gebucht, aber die Tickets verfallen lassen. Mal sehen, ob sie diesen Freitag kommen. Hier liegen wieder Buchungen vor, natürlich Businessclass.«

»Sehr gut, Anton! Wie es scheint, decken sich deine Recherchen mit denen aus Malta. Ja, unser Malik scheint nicht nur eine gut funktionierende Waschanlage zu betreiben, sondern auch das Thema Wertschöpfungskette zu beherrschen. Bei den Unterlagen aus Malta muss ich euch, wie gesagt, leider enttäuschen. Hier haben weder die Malteser noch die Kollegen von der Finanz einen Knackpunkt gefunden.«

Während Sabine ihren Partner erwartungsvoll anlächelte und die Füße auf den Tisch legte, meinte Anton zynisch: »Super! Jetzt bewundern wir schon Verbrecher! Was kommt als Nächstes? Eine Autogrammstunde mit dem Malik auf der nächsten Anwalts- oder Steuerberatertagung?«

»Nein, Anton. Perfekt bedeutet: frei von Mängeln, aber nicht nur …« Und gedankenverloren, mehr an sich selbst gerichtet, fügte er hinzu: »Es steht auch für eine gänzlich vergangene Zeit.«

Gut gelaunt sah er den nach wie vor frustrierten Anton an: »Ja, ich finde, das trifft es genau. Wir werden dafür sorgen, dass auch der Malik gänzlich der Vergangenheit angehört und den Rest seiner Tage hinter schwedischen Gardinen verbringt.«

Angesichts der ruhigen Zuversicht von Michael Lenhart und der entspannten Haltung von Sabine Preiss kehrte auch bei Anton Steinbach ein vorsichtiger Optimismus zurück: »Und wie willst du das anstellen? Bitten wir unser Mathegenie um Hilfe, oder engagieren wir wieder die Computerhacker vom Bundesheer?«

»Nein, das schaffen wir ohne fremde Hilfe. Wobei, ganz stimmt das nicht. Wir werden uns ein wenig geistigen Beistand holen. Zuerst dachte ich an die ungleichen Halbbrüder Ares und Hermes. Inzwischen habe ich diesen Gedanken verworfen und finde, wir sollten dem Vorbild des Odysseus folgen.«

Während Anton seinen Partner ungläubig anstarrte, erwiderte Sabine lachend: »Also kein offener Krieg, sondern eine List, gut. Hoffentlich muss ich nicht zehn Jahre auf deine Rückkehr warten.«

»Nun, wenigstens dürftest du mit den Nebenbuhlern selbst locker fertigwerden.«

Mit einem Seitenblick zu ihrem irritiert abwartenden Kollegen meinte Sabine kopfschüttelnd: »Und jetzt erkläre bitte auch Anton, was du damit meinst.«

»Keine Sorge, Artemis, ich habe nicht vor, ein Schiff zu besteigen. Aber mit List hast du recht.«

»Aha, so ist das also. Und was für eine List willst du beim Malik anwenden?«

»Wir werden uns der Furcht bedienen.«

»Klingt ja ganz nett. Aber auf mich macht der Malik nicht gerade einen ängstlichen Eindruck.«

»So scheint es, ja. Zumindest auf den ersten Blick. Darum brauchen wir auch eine kleine List.«

Die beiden hörten sich den Plan von Michael Lenhart aufmerksam an, und während Sabine Preiss sich ihre Rolle in dem Spiel überlegte, begann Anton Steinbach eifrig Notizen zu machen. Anscheinend gab es für ihn eine ganze Menge zu organisieren.

Am Ende blieb nur noch eine Frage offen: »Glaubst du tatsächlich, wir bekommen für diese Aktion eine Genehmigung?«

»Ja, allerdings nicht vom Brigadier Fritsch.«

»Wen willst du dann fragen? Die Ministerin?«

»Nein, Anton, den Fritsch können wir selbstverständlich nicht übergehen, aber die Genehmigung wird uns die Frau Direktor Dr. Schaffenegger persönlich geben.«

»Nie im Leben!«, rief Anton. »Wenn die uns das durchziehen lässt, tanze ich Tango im Handstand.«

»Interessante Vorstellung. Viel Zeit zum Üben bleibt dir allerdings nicht.«

»Du willst gleich zur Direktorin?«

»Ja, Sabine. Eine Art informeller Gegenbesuch unsererseits, wenn auch kein ungefährlicher.«

»Was meinst du damit, Michael?«

»Sollte unsere List nicht funktionieren, ist die Sonderabteilung Geschichte. Darum brauche ich eure Zustimmung. Wenn ihr Bedenken habt, müssen wir uns etwas Neues einfallen lassen.«

Mit einem Ruck stand Anton auf und reichte Michael seinen Mantel. »Hör auf, dumme Fragen zu stellen, und beeil dich. Wir haben noch verdammt viel zu tun.«

Sabine meinte nur: »Du hast Anton gehört, Abmarsch!«, und verabschiedete ihn mit einem Kuss.

Unterwegs rief Michael Lenhart zuerst Brigadier Fritsch an und anschließend seinen Freund, Oberst Helmut Schober. Als dieser von dem Plan hörte, meinte er spontan, das sei ein Himmelfahrtskommando, sagte dann aber alle Termine ab, um Michael Lenhart zu unterstützen. Erstaunlich schnell fiel die Entscheidung bei Direktorin Schaffenegger. Diese ließ sich zuerst die Ermittlungsergebnisse genau erläutern und meinte dann: »Einverstanden, Lenhart. Ich muss Ihnen aber nicht sagen, dass Sie damit Kopf und Kragen riskieren?«

»Nein, Frau Doktor. Wir sind uns des Risikos bewusst, aber im Vergleich zur Alternative ist es das wert.«

»Das verstehe ich nicht ganz. Was meinen Sie mit alternativem Risiko?«

»Das Risiko, mich selbst aufzugeben.«

»Einen Fall nicht lösen zu können ist für Sie gleichbedeutend mit Selbstaufgabe?«

»Nein, es geht nicht um das Lösen eines Falls. Es geht um Autonomie, das Wesen der Freiheit, die in meinen Augen erst das Menschsein ausmacht. Wenn ich nicht mehr bereit bin, die Konsequenzen meiner Handlungen zu tragen, wer oder was bin ich dann?«

Kopfschüttelnd erwiderte die Direktorin: »Und Ihre Kollegen sehen das ebenso?«

»Ja, selbstverständlich! Ich säße nicht hier, wenn sie diesen Plan nicht mittragen würden.«

Frau Direktor Schaffenegger musterte Michael Lenhart eingehend, bevor sie aufstand. »Autonomie, interessanter Gedanke, Lenhart. Ich drücke Ihnen die Daumen.«

»Danke!« Schon an der Türe, drehte er sich noch einmal um. »Eine Bitte noch: Es wäre hilfreich, wenn Sie unser Gespräch und dessen Inhalt gegenüber niemandem erwähnten.«

Nachdenklich nickend erwiderte die Direktorin: »Sie haben recht, versprochen.«

Zurück im D-Trakt, fand Michael Lenhart neben seinen beiden Partnern auch noch Helmut Schober sowie Hans Tilly von den Suchtmitteln mit einem Kollegen in die Arbeit vertieft. Im Zimmer von Sabine Preiss hatte sich eine Gruppe aus dem Finanzministerium unter der Führung von Thomas Berger breitgemacht und brütete über den Malta-Unterlagen.

Nach einer lockeren Begrüßung versammelten sich alle erwartungsvoll im Wohnzimmer.

»Sag schon, Michael, können wir loslegen?«, fragte Anton.

»Ja, die Frau Direktor hat uns grünes Licht gegeben, aber ich muss es nochmals betonen: Ehe ihr zum Schwerte greift, bedenkt es wohl. Was wir vorhaben, kann fürchterlich nach hinten losgehen und auch euch in Schwierigkeiten bringen, mitgefangen, mitgehangen. Sollte also jemand von euch lieber die Finger davon lassen wollen, wäre das durchaus verständlich.«

»Nein, der Tote in Graz war mein Freund. Was wäre ich für ein Freund, wenn ich jetzt den Schwanz einzöge? Ich kenne dich zwar nicht persönlich, aber dein Ruf, Professor, eilt dir voraus. Ich bin dabei«, meldete sich der junge Kollege von Hans Tilly zu Wort.

Die anderen nickten zustimmend, und Sabine meinte trocken: »Du hast es gehört, Sherlock, lass uns loslegen.«

Michael Lenhart fing an, vor der Glasfront auf und ab zu gehen. Zuerst ein Weilchen schweigend, in sich versunken, dann fasste er mit fester Stimme die wichtigsten Ermittlungsergebnisse und seine Einschätzung der Maliks zusammen. Anschließend erläuterte er Schritt für Schritt die List, die er sich ausgedacht hatte. Dabei betonte er immer wieder die Hintergründe und Überlegungen, die ihn zu diesem Plan geführt hatten. Schließlich konnte nur derjenige im Notfall improvisieren, der das gesamte Bild kannte.

Als er mit seinen Ausführungen fertig war, herrschte für einige Sekunden Schweigen, bis Hans Tilly meinte: »Odysseus wäre stolz auf dich. Mir gefällt dein Plan, aber so schlau er auch wirkt, ein Spaziergang wird das nicht.«

»Nein, aber ein Spaziergang war angesichts unserer Gegner auch kaum zu erwarten.« Und an die gesamte Runde gerichtet, fragte Michael Lenhart: »Einverstanden? Fragen?«

Er bekam aber nur Schweigen als Antwort. Bis schließlich sein Freund Helmut Schober meinte: »Hör auf, uns wie Kinder zu behandeln, Michael. Wir wissen, was wir tun, und wir wissen, welches Risiko wir eingehen. Unsere Kollegen haben mit ihrem Leben bezahlt, was ist dagegen ein möglicher Fleck in unserer Personalakte? Dein Plan scheint zwar auf den ersten Blick unmöglich, aber gleichzeitig doch plausibel. In diesem Sinne: besser eine plausible Unmöglichkeit als unplausible Möglichkeiten. Auf geht's!«

»Danke. Dann sollten wir loslegen. Anton, du kümmerst dich um unsere Ziele. Wir müssen immer wissen, wo die sind. Still und leise, wie besprochen.

Hans, wir brauchen das Material aus Graz, und zwar in natura. Ein paar illegale Substanzen, fein säuberlich verpackt, wären auch ganz hilfreich, falls wir ein wenig Back-up brauchen. Und besorgt ein möglichst gutes Foto unseres ermordeten Grazer Kollegen sowie dessen Finger.

Thomas, bereite bitte das Firmengeflecht grafisch so auf, dass ein Staatsanwalt es möglichst schnell versteht, und erwähne dabei immer die enormen Umsätze. Außerdem wäre eine alphabetische Auflistung auf einem Spickzettel für mich hilfreich, und notiere bitte die falsche Kontonummer auf einem anderen. Ein Foto vom Denk, wenn möglich mit seiner Familie oder zumindest mit seiner Tochter, wäre ebenfalls gut. Das Gleiche gilt für den ermordeten Kollegen auf Malta. Bei den Unterlagen ist meines Wissens ein Foto, außerdem ein Zeitungsbericht, die beiden brauchen wir ebenfalls griffbereit.

Helmut, überlege dir, welcher Staatsanwalt am ehesten den Mut hat, uns bei dieser Geschichte zu unterstützen, und für einen Karriereschritt bereit ist, ein Risiko in Kauf zu nehmen. Vielleicht kannst du dessen Neugierde oder Ehrgeiz wecken. Außerdem brauchen wir einen Amtsarzt. Rede bitte mit Hans-Peter Kraus, der hat das Herz am rechten Fleck. Er soll sich bereithalten.

Sabine, dich brauche ich im Moment als mentale Sparringspartnerin, viel Zeit bleibt mir ohnehin nicht mehr, und du musst mich ordentlich in die Mangel nehmen. Mir darf kein Fehler unterlaufen. In diesem Sinne: Siegen wird der, dessen Armee in allen Rängen vom gleichen Geist beseelt ist. Wir sind es. Lasst uns dafür sorgen, dass es beim Malik-Clan nicht so ist.«

Während die Polizisten rund um Michael Lenhart sich in Wien auf ihre List vorbereiteten und Kollegen aus Graz das benötigte Material mit Blaulicht und Sirene nach Wien brachten, saß Josef Freidmann am Flughafen Heathrow in der Plaza Premium Lounge des Terminal 2, nippte an einem Vesper-Martini und bearbeitete seine Mails.

Die meisten waren reine Routine. Von der monatlichen Gehaltsabrechnung für seine wenigen Mitarbeiter – Partner gab es in seiner Kanzlei nur noch dem Namen nach – über zwei Blindbewerbungen angehender Juristen bis hin zu der Nachricht seines Immobilienverwalters, dass mit dem Ersten des kommenden Monats wieder alle Wohnungen in seinem Zinshaus vermieten waren.

Ungewöhnlich war eine Mail von Elias Malik, in der er sich nochmals für die Wartezeit in Brüssel entschuldigte und die PCC-Verträge lobte. Erstaunlich, dachte Freidmann, kein Malik hatte sich jemals bei ihm schriftlich entschuldigt. Das schien einfach nicht in deren DNA zu liegen.

Ganz anders eine Mail von Gabriel Malik. Der schrieb ihm wie immer im Telegrammstil, ohne Anrede und ohne Gruß, und schickte ein paar Dokumente für das Familientreffen sowie eine Beschreibung seines nächsten Projekts mit. Freidmann sah sich Gabriels neue Geschäftsidee genauer an und konnte eine gewisse Bewunderung nicht verhehlen.

Ja, der Bursche war ihm gegenüber herablassend, aber in geschäftlichen Dingen unglaublich kreativ und skrupellos. Das greentech21-Projekt war bereits ein echtes Meisterstück, aber was Gabriel nun machte, war noch um einiges gewagter und lukrativer. Hier würde der deutsche Steuerzahler zum ersten Mal in neunstelliger Höhe bluten.

Dann war da noch eine Mail vom Bezirksvorsteher. Josef Freidmann wollte sie zuerst ignorieren, zwang sich dann aber doch dazu, sie zu lesen, allerdings begleitet von einem zweiten Martini. Die Mail war verhältnismäßig lang und begann mit einem überschwänglichen Dank für den Teppich und einer Schilderung seines unermüdlichen und kräfteraubenden Einsatzes im Bezirk und in der Stadt. So weit das politische Geschwafel, bei dem Freidmann unweigerlich an die seiner Meinung nach zutreffende Charakterisierung durch den Malik denken musste.

Interessanter war der letzte Absatz. Hier lobte sich der Bezirksvorsteher selbst für seinen heroischen Besuch bei einer Abteilung für Sonderfälle, zusammen mit der Direktorin des Bundeskriminalamts, in den höchsten Tönen und meinte abschließend, dass diese Abteilung wahrscheinlich von der Ministerin aus parteipolitischem Kalkül beauftragt worden sei, nach Schmutz zu graben, aber im Fall des Herrn Malik nichts gefunden hätte.

Also wieder einmal ein typisch wienerischer Sturm im Wasserglas. Josef Freidmann antwortete beruhigt mit einem kurzen Dank für die Information und fuhr den Laptop herunter. Es war Zeit für das Boarding.

Der Flug verlief problemlos, wenngleich er sich mit der Bordküche nicht anfreunden konnte und nur ein Glas Wein trank. Freidmann gedachte, im Pfarrwirt in Döbling noch eine Kleinigkeit zu essen. In Klosterneuburg genügte kein Gasthaus seinem Geschmack, abgesehen allenfalls vom Ockermüller in Kritzendorf, aber dieser Umweg war ihm zu weit. Ja, der Pfarrwirt entsprach seiner Vorstellung von einem würdigen kulinarischen Reiseabschluss. Von dort hatte er es dann nicht mehr weit nach Hause auf den Ölberg.

Die Austrian-Airlines-Maschine landete pünktlich um achtzehn Uhr vierzig, und Freidmann machte sich in seinem Audi über die A4 auf den Weg nach Wien. Den grauen VW Golf, der ihm seit der Autobahnauffahrt folgte, bemerkte er nicht.

Im Pfarrwirt gönnte er sich ein klassisches Wienerschnitzel vom Kalb mit Kartoffelsalat, begleitet von einem trockenen Riesling, und als Abschluss einen glasierten Grießschmarrn mit einer St. Andräer Beerenauslese. So gestärkt, startete er um zwanzig Uhr dreißig, kam jedoch nicht weit. In der Heiligenstädter Straße wurde er von einer Polizeistreife angehalten, Fahrzeugkontrolle.

Die beiden freundlichen Polizisten überprüften zuerst routiniert seine Papiere sowie das Pickerl, und Freidmann wähnte sich schon in Sicherheit, als er plötzlich aufgefordert wurde zu blasen, Alkoholkontrolle.

Null Komma fünf Promille waren erlaubt. Im Kopf überschlug er schnell seinen Alkoholkonsum der letzten Stunden: Verdammt, das konnte knapp werden. Andererseits, mehr als null Komma acht Promille glaubte er sicher nicht zu haben, also würde es maximal eine Verwaltungsstrafe von ein paar Hundert Euro geben, eine Lappalie. Lästiger war da schon die Taxifahrt nach Hause. Doch es kam anders.

Nach einem ersten Versuch reichte ihm einer der Polizisten wortlos das Vortestgerät für einen zweiten Durchgang. Widerwillig blies Freidmann in das Gerät und reichte es dem wartenden Polizisten. Der nahm es und ging kommentarlos zum Streifenwagen, während sein Kollege bei Freidmann wartete.

Ein paar Minuten später kam der Polizist zurück und öffnete ruckartig die Fahrertür: »Steigen Sie aus, Herr Doktor Freidmann.«

»Wie bitte, aber warum?«

»1,31 Promille, bei beiden Tests. Ihren Führerschein behalten wir ein, und Sie kommen mit auf den Posten zur Blutabnahme. Außerdem liegt eine Anzeige wegen Gemeingefährdung und schwerer Körperverletzung sowie Fahrerflucht vor. Wie es aussieht, haben Sie nach Ihrem Gelage im Pfarrwirt bei der Einmündung in die Nestelbachgasse fast eine Frau überfahren. Sie konnte sich gerade noch mit einem Sprung in Sicherheit bringen. Sie ist mit Verdacht auf Schulter- und / oder Schlüsselbeinbruch auf dem Weg ins Krankenhaus. Tja, scheint nicht Ihr Glückstag zu sein, Herr Anwalt. So, und jetzt steigen Sie aus.«

Als Freidmann den Polizisten nur ungläubig anstarrte, wiederholte dieser eindringlich: »Keine falsche Bewegung.

Lassen Sie die Hände dort, wo ich sie sehen kann, und steigen Sie aus dem Wagen, sofort!«

Bevor Freidmann reagieren konnte, rief der andere Polizist: »Achtung, der Typ ist bewaffnet!« Mehr war nicht nötig. Sekunden später lag Freidmann mit am Rücken gefesselten Handgelenken auf dem nassen Asphalt vor seinem Wagen.

»Nun, Herr Anwalt, so wie es aussieht, kommt nun auch noch Widerstand gegen die Staatsgewalt auf die Liste, zusammen mit dem Besitz und Führen einer verbotenen Waffe.«

»Aber ich bin unbewaffnet. Ich kann mir das alles nicht erklären!«

»Keine Sorge, Herr Anwalt, das übernehmen schon wir, auf der Dienststelle, nachdem Ihnen der Amtsarzt Blut abgenommen und den Alkoholtest bestätigt hat.«

Mit geübten, aber alles andere als sanften Griffen wurde Freidmann in den Streifenwagen verfrachtet und in das Polizeikommissariat Döbling gebracht. Dort folgte die weitere erkennungsdienstliche Behandlung mit dem Hinweis, der Amtsarzt sei schon auf dem Weg. Anschließend ging es in eine Arrestzelle.

Josef Freidmann war wie paralysiert. Es fiel ihm schwer, auch nur einen einzigen klaren Gedanken zu fassen. Bis vor wenigen Minuten war er ein erfolgreicher Anwalt, Millionär und Villeneigentümer gewesen – und nun saß er mit einer ganzen Latte von Anzeigen in einer Zelle.

Freidmann versuchte, sich zu konzentrieren. Ja, er hatte ein wenig zu viel getrunken, aber 1,31 Promille, das konnte nicht sein. Und dann die Frau, die er angeblich fast überfahren hätte: Da war niemand. Zumindest hatte er niemanden gesehen, andererseits war es bereits ziemlich dunkel gewesen und die Straßenbeleuchtung schwach. Auch die Waffe konnte er sich nicht erklären. Ja, er besaß eine Pistole, aber die war legal und lag gut verwahrt in seinem Tresor im Büro. All das hier war der reinste Albtraum.

Kurz erwog er, sich kollegiale Hilfe zu holen. Die stand ihm dem Gesetz nach zu, aber welch jämmerliches Bild würde das abgeben? Ein Anwalt, der um einen Anwalt bittet, peinlicher ging es in seinen Augen nicht mehr. Nein, hier musste er sich selbst helfen. Josef Freidmann straffte die Schultern, versuchte, seinen verschmutzten Anzug ein wenig zu säubern, und stand auf. Von Anfang an dabei per Videokamera beobachtet von Michael Lenhart, Sabine Preiss und Amtsarzt Dr. Hans-Peter Kraus.

»Sehr schön! Scheint so, als hätte sich unser Gast ein wenig gefasst. Hans-Peter, jetzt bist du dran.«

Ein paar Augenblicke später öffnete sich die Zellentür, und der Amtsarzt, begleitet von einem Polizisten in Uniform, stand dem Anwalt gegenüber.

»Ich bin Dr. Kraus, der Amtsarzt. Sie sind Dr. Josef Freidmann, richtig?«

»Ja, der bin ich. Hören Sie, Herr Doktor, hier muss ein Irrtum vorliegen …«

»Moment, Herr Freidmann«, unterbrach ihn der Amtsarzt mit gelangweilter Miene, »ich bin nur für die Blutabnahme zuständig, mehr nicht. Wenn Sie jetzt so freundlich wären, einen Arm frei zu machen.«

»Aber so geht das doch nicht! Man behandelt mich hier wie einen Schwerverbrecher …«

»Gibt's ein Problem, Herr Doktor?«, mischte sich mit drohendem Unterton der Polizist in das Gespräch.

Freidmann hob beschwichtigend die Hände und sagte beflissen: »Aber nein, ich wollte nur darauf hinweisen ...«, verstummte aber angesichts des eindringlichen Blicks von Hans-Peter Kraus, zog das verschmutzte Sakko aus und krempelte den linken Ärmel hoch.

Als Dr. Kraus zurück in den Beobachtungsraum kam, fragte Michael: »Dein Eindruck, Hans-Peter?«

»Der Gute ist ein wenig von der Rolle. Er muss sich ja wie in einem falschen Film vorkommen. Dazu die Beeinträchtigung durch den Alkohol. Ich würde sagen, er hat seine Situation noch nicht ganz verarbeitet, dürfte aber in den nächsten ein bis zwei Stunden wieder etwas klarer werden.«

»Und müder«, ergänzte Michael Lenhart.

»Ja, und müder. Aber das gilt auch für euch, vergesst das nicht. So, ich mache jetzt den Bluttest. Kann ich sonst noch etwas für euch tun?«

»Nein, Hans-Peter, aufrichtigen Dank!«

»Nichts zu danken. Wenn ihr noch etwas braucht, lasst es mich wissen.«

Sabine beobachtete unterdessen weiterhin den Anwalt, der begonnen hatte, unruhig in der Zelle auf und ab zu gehen, und machte sich ein paar Notizen.

»Was ist dein Eindruck, Artemis?«

»Bisher passt alles. Allerdings ist unser feiner Herr Anwalt im Moment noch in der Phase der Unruhe und Unklarheit, nicht in jener der Angst. Du solltest also dieses Zeitfenster tunlichst nutzen.«

»Einverstanden. Falls du bemerkst, dass ich abschweife oder die Oberhand verliere, holst du mich sofort raus, versprochen?«

»Ja, versprochen, aber das wird nicht passieren, Sherlock, und jetzt auf in den Kampf. Showtime!«

Michael Lenhart atmete tief durch und ging.

Sowie Josef Freidmann den Schlüssel im Schloss hörte, blieb er stehen. Endlich passierte etwas, außerdem musste er dringend auf die Toilette.

Als die Tür aufging, stand ihm wieder der Polizist in Uniform gegenüber, ein paar Handschellen in der Hand. »Die Kollegen haben jetzt Zeit für Sie«, stellte er klar, und auf die Handschellen deutend: »Werden wir die brauchen, oder wissen Sie sich zu benehmen?«

Erleichtert antwortete Freidmann: »Nein, nein, die werden wir ganz sicher nicht brauchen. Ich war nur ein wenig durcheinander und habe selbst das größte Interesse, diese leidige Geschichte möglichst schnell zu klären.«

»Gut, dann gehen wir.«

»Allerdings müsste ich mich dringend erleichtern.«

»Kein Problem«, erwiderte der Polizist und wies in Richtung Gang. Als Freidmann die Toilettentüre hinter sich schließen wollte, schüttelte der Beamte den Kopf und meinte bestimmt: »Die Tür bleibt offen, Vorschrift.« Peinlich berührt nestelte Josef Freidmann an seinen Hosen und war dankbar, dass ihn wenigstens kein plötzlicher Harnverhalt quälte. Das hätte gerade noch gefehlt.

So gesehen mehrfach erleichtert stand Freidmann wenig später einem Beamten in Zivil gegenüber, der ihn für einen Augenblick von oben bis unten musterte und dann überraschend freundlich meinte: »Mein Name ist Lenhart, ich bin für Sie, wie soll ich sagen, zuständig. Hat man Sie gut behandelt? Konnten Sie die Toilette aufsuchen, die Hände waschen?«

Freidmann räusperte sich, um ein wenig Zeit zu gewinnen, und stammelte dann: »Ja, danke der Nachfrage, gerade vorhin, auf dem Weg zu Ihnen, konnte ich mich ein wenig frisch machen.«

Der Kollege in Uniform schüttelte nur unmerklich den Kopf, und Sabine Preiss notierte im Beobachtungsraum die erste Lüge, sehr gut.

Michael Lenhart wies auf einen Stuhl, nahm hinter dem einfachen Schreibtisch ebenfalls Platz und öffnete eine schmale Akte.

»Nun, Herr Doktor Freidmann, das sieht ja alles ein wenig betrüblich aus, ist aber gleichzeitig kein Weltuntergang. Doch vorab fürs Protokoll: Können Sie meinen Ausführungen folgen, oder möchten Sie noch ein paar Stunden warten, bis sich Ihr kleiner Schwips verflüchtigt hat?«

»Aber nein, Herr Inspektor! Ich habe zwar ein Glas Wein zum Essen getrunken, bin aber vollkommen Herr meiner Sinne und sicher, der Bluttest wird das auch zeigen. 1,31 Promille, das ist lächerlich.«

Sabine machte die nächste Lügennotiz.

»Gut, Herr Doktor. Ich weiß, es ist lästig, aber für das Protokoll leider notwendig: Sie sind Dr. Josef Freidmann, geboren am 22. April 1954 in Wien, unverheiratet, wohnhaft in 3400 Klosterneuburg, Am Ölberg 76, und die Firmenadresse Ihrer Kanzlei lautet: 1010 Wien, Schottenbastei 4. Ist das korrekt?«

»Ja, das stimmt so, Herr Inspektor.«

Nach einem Blick in die Akte meinte Michael Lenhart: »Schottenbastei, das ist ja gleich beim Ring und der U-Bahn-Station. Sehr gut gewählt, da haben es Ihre Klienten leicht, egal ob sie öffentlich oder mit dem Wagen zu Ihnen kommen.«

»Ja, in der Tat. Heutzutage ist die Konkurrenz unter Anwälten groß und da ist auch die leichte Erreichbarkeit überaus wichtig.«

Zufrieden vermerkte Sabine Lüge Nummer drei.

Fast schon im Plauderton fuhr Michael Lenhart fort: »Das verstehe ich, Herr Doktor, und wie es scheint, sind Sie auch überaus erfolgreich: Kanzlei im ersten Bezirk und dazu ein Haus am Ölberg.«

Angesichts der lockeren Atmosphäre entspannte sich Josef Freidmann zunehmend. »Bei aller Bescheidenheit hat sich meine jahrelange und erfolgreiche Arbeit schließlich bezahlt gemacht.«

»Sehr schön, doch nun wieder zum leidigen Protokoll: Sie waren auf dem Weg nach Hause, als Sie angehalten wurden? Ist das richtig?«

»Ja, das ist korrekt.«

»Und davor waren Sie im Büro, hatten Termine?«

»In gewisser Weise, ja.«

Sabine Preiss schüttelte grinsend den Kopf und notierte sich die vierte Lüge. Michael Lenhart war dabei, den Anwalt nach allen Regeln der Kunst in ein Lügengebäude zu verstricken.

»Sehr schön, dann hätten wir ja bereits einen Gutteil geklärt, Herr Doktor. Bleibt noch diese eigenartige Anzeige wegen fahrlässiger Gemeingefährdung, Verdacht auf schwere Körperverletzung und Fahrerflucht. Können Sie mir dazu irgendetwas sagen, Herr Doktor?«

»Das ist mir vollkommen rätselhaft, Herr Inspektor! Ich habe weder jemanden bemerkt noch verletzt. Von einer Fahrerflucht ganz zu schweigen.«

Michael Lenhart machte sich ein paar Notizen und meinte dann wie zu sich selbst: »Verstehe, Herr Doktor.

Bisher ist es auch nur eine Behauptung, und soweit ich weiß, gibt es noch keine Bestätigung einer Verletzung, also auch der Schulter- oder Schlüsselbeinbruch ist im Moment reine Spekulation. Diese Frage können wir demnach vorerst getrost außer Acht lassen. Bleibt der Widerstand gegen die Staatsgewalt.« Und mit geradezu mitfühlender Miene ergänzte er: »Herr Doktor, das ist für mich vollkommen unverständlich bei einem Mann wie Ihnen. Warum haben Sie das gemacht?«

»Aber ich habe nichts gemacht, Herr Inspektor! Ich war einfach wie versteinert. Vielleicht haben Ihre Kollegen das als Widerstand interpretiert, was ich ihnen in keiner Weise vorwerfen möchte. Es war nie meine Absicht, mich zu widersetzen.«

»Ja, so wird es wohl gewesen sein, Herr Doktor. Auf jeden Fall freut es mich, dass Sie an der Amtshandlung nichts auszusetzen haben und diese als korrekt betrachten.« Und mit einem Augenzwinkern fügte er hinzu: »So etwas macht sich immer gut in einem Protokoll.«

Michael Lenhart blätterte erneut in den Unterlagen und fuhr dann fort: »Ich glaube, damit haben wir alles hinter uns gebracht, Herr Doktor.« Er registrierte deutlich die sichtbare Erleichterung des Anwalts.

Bisher verlief alles genau nach Plan, sehr gut.

»Allerdings ist da noch ein Punkt, Herr Doktor. Die Kollegen haben vermerkt, dass Sie eine Teleskop-Stahlrute im Auto hatten. Das ist eine verbotene Waffe, Herr Doktor.«

»Das kann ich mir nicht erklären, Herr Inspektor. Ich habe so ein Ding noch nie im Leben gesehen.«

»Sie wissen also nicht, wie dieser Totschläger in Ihr Auto gekommen ist?«

»Nein, beim besten Willen nicht.«

»Könnte es sein, dass vielleicht ein Fahrgast, möglicherweise ein Klient von Ihnen, diese Waffe im Auto hat liegen lassen, aus Versehen? Schließlich steckte diese Stahlrute zwischen Beifahrersitz und Mittelkonsole.«

»Ja, Herr Inspektor, das scheint mir eine vernünftige Erklärung zu sein.«

»Verstehe, Herr Doktor. Nur sicherheitshalber: Hat außer Ihnen sonst noch jemand einen Schlüssel für Ihren Wagen?«

»Nein, ich habe den einzigen Schlüssel.«

»Und den Zweitschlüssel, wo bewahren Sie den auf, Herr Doktor?«

»In meinem Tresor, zu Hause.«

Verständnisvoll nickend meinte Michael Lenhart: »Das ist sehr gewissenhaft, Herr Doktor. Also, haben Sie vielleicht eine Idee, wer diese Waffe bei Ihnen vergessen haben könnte? Vielleicht Ihr letzter Fahrgast? Das wäre zumindest ein naheliegender Schluss.«

Plötzlich bekam die Gesichtsfarbe des Anwalts einen leichten Tick ins Rote, Treffer. »Nun, ich habe vor einigen Tagen eine Dame ein Stück weit mitgenommen. Es hatte geregnet, und ich wollte nur behilflich sein.«

Sabine Preiss machte sich Notiz Nummer fünf, und Michael Lenhart fragte mit verständnisvollem Ton weiter: »Ein Gentleman der alten Schule, ich verstehe. Allerdings brauchen wir den Namen der Dame, sonst bleibt diese leidige Sache am Ende doch an Ihnen hängen, Herr Doktor.«

Sichtlich verlegen antwortete Freidmann: »Ich kann Ihnen den Namen nicht nennen, so gerne ich das täte. Ich habe die Dame letzte Woche, ich glaube, am Mittwoch oder Donnerstag, Hilfe suchend vor dem Il Melograno im ersten Bezirk stehen gesehen und ihr spontan angeboten, sie ein Stück mitzunehmen. Allerdings gar nicht weit, am Kärntner Ring bei der Oper hat sich die Dame bedankt und ist wieder ausgestiegen. Mehr kann ich Ihnen dazu leider nicht sagen.«

Lüge Nummer sechs.

»Aber Sie können diese Person sicher beschreiben, Herr Doktor? Ein Mann Ihres Kalibers!«

»Nur ganz grob, Herr Inspektor, ich musste mich ja auf den Verkehr konzentrieren.«

Lüge Nummer sieben.

»Verstehe, Herr Doktor, dann eben so grob oder genau wie möglich. Am einfachsten ist es, wenn Sie mit dem Offensichtlichen beginnen. Alter, Größe, Haarfarbe, Sprache, besondere Kennzeichen. Als Anwalt wissen Sie sicher, was ich meine.«

»Selbstverständlich, Herr Inspektor, obwohl ich als Vertragsrechtsspezialist mit derartigen Themen nicht wirklich vertraut bin.« Den Blick leicht gegen die Decke gerichtet fuhr Freidmann fort. »Ich schätze, circa vierzig, vielleicht fünfundvierzig Jahre alt, sehr gepflegt, dunkelblondes schulterlanges Haar, ein klein wenig untersetzt, und der Sprache nach würde ich meinen, eine Touristin aus Deutschland, mehr kann ich Ihnen im Moment dazu leider nicht sagen.«

Lüge Nummer acht.

Michael Lenhart hatte alles gewissenhaft am Laptop mitgeschrieben, und nach einem Blick auf den Bildschirm meinte er: »Gut, ich glaube, damit haben wir vorerst alles. Ich bringe das Protokoll nur noch ein wenig in Form, dann können Sie es durchlesen und unterschreiben.«

Ein paar Minuten später unterschrieb der Anwalt, reichte es Michael Lenhart zurück und stand auf. »Ich nehme an, damit sind wir hier fertig. Ich danke Ihnen auf jeden Fall für Ihre freundliche, verständnisvolle und professionelle Arbeit, Herr Inspektor. Ich werde das Frau Doktor Schaffenegger gegenüber ausdrücklich erwähnen.«

Lüge Nummer neun.

Erstaunt erwiderte Michael Lenhart: »Sie kennen die Frau Direktor persönlich?«

»Ja, ich hatte im Rahmen meiner Arbeit das Vergnügen.« Nach einem Blick zur Tür fuhr Josef Freidmann fort: »Wären Sie wohl so freundlich, mir ein Taxi rufen zu lassen? Ich habe mein Mobiltelefon leider im Auto liegen lassen.«

»Grundsätzlich gerne, Herr Doktor, allerdings muss ich Sie noch um einen Augenblick Geduld bitten. Das Ergebnis der amtsärztlichen Untersuchung sollte jeden Augenblick vorliegen«, entgegnete Michael Lenhart, stand auf und ging.

Während der verdutzte Anwalt ihm nachsah, zeigte der bis dahin schweigende Polizist nur Richtung Tür und meinte: »Nach Ihnen.«

Anstatt zum Taxi ging es zurück in die Zelle.

Als Michael den Beobachtungsraum betrat, wurde er von Sabine mit einem freudigen Kuss begrüßt. »Du warst brillant, Sherlock! Bereits mit dem Händewaschen hast du ihn in die erste Lügenfalle tappen lassen. Von da an ging es weiter. Zu guter Letzt hat er auch noch das Protokoll unterschrieben, in dem steht, dass die Amtshandlung korrekt war, herrlich!«

»Ja, es ist ein guter Anfang. Aber du weißt selbst: Im Zweifelsfall kann er immer noch sagen, er wäre alkoholisiert und nicht Herr seiner Sinne gewesen.«

»Ja, aber im Moment wähnt er sich schon fast zu Hause in seinem Bett.«

»Wie weit ist Hans-Peter mit dem Bluttest?«

»Fertig«, erwiderte Sabine und fügte grinsend hinzu: »1,28 Promille, da kommt der feine Herr Anwalt nicht mehr heraus. Ganz zu schweigen von unseren Back-up-Werten.«

»Auf getrennten Ausdrucken?«, wollte Michael wissen.

»Wie gewünscht, Odysseus.«

»Dann, Penelope, sollten wir den verehrten Herrn Anwalt nicht länger warten lassen.«

»Langsam ist präzise und präzise ist schnell, mein Lieber«, antwortete Sabine. »Lass uns zuerst noch ein wenig frische Luft schnappen und Kaffee trinken, die Nacht ist noch jung und der Anwalt läuft uns nicht davon.«

Gestärkt durch einen kurzen Spazierganz sowie einen erstaunlich guten Kantinen-Espresso nahm Michael seine Unterlagen, ging im Kopf alles noch einmal Schritt für Schritt durch und ließ dann Josef Freidmann bringen.

»Mein verehrter Herr Doktor Freidmann, bitte nehmen Sie Platz.«

»Sie haben den Blutwert, Herr Inspektor? Sehr schön, dann können wir diese leidige Episode ja zu einem raschen Abschluss bringen.«

»Ja, Herr Doktor Freidmann, die Ergebnisse sind da. Allerdings muss ich Sie noch um ein wenig Geduld bitten. Wie es scheint, bestätigten Ihre Blutwerte die ersten Ergebnisse mit einem Wert von 1,28 Promille. Das ist zwar ein bisschen weniger als bei den beiden Vortests, aber der amtliche Wert.«

»Das ist unmöglich, Herr Inspektor!«

Michael Lenhart runzelte verständnisvoll die Stirn und entgegnete: »Leider nein, Herr Doktor. Aber lassen Sie uns alles erneut in Ruhe durchgehen. Vielleicht lässt sich so ein möglicher Fehler finden.«

Erleichtert meinte Josef Freidmann: »Gerne, Herr Inspektor. Ich kann nur nochmals betonen, wie sehr ich Ihre professionelle Vorgehensweise zu schätzen weiß.«

Michael Lenhart griff zum Protokoll: »Gut, dann schauen wir uns alles ein weiteres Mal der Reihe nach an. »Sie waren den ganzen Tag im Büro, nüchtern, wie ich annehme, und haben, wie hier steht, beim Abendessen ein Glas Wein getrunken.«

Bei einer Lüge ertappt, antwortete Josef Freidmann: »Nun, ich habe zwar den ganzen Tag gearbeitet, das ist richtig, war aber beruflich in London und habe im Flugzeug bereits ein Glas Wein getrunken. Aber zwei Gläser Wein in drei oder vier Stunden können unmöglich einen derart hohen Promille-Wert ergeben.«

Kopfschüttelnd entgegnete Michael Lenhart: »Aber Herr Doktor, in Ihrer Aussage steht eindeutig, dass Sie den ganzen Tag im Büro waren, und nun sagen Sie plötzlich, Sie waren in London. Wie soll ich das verstehen?«

Mit gönnerhafter Miene erklärte Freidmann: »Aber Herr Inspektor, das ist doch eine Petitesse. Entscheidend ist, dass der Blutwert nicht stimmen kann.«

Nachdem er den Anwalt in aller Ruhe gemustert hatte, erwiderte Michael Lenhart: »Nicht ganz, Herr Doktor Freidmann. Am Ende des Tages zählt, was schwarz auf weiß auf dem Papier steht. Einmal hier in dem von

Ihnen unterschriebenen Protokoll und …«, er zog ein anderes Blatt Papier aus der Akte, »… hier in der Aussage des Kellners vom Pfarrwirt sowie auf der Kopie Ihrer Rechnung. Sie haben zum Schnitzel drei Glas Riesling getrunken und als Digestif eine Beerenauslese. Herr Doktor, ich habe den Eindruck, Schein und Sein liegen bei Ihnen sehr weit, um nicht zu sagen diametral auseinander.«

»Wie auch immer, Herr Inspektor. Es gibt keinen Grund, mich hier länger festzuhalten. Ich verstehe Ihre Position, Sie müssen sich an die Vorschriften halten. Trotzdem: Alkohol am Steuer ist meines Wissens nur ein Vergehen. Ich bezahle die Strafe, und damit ist die Sache erledigt.«

Weiterhin vollkommen ruhig antwortete Michael Lenhart: »Sie haben natürlich recht, Herr Doktor. Alkohol am Steuer ist ein Vergehen, das mit tausendzweihundert bis viertausendvierhundert Euro, Führerscheinentzug für vier Monate und einer verpflichtenden Nachschulung geahndet wird. Aber es ist nicht nur der Alkohol, Herr Doktor Freidmann. Da wären noch das Führen verbotener Waffen, mögliche Fahrerflucht, schwere Körperverletzung, Widerstand gegen die Staatsgewalt und, wie die Analyse ihres Blutes ebenfalls ergeben hat, die Einnahme verbotener Substanzen. Herr Doktor Freidmann, mir scheint, Sie brauchen einen einschlägig versierten Kollegen. In Ihrem Blut wurden nicht unerhebliche Spuren von Kokain gefunden.«

Vollkommen perplex ließ sich Freidmann auf den Sessel fallen. »Das ist unmöglich! Das kann nicht sein! Ich habe noch nie in meinem Leben Kokain oder andere verbotene Substanzen konsumiert.«

Mit gerunzelter Stirn antwortete Michael Lenhart: »Herr Doktor, bei allem Verständnis, all diese Fakten stehen in eklatantem Widerspruch zu dem von Ihnen bereits unterschriebenen Protokoll. Daher, befürchte ich, wird man Ihre Aussagen in Zukunft nur mit größtem Vorbehalt zur Kenntnis nehmen.«

Josef Freidmann war auf seinem Stuhl in sich zusammengesackt. Sollte er tatsächlich einen Kollegen um Beistand bitten, und wenn ja, welchen? Er kannte in Wahrheit niemanden, der sich mit Verkehrsdelikten, Körperverletzung und verbotenen Waffen auskannte. Außerdem: Welches Bild würde das abgeben? Ein mehrfach angeklagter Anwalt, so eine Story würde innerhalb der Juristenschaft wie ein Lauffeuer wüten. Nein, hier musste er selbst schauen, wie er wieder herauskam.

Michael Lenhart musterte sein Gegenüber gelassen. Zunehmend Schweiß auf der Stirn, fehlende Körperspannung, fahrige Gesten, ein leichtes Zittern der linken Hand. Zeit für das Finale. Er nickte dem Kollegen in Uniform zu. Dieser verließ kurz den Raum und kam mit einer neuen Akte zurück.

»Herr Doktor Freidmann, ich bin sicher, das wird Sie interessieren, es ist eine Zusammenfassung der Erstuntersuchung jener Frau, die sich mit einem Sprung in Sicherheit bringen musste.

Wie in Trance erwiderte Josef Freidmann: »Das kann nicht sein! Ich habe niemanden angefahren und auch keine Fahrerflucht begangen.«

»Niemand beschuldigt Sie, jemanden angefahren zu haben, Herr Doktor. Anders sieht es bei Fahrerflucht und Körperverletzung aus. Laut dem vorliegenden Protokoll erlitt die Frau Abschürfungen, Prellungen, eine

Ruptur im Musculus biceps brachii sowie eine Fissur der Clavicula. Das ist eindeutig eine schwere Körperverletzung, Herr Doktor. Darauf steht eine Freiheitsstrafe von sechs Monaten bis fünf Jahren.«

»Aber das kann alles nicht sein, Herr Inspektor!«, schrie Josef Freidmann mit sich überschlagender Stimme.

»Ich will Ihnen ja gerne glauben, Herr Doktor, aber angesichts der Widersprüche zwischen Ihren Angaben und den vorliegenden Fakten fällt mir das zunehmend schwer. All das ist keine, wie haben Sie es vorhin genannt, Petitesse.«

Freidmann war nur noch ein Schatten seiner selbst. Aus dem jovialen Anwalt war ein Häufchen Elend geworden. Michael Lenhart ließ sich Zeit. Mit jeder Sekunde, in der sich sein Gegenüber das Gehirn nach einem Ausweg zermarterte, kam er seinem Ziel näher.

Schließlich hob Freidmann den Kopf und meinte mit gebrochener Stimme: »Das alles ist ein Albtraum! Ich kann mir das nicht erklären.«

Mit ruhiger Stimme und mitfühlendem Ton erwiderte Michael Lenhart: »Aber, aber, Herr Doktor Freidmann, das Leben geht weiter. Ich bin zwar kein Jurist, aber Sie sind bisher unbescholten, und meiner Erfahrung nach bleibt Ihnen das Gefängnis erspart. Allerdings dürfte sich Ihre Karriere als Anwalt dem Ende nähern. Für gewöhnlich goutieren es Klienten nicht, wenn sich ihre Anwälte selbst im Fadenkreuz der Justiz befinden.«

Bei dem Wort Klienten zuckte Josef Freidmann unwillkürlich zusammen. Der Malik! Der Albtraum nahm kein Ende, er wurde immer schlimmer!

Plötzlich straffte sich der Anwalt wieder. Geld. Für gewöhnlich konnte man damit so gut wie alles regeln.

»Herr Inspektor, Sie haben vollkommen recht! Das Leben geht weiter, und ich bin gerne zu jeder Art von Diversion bereit. Damit wäre dann die Sache mit der Körperverletzung vom Tisch. Nennen Sie mir eine Summe, ich bin damit einverstanden.«

Sieh einer an, dachte sich Michael Lenhart, das letzte Aufbäumen kommt schneller als gedacht. »Nun, Herr Doktor, ob eine Diversion möglich ist, entscheide nicht ich, sondern der zuständige Richter, aber ich bin gerne bereit, Ihr diesbezügliches Ersuchen zu vermerken. Allerdings ist bei allen anderen Punkten eine außergerichtliche Einigung nicht vorgesehen.«

So schnell die Hoffnung gekommen war, so schnell verflog sie wieder.

Betont freundlich fuhr Michael Lenhart fort: »Herr Doktor, verlieren Sie nicht den Mut! Sehen Sie es als einen Wink des Schicksals. Vielleicht ist es einfach Zeit, einen neuen Lebensabschnitt zu beginnen und die wohlverdiente Pension anzutreten. Sie haben ein Haus in bester Lage, sicher mit Garten, könnten reisen, das Leben genießen und müssten nicht mehr im Auftrag Ihres Klienten durch die Gegend fliegen. Möglicherweise ist es Zeit, ein neues Kapitel in der Geschichte Ihres Lebens aufzuschlagen.«

Michael Lenhart sah, wie seine Worte in Josef Freidmann zu arbeiten begannen. Da war ein leichtes Zucken im rechten Augenlid, die Schultern waren wieder etwas straffer, und er hatte begonnen, nervös seine Finger zu kneten. Mit wieder festerer Stimme meinte Freidmann schließlich: »Sie sind sehr einfühlsam, Herr Inspektor. Vielleicht haben Sie recht.«

»Es freut mich, dass Sie trotz dieser unerfreulichen Lage den Kopf nicht hängen lassen, Herr Doktor. Allerdings gilt es, alle Optionen sorgsam abzuwägen, auch im Hinblick auf Ihren Klienten.«

Erstaunt hob Josef Freidmann den Kopf. »Warum erwähnen Sie meine Klienten? Was haben die damit zu tun?«

Lächelnd erwiderte Michael Lenhart: »Singular, singularis, der Klient. Aber das ist ein eigenes, überaus spannendes Thema. Wenn Sie möchten, kann ich Ihnen die dazugehörige Geschichte, genauer gesagt die möglichen Enden dieser Geschichte, im Sinne verschiedener Optionen gerne erzählen.«

»Herr Inspektor, ich verstehe nicht! Was meinen Sie mit Geschichte und Optionen?«

»Nun, Herr Doktor, vielleicht sollten wir uns zur Präzisierung kurz dem Begriff Geschichte, Substantiv feminin, widmen. Er umfasst die Beschreibung eines geschichtlichen, kulturellen oder auch persönlichen Entwicklungsprozesses. Ein klein wenig anders ist seine umgangssprachliche Bedeutung. Hier meint Geschichte eine Erzählung, die naturgemäß märchenhaft sein kann. Ich beginne mit der zweiten Bedeutung, der märchenhaft anmutenden Erzählung, und überlasse es Ihnen, zu entscheiden, inwieweit Sie, Herr Doktor, diese Geschichte Realität werden lassen und welches Ende Sie dieser Geschichte geben wollen.«

Als Josef Freidmann etwas erwidern wollte, hob Michael Lenhart die Hand: »Keine Sorge, Herr Doktor, die Geschichte ist durchaus spannend, wenn auch mitunter tragisch, und für Sie auf jeden Fall lohnend. Hören Sie zu! Es gab in einer Stadt, sagen wir, in Wien, einen überaus ehrgeizigen jungen Mann aus einem fernen Land, der es mit dem Handel illegaler Pflanzenprodukte aus seiner ehemaligen Heimat zu beträchtlichem Vermögen gebracht hatte. Seine beiden Söhne erzog dieser Mann mit strenger Hand, schickte sie auf die teuersten Schulen und Universitäten, und alles entwickelte sich zu seinem Wohlgefallen. Allerdings wurden die bewegten Summen immer größer, und der Mann wendete sich Hilfe suchend an einen aufstrebenden Anwalt.

Dieser Anwalt, nennen wir ihn der Einfachheit halber Josef, entdeckte das riesige Potential dieses Klienten und entwickelte über die Jahre ein umfangreiches Geflecht aus Firmen, Beteiligungen und Stiftungen. Ein gefinkeltes Netzwerk, das jedem Versuch einer staatlichen Kontrolle widerstand und es ermöglichte, das Geld zu waschen und zu reinvestieren, ohne dass der Fiskus bei uns oder in einem anderen Land etwas davon erfuhr, geschweige denn etwas dagegen tun konnte.

In Wien hielt sich dieser Mann, geben wir ihm den Namen der König, äußerst bedeckt, betrieb offiziell nur drei blütenweiße Firmen und gab sich sozial engagiert. Seine beiden Söhne, inzwischen erwachsen, zogen ins Ausland, gründeten dort ihre eigenen Firmen in London und Brüssel und vergrößerten das familiäre Imperium immer weiter. Mit dabei war stets der schlaue Josef, der sich immer neue Firmenkonstruktionen einfallen ließ. Alles lief wie geschmiert, bis einem der Söhne ein klitzekleines Missgeschick passierte, ein Zahlendreher. Was sagt man dazu? Anstelle von dreiundzwanzig tippte dieser Sohn, nennen wir ihn Gabriel, zweiunddreißig am Ende einer sechzehnstelligen Kontonummer ein. Zu allem Überfluss war es Freitagnachmittag, und so landete das Geld bei der angewiesenen Bank, sagen wir, auf Malta, auf einem Konto für vagabundierende Gelder. Ja,

Herr Doktor Freidmann, Sie haben recht, so ein Fehler kann jedem passieren. Sehen Sie hier, ich habe zufällig genau diese Kontonummer bei der BOV, der Bank of Valletta.«

Er nahm ein Blatt Papier aus den Akten und zeigte es Freidmann.

»Doch nun weiter in der Geschichte, Herr Doktor. Am darauffolgenden Montag wurde der Fehler entdeckt und das Geld dem richtigen Konto gutgeschrieben, aber bei der Finanzaufsicht der kleinen Insel Malta wurde man hellhörig. Was hatte es mit dieser eigenartigen Millionenüberweisung auf sich? Ja, Herr Doktor Freidmann, es war wie beim Wurf eines Steines in einen ruhigen See. Die Kreise zogen sich immer weiter und weiter, und die Mitarbeiter der Finanzaufsicht nahmen die Fährte des Geldes auf. Speziell ein Mann, Neil Camilleri mit Namen, ließ nicht locker. Diese Ermittlungen missfielen allerdings dem Herrn König in Wien zutiefst, und so ließ er Neil Camilleri ermorden. Hier, ich habe ein Foto des verstorbenen Kollegen. Er wurde auf der Straße vor seinem Haus erschossen, durchsiebt von neunzehn Schüssen aus einer Maschinenpistole.«

Michael Lenhart zog das nächste Blatt Papier aus den Akten. Josef Freidmann starrte es mit versteinerter Miene an.

»Aber nun weiter mit unserer Geschichte, Herr Doktor. Für den Herrn König in Wien war der Fall damit erledigt, nicht aber für die Kollegen in Malta. Die versuchten still und heimlich weiter der Spur des Geldes zu folgen, aber das war mühsam und langwierig. In der Zwischenzeit hatten die beiden Söhne des Herrn König mithilfe ihres treuen Gehilfen Josef immer ehrgeizigere und lukrativere

Geschäfte entwickelt und auf diese Weise sicherlich die Eifersucht ihres alternden Vaters geweckt. Mit anderen Worten: ein klassischer Generationenkonflikt. Und dann erfuhr der Herr König, dass die Kollegen in Malta heimlich weiterermittelten und sich Unterstützung aus Österreich erhofften. Das durfte nicht sein! Das galt es mit allen Mitteln zu unterbinden, und so musste der zweite Kollege, diesmal einer aus Österreich, ebenfalls sterben.

Sie sehen, Herr Doktor Freidmann, so schnell kann man als Anwalt in einen Mordfall verwickelt werden. Aber kommen wir zurück zu unserer Geschichte: Die Polizei in Wien hatte anfangs keine Ahnung, was es mit dem Herrn König auf sich hatte. Ganz im Gegenteil! Sie war ihm sogar dankbar, kam doch über ihn ein Tipp für einen großen Rauschgiftfund in Rumänien. Das war sein erster Fehler, warum, werden Sie noch verstehen, Herr Doktor.

Kommen wir zum Fall des verschwundenen und leider ermordeten Finanzfahnders Walter Denk, ich habe hier ein Foto von ihm, schauen Sie es sich an. Es ist eine Aufnahme von ihm mit seiner Tochter anlässlich ihrer Abiturfeier. Sie werden mir sicher zustimmen, wenn ich sage, dass die Kollegen des Herrn Denk dessen gewaltsamen Tod sehr persönlich nehmen, naheliegenderweise.

Aber ich will nicht abschweifen. Wie gesagt, die mit dem Fall beauftragten Polizisten suchten und suchten, fanden aber nichts. Ja, sie hatten anfangs nicht einmal eine Idee, warum ihr Kollege Walter Denk in Malta verschwunden sein könnte. Aber sie machten weiter, ließen nicht locker und fingen an, tiefer und tiefer zu graben. Sie durchwühlten alle möglichen Archive, und dann wurde ein weiterer Kollege, diesmal war es ein verdeckter Ermittler, Einsatzbereich Suchtmittelkriminalität, in Graz ermordet. Sie können sich sicherlich vorstellen, dass nun nicht nur die Kollegen im Finanzministerium, sondern auch die Polizisten ein persönliches Interesse daran hatten, den Schuldigen zur Rechenschaft zu ziehen. Abteilungsgrenzen, Zuständigkeiten oder Überstunden, glauben Sie mir, Herr Doktor, wenn von einem Kollegen, einem Freund, nur noch zwei Finger übrig bleiben, kennen wir kein Pardon.«

Michael Lenhart beobachtete sein Gegenüber, öffnete eine Kühlbox zu seinen Füßen, zog einen Vakuumbeutel heraus und schob diesen langsam zu Josef Freidmann über den Tisch. »Ja, Herr Doktor, Sie haben recht, es macht einen Unterschied, ob man im Büro im noblen ersten Bezirk sitzt und beiläufig vom Tod eines Dritten hört oder die mit einer Astschere abgetrennten Finger eines Kollegen und Freundes in Händen hält.«

Das Gesicht des Anwalts war aschfahl. Er setzte mehrfach an, etwas zu sagen, bekam aber keinen Ton heraus.

Michael Lenhart nahm den Beutel und legte ihn behutsam zurück in die Kühlbox. »Wie geht diese Geschichte nun weiter? Die beiden Söhne des Malik, ich meine, des Herrn König, leben im Ausland. Hier konnten die Polizisten in Österreich nicht direkt tätig werden, und im Gegensatz zu den Finanzvergehen hatten sie für die Morde gegen den Herrn König nicht genug in der Hand. Dazu kam noch der Faktor Zeit. Wenn sie diesen Fall streng nach den Buchstaben des Gesetzes handhabten, würden sich die Prozesse über Jahre hinziehen, die Gelder wären längst verschwunden und der betagte Herr König wahrscheinlich vor einer Urteilsverkündung eines natürlichen

Todes gestorben. Das wollten, nein, das konnten die Polizisten in Wien nicht zulassen, und so ersonnen sie einen Plan. Sie beschlossen, den Anwalt selbst entscheiden zu lassen, wie denn diese Geschichte ausgehen würde. Und nun wird es richtig spannend, Herr Doktor Freidmann. Passen Sie gut auf!

Ende Nummer eins: Der Anwalt kooperiert, stellt sich auf die Seite des Gesetzes, und das gesamte Netzwerk des Herrn König wandert lebenslang hinter Gitter. Bei diesem Ende kommt der Anwalt glimpflich davon und kann, nach einer gewissen Frist, seine Pension genießen.

Ende Nummer zwei: Der Anwalt schweigt, aber der König erfährt von den Problemen und der Trunksucht seines Anwalts und lässt ihn verschwinden. Bei diesem Ende gibt es für den armen Josef weder eine Pension noch ein Grab. Außerdem geht der Herr König, gründlich wie gewohnt, auf Nummer sicher. Er foltert Josef nach allen Regeln der Kunst, um auch noch das letzte mögliche Versteck geheimer Unterlagen zu erfahren. Wenn Sie mich fragen, kein schönes Ende.

Ende Nummer drei: Die beiden Söhne, oder wahrscheinlich nur einer der beiden, stürzt den Vater. Hier dürfte die Geschichte sowohl für den Vater als auch für den Anwalt letal enden. Sie wissen schon, klar Schiff machen, alle losen Enden beseitigen, Risiken vermeiden, das volle Programm. Ich vermute, auch in diesem Fall endet die Geschichte für Josef zuerst mit bis dahin ungekannten Schmerzen und schlussendlich letal. Schließlich ist der Apfel des Herrn König sicherlich nicht weit vom Stamm gefallen.

Ende Nummer vier: Der Anwalt weigert sich zu kooperieren und, oh Wunder, der König und dessen Söhne sehen über die persönlichen Probleme des Anwalts großzügig hinweg. Die Mühlen der Justiz beginnen zu mahlen, doch trotz aller Bemühungen auf Malta und in Österreich gibt es keine Mordanklagen gegen den Herrn König. Nur Finanzverfahren, die sich, wie gesagt, locker über Jahre, wenn nicht Jahrzehnte ziehen lassen.«

Michael Lenhart lehnte sich zurück. »So weit die möglichen Enden dieser Geschichte.« Dann hob er plötzlich den Zeigefinger und fuhr fort: »Bitte verzeihen Sie mir. Ich habe einen entscheidenden Punkt vergessen. Beim vierten Ende gibt es noch einen nicht zu vernachlässigenden weiteren Aspekt: Nennen wir ihn den allzu Menschlichen.

Die Polizisten sind mit diesem vierten Ausgang der Geschichte alles andere als glücklich. Sie sinnen auf Vergeltung und Bestrafung. An die Söhne des Königs kommen sie nicht direkt heran, und der König ist schon sehr alt, nicht aber der Anwalt. Der hat, oder sagen wir besser, könnte noch viele schöne Jahre vor sich haben, in der Theorie. In der Praxis bekommt dieser Josef nun die geballte Wut der Kollegenschaft zu spüren. Die wollen es ihm heimzahlen, ihre Kollegen rächen.

Wenn Sie, Herr Doktor meinen, die Polizisten in dieser Geschichte würden dem Anwalt irgendwo auflauern und ihn windelweich prügeln, weit gefehlt! Nein, sie machen es subtiler. Viel subtiler und gründlicher. Es gibt kein Verzeichnis, ob national oder international, in dem der Name Josef nicht auftaucht, vom Verdacht auf Steuerhinterziehung über Kreditkartenbetrug und Geldwäsche bis hin zu Kinderpornografie. Damit werden jede Kontoeröffnung, jeder Auto- oder Immobilienkauf, jede Reise und jeder Grenzübertritt für den Josef unserer Geschichte zum puren Albtraum. Und erst der Wagen: Keine Woche vergeht, in der nicht der Lack zerkratzt und die Reifen aufgestochen werden. Dazu seine Kanzlei und Villa: zugeklebte Türschlösser, Buttersäure-Anschläge, nächtliche Anrufe und so weiter. Sie können mir vertrauen, wenn ich sage, dass Polizisten in so einem Fall erschreckend viel Fantasie entwickeln.

Ja, ich bin mir sogar sicher, dass der eine oder andere Kollege bei diesem Ende der Geschichte auch nicht davor zurückschrecken wird, dem Josef etwas unterzuschieben. Zum Beispiel ein wenig Crack. Ein teuflisches Zeug, das kann ich Ihnen garantieren, Herr Doktor.«

Michael Lenhart griff in seine Sakkotasche und zog ein paar kleine Klarsichtbeutel mit einer gelblich weißen Substanz heraus. »Sehen Sie, Herr Doktor, es ist ganz einfach. Sie gehen ein paar Schritte zu Fuß, sagen wir, am Graben oder Kohlmarkt, denken an nichts Böses, und ohne dass Sie auch nur das Geringste merken, steckt Ihnen jemand das Gift in die Tasche. Ein paar Meter weiter warten bereits die Kollegen, Personenkontrolle.

Ja, ein schlauer Anwalt könnte nun einwenden: Das ist doch viel zu offensichtlich fingiert, und ja, er hätte damit vollkommen recht! Aber was würde es ihm nützen, diesem Josef unserer Geschichte? Nichts! Und wissen Sie, warum nicht? Weil niemand mit einem Polizistenmörder auch nur im selben Raum sein will und niemand einem Anwalt Glauben schenkt, der schwarz auf weiß zu oft gelogen hat. Herr Doktor Freidmann, Sie sehen, auch das vierte Ende dieser Geschichte geht für den Anwalt namens Josef sehr, sehr schlecht aus.«

Michael Lenhart schob seinen Stuhl ein wenig zurück, beugte sich vor und sah Josef Freidmann direkt in die

Augen: »Herr Doktor, damit ist meine Geschichte zu Ende. Nun bin ich gespannt auf Ihre.«

Bei den letzten Sätzen Michael Lenharts bildete sich unter dem Stuhl von Josef Freidmann eine kleine Lache. Der Anwalt brauchte dringend ein Paar frische Hosen. Sabine Preiss ballte im Beobachtungsraum zufrieden die Faust und rief Anton Steinbach an, der erste Fisch war im Netz.

In der Zwischenzeit bekam Josef Freidmann die Gelegenheit, sich umzuziehen und eine Kleinigkeit zu essen. Als er zusammen mit Michael Lenhart zurück in das Vernehmungszimmer kam, warteten dort bereits Helmut Schober und Thomas Berger. Auf dem Tisch vor ihnen lagen der Laptop und das Handy des Anwalts.

»Herr Doktor Freidmann«, begann Michael Lenhart, »ich darf Ihnen meine beiden Kollegen vorstellen: Sektionsleiter Doktor Thomas Berger vom Finanzministerium sowie Oberst Doktor Helmut Schober vom Bundeskriminalamt. Wie Sie sehen, widmen sich Ihnen persönlich und diesem Fall Spitzenbeamte zweier Ministerien. Im Hintergrund unterstützt uns ein äußerst kompetentes Team aus Ermittlern und, sollte sich die Notwendigkeit ergeben, Personenschützern. Ihnen kann also nichts passieren, Sie können vollkommen beruhigt sein.

Wir wissen, dass für Freitag ein Treffen der Malik-Familie in Wien geplant ist, und kennen die Flugbuchungen der beiden Söhne. Nun ist es für uns von größter Wichtigkeit, dass die Maliks keinerlei Verdacht schöpfen, wenn Sie morgen telefonisch nicht erreichbar sind. Mein Vorschlag: Sie entschuldigen sich per Mail für eine kleine magenbedingte Unpässlichkeit, die britische Küche ist schließlich nicht jedermanns Sache, erklären, dass für das Treffen alles vorbereitet ist, und gehen bis Freitag auf Tauchstation. Ist das möglich, ohne Verdacht zu erwecken?«

Noch ein wenig unsicher erklärte Josef Freidmann: »Ja, gewiss. Ich meine, für die bin ich ohnehin nur eine Art Paragrafen-Laufbursche. Ich bin nicht Teil der Familie, bin es nie gewesen, und die Vorbereitungen für das Treffen sind ohnehin längst getroffen.«

»Gut, dann nehmen Sie jetzt Ihren Computer und schreiben diese Mail. Anschließend hören wir Ihnen gespannt zu, wenn Sie uns Ihre, besser gesagt die tatsächliche Geschichte des Malik erzählen.«

Die Erzählung dauerte bis zwei Uhr früh und wurde am Donnerstag um neun Uhr in der Kanzlei Freidmann & Partner fortgesetzt. Die Mitarbeiter der Kanzlei waren zwar erstaunt, als sie an der Tür von Polizistin in Zivil empfangen und in zivilen Fahrzeugen zur Vernehmung abtransportiert wurden, leisteten aber keinerlei Widerstand.

Das zutage geförderte Material war für die Fahnder wie Weihnachten und Geburtstag zusammen. Josef Freidmann hatte über die Jahre alles fein säuberlich bei einem privaten Schließfachanbieter in der Auerspergstraße und in einem Tresor in seiner Villa am Ölberg archiviert. Am Nachmittag traf sich das Team um Michael Lenhart mit dem Leiter der Oberstaatsanwaltschaft Wien. Die Haftbefehle waren angesichts der Beweise nur noch reine Formsache.

Am Freitag um acht Uhr fünfundfünfzig landete die Austrian-Airlines-Maschine, Flugnummer OS 351, in Wien, und um neun Uhr drei klickten bei dem vollkommen überrumpelten Elias Malik noch im Flieger die Handschellen.

Um diese Zeit saßen die anderen Mitglieder des Wiener Malik-Clans bereits hinter Schloss und Riegel. Gabriel Malik allerdings mit einer verstauchten Schulter. Er hatte gemeint, sich der hübschen Polizistin widersetzen zu können. Sabine Preiss belehrte in blitzschnell eines Besseren.

Epilog

Am Freitag wie auch in den darauffolgenden Tagen kam es zu weiteren Festnahmen in Österreich und Deutschland. Das Notizbuch des Malik war prall gefüllt mit Namen, Zahlen und Telefonnummern.

Wie erwartet, war es wesentlich komplizierter, das fein gesponnene Netzwerk aus Firmen und Stiftungen in halb Europa Stück für Stück auseinanderzunehmen. Hier verbarrikadierten sich namhafte Kanzleien und Wirtschaftstreuhänder hinter einer Flut von Regeln, Vorschriften, Vertraulichkeitsvereinbarungen und angeblich ungeklärten Zuständigkeiten. Thomas Berger schätzte, dass die Ermittlungen hier teilweise noch Jahre dauern dürften und in einigen Fällen im Sand verlaufen könnten.

Die Abteilung für Sonderfälle hatte bis Sonntagabend fast pausenlos durchgearbeitet und beschlossen, am Montag frei zu nehmen. Am Dienstag trafen sich die drei gegen neun Uhr im Café Landtmann mit Thomas Berger und Helmut Schober zu einem gemütlichen Arbeitsfrühstück und besprachen die Übergabe des Falls. Für sie war die Sache mit den Festnahmen und der Sicherstellung des Beweismaterials abgeschlossen.

Michael Lenhart hatte gerade eine Runde Sekt bestellt, als sein Telefon läutete.

»Liebe Frau Wolf, Ihr Anruf versüßt mir einen bereits wunderbaren Tag.«

»Na servas, Herr Major, i glaub fast, da selige Giacomo is bei dir int Schul gangen.«

»Aber ich bitte Sie, liebe Frau Wolf. Was kann ich für Sie tun?«

»Drei Sachn. Erstens: Da Alte, i man, da Herr Brigadier, stolziert herum wia des tapfere Schneiderlein. Dank eichan Erfolg dürft's jetzt mitn nächstn Stern endlich klappn. Ausm Brigadier wird a Generalmajor. Zweitens: Da Vorsteha ausm achten Hieb, dem hat de Direktorin a Abreibung verpasst, aba wie, und jetzt bittet er um a Audienz bei eich für sein' Canossagang. Und drittens liegt ma da Vizebürgamasta in die Ohrn, a echte Nervensäg. Der ruft seit gestern ständig an und will eich sprechn und zu ana Podiumsdiskussion zum Thema Clan-Kriminalität einlodn.«

»Liebe Frau Wolf, gehe ich recht in der Annahme, dass es sich beim Herrn Vizebürgermeister um jenen ohne Ressort handelt?«

»Ja, gnau der.«

»Nun, liebe Frau Wolf, dann will ich in korrekter Reihenfolge antworten: Dem Herrn Generalmajor in spe herzliche Glückwünsche, der Herr Magister aus dem achten Bezirk ist immer willkommen, und dem beschäftigungslosen Vizebürgermeister richten Sie bitte aus, dass unsere Arbeit im Ermitteln und nicht im Agitieren besteht.«

»Versteh, mach i gern, aba der Vize wird ka Freid mit so ana Absage habn.«

»Das macht nichts, liebe Frau Wolf. Wir sind nicht dazu da, Politikern Freude zu bereiten.«

»Na servas, des traut sie sonst kaum ana so direkt sagn.«

»Liebe Frau Wolf, es ist fast unmöglich, die Fackel der Wahrheit durch ein Gedränge zu tragen, ohne jemandem den Bart zu versengen.«

»Versteh, i werd's ihm gebührend ausrichten, dem Herrn Vize, und jetzt feiert's no schen und liebe Grüße an de ganze Runde. Ihr seid's ja zu fünft im Café, wenn i mit net irr?«

»Verehrte Frau Wolf, bei Ihnen ist jeder Irrtum ausgeschlossen.«

Auf den fragenden Blick von Sabine Preiss meinte Michael Lenhart nur: »Die gute Frau Wolf. Ich soll euch alle schön grüßen. Wie nicht anders zu erwarten, wusste sie, dass wir zu fünft hier im Landtmann sitzen.«

»Und sonst?«, wollte Anton Steinbach wissen. »Nichts Besonderes, der Brigadier wird voraussichtlich befördert, der Herr Bezirksvorsteher will oder vielmehr muss sich bei uns entschuldigen, und der Wiener Vize ohne Ressort dürfte möglicherweise künftig die nun vakante Rolle des geläuterten Bezirksvorstehers übernehmen.«

»Was meinst du mit Vize und Rolle?«

»Der Herr Vizebürgermeister hoffte, die Sonderabteilung vor seinen politischen Karren spannen zu können, und wird ob meiner Absage möglicherweise einen Teil seiner beruflich freien Zeit uns widmen.«

Mit einer wegwerfenden Handbewegung meinte Anton Steinbach: »Da irrst du dich, Michael. Ressort- und somit geld- und machtlos, wie der Herr Vize ist, besteht sein Tagwerk darin, doch noch irgendwie in die Medien zu kommen. Der hat fünf Minuten nach der Wolf'schen Absage sein nächstes Steigbügelopfer im Visier. Vergiss ihn, prost!« Und damit erhob er lachend sein Glas.

Die fünf waren gerade dabei anzustoßen, als der Kellner mit einer Flasche Taittinger Brut zu ihnen an den Tisch kam und sich lächelnd in Richtung Sabine Preiss verneigte. »Meine Dame, meine Herren, mit den besten Wünschen der Frau Innenministerin.«

Auf den fragenden Blick von Thomas Berger erwiderte Michael Lenhart: »Du musst bei Gelegenheit unseren Schutzengel, die Frau Wolf, kennenlernen. Jede Wette, die steckt dahinter.« Sein Mobiltelefon vibrierte, und nach einem kurzen Blick auf das Display reichte er es mit der Bemerkung »Die Frau hat Humor« lächelnd weiter. Die SMS lautete:

> Sekt und Champagner zum Frühstück … ergeben rasch 1,28 Promille. Meiden Sie besser Autos, unbekannte Damen vor Lokalen und denken Sie nicht einmal im Traum daran, bereits heute wieder zu arbeiten. Das ist ein Befehl! Herzlichst Claudia Schaffenegger.

»Jede Wette, so wie wir hier sitzt die Direktorin im Moment mit dem Noch-Brigadier bei der Ministerin.«

»Ja, Helmut, sieht ganz so aus«, meinte Sabine. »Aber jetzt lasst uns dem Befehl Folge leisten.« Sie nahm ihr Glas Champagner. »Auf unseren Odysseus!«

Nachdem sich alle zugeprostet und getrunken hatten, wandte sich Helmut Schober an seinen alten Freund: »Michael, eines will mir nicht in den Kopf. Du stellst an dich selbst die höchsten Ansprüche, bist unbestechlich, wahrscheinlich weil dich mehr Geld nur langweilen würde, und hast bei deiner Freidmann'schen List den Bogen doch sehr weit gespannt. Wie passt das zusammen?«

»In einem Punkt irrst du dich, Helmut. Geld langweilt nicht per se, aber der Grenznutzen nimmt in meinem Fall sehr rasch ab und Bestechlichkeit verträgt sich nicht mit meiner Vorstellung von Autonomie, bekanntlich dem Wesen der Freiheit …«

»Es ist nicht zu fassen, kaum haben wir es geschafft, fängt unser Sherlock wieder an zu dozieren. Komm auf den Punkt!«, unterbrach ihn Sabine lachend.

Gut gelaunt zwinkerte Michael Lenhart seiner Partnerin zu und meinte trocken: »Danke für den liebevollen Hinweis. Also, jede Strategie reicht nur bis zur ersten Feindberührung. Danach kommt nur noch ein System von Aushilfen.«

»Und was genau meinst du damit?«, wollte Anton wissen.

»Der Illegale Waffenbesitz und die schwere Körperverletzung waren nicht meine Idee. Die beiden uniformierten Kollegen haben hier erstaunlich viel Eigeninitiative gezeigt und mich auf diese Weise zum Handeln, ja zum Mitspielen gezwungen. Der Alkohol war real und alles andere, bis hin zum nur im Word verfassten und nie im offiziellen Netzwerk gespeicherten Protokoll, im Bedarf als Fiktion oder eine Art Konjunktiv darstellbar. Aber als plötzlich dieser Totschläger und eine angeblich verletzte Frau ins Spiel kamen, blieb mir nichts anderes übrig, als deren Spiel mitzuspielen. Wie ihr seht, hatten die vermeintlich stummen Statisten die Regie übernommen. In diesem Sinne: Auf die vermeintlichen Statisten!«

Die Neugierde von Helmut Schober war jedoch noch nicht befriedigt: »Und wie bist du überhaupt auf die Idee mit dem Freidmann gekommen?«

»Ganz einfach. Er war in meinen Augen das schwächste und gleichzeitig vielversprechendste Glied in der Kette. Also habe ich mich eingehender mit ihm auseinandergesetzt. Der Rest war im Grunde nur eine Frage der Logik. Ein Leben als Single, der Statur nach offensichtlich gutem Essen und geistigen Getränken zugetan, geschäftlich erfolgreich, aber vollkommen unerfahren im Umgang mit der Polizei oder den Gerichten. Schließlich bestand seine Aufgabe ja gerade darin, uns und der Justiz aus dem Weg zu gehen. Mit anderen Worten: eine Koryphäe in der Entwicklung undurchdringlicher Firmenverschachtelungen, aber ein blutiger Laie in Sachen Rhetorik und unbeleckt im Fach Tragödien. Daher war es für mich nur logisch, ihn in dieses gänzlich andere, ungewohnte Spiel zu locken, in dem ich ein klein wenig erfahrener bin als er.«

»So, und jetzt Schluss mit dem Malik! Schließlich haben wir den Befehl, uns heute nicht mehr mit der Arbeit zu beschäftigen, und ich bin zwar kein Mitarbeiter des Bundeskriminalamtes, unterwerfe mich aber solidarisch und freiwillig ebenfalls«, meldete sich Thomas Berger zu Wort.

Fortan wurde nur noch über Privates geplaudert, und gegen Mittag verabschiedeten sie sich herzlich.

Am Mittwoch kehrte in der Abteilung für Sonderfälle wieder der Alltag ein. Sabine Preiss und Anton Steinbach erläuterten den übernehmenden Kollegen die noch offenen Einzelheiten des Falls, und Michael Lenhart mühte sich widerwillig, aber redlich mit seinen Berichten.

Am Nachmittag kam eine Mail aus Malta, die Michael Lenhart tief berührte. Im Textfeld stand nur siehe Anhang!

Als er den Anhang öffnete, war da nur ein Bild: Es zeigte Antonio Casar mit der Witwe von Neil Camilleri und dessen zwei Kinder lachend am Grab ihres ermordeten Vaters in Valletta. Am Grabstein lehnte eine Kinderzeichnung von drei Polizisten vor dem Stephansdom, und darüber stand in ungelenken Großbuchstaben ein einziges Wort: Grazzi!

Dank

Schreiben braucht Zeit, viel Zeit. Für dieses Zeitlassen sowie die moralische Unterstützung möchte ich mich bei meiner Familie, Gudi und Max, bedanken.

Danke auch an meine Zwischendurchleser Gudi, Edith und Wolfgang für eure Anregungen, euer Lob und eure stets konstruktive Kritik.

Danke auch an den Benevento Verlag und seine buchbegeisterten Mitarbeiter für die unkomplizierte und professionelle Zusammenarbeit: Antje Steinhäuser (Lektorat), Dirk Rumberg (Verleger), Stefan Mayr (Programmleitung) und Christoph Loidl (Herstellung).